KB195975

그물을 거두는 시간

그물을

거두는

시간

이선영 장편소설

비채

너를 기억에서 건질 때마다
강렬한 빛이 스며들어 투명하게 휘발되곤 한다.

프롤로그

달그락, 툭! 딸각, 툭!

음표의 배열 같은 규칙적인 소리가 일정한 간격으로 울렸다. 가방 속 빈 도시락에서 요란하게 울려대는 숟가락 소음. 밥을 다 먹고 플라스틱 도시락에 숟가락을 넣어 닫아버린 부주의라니. 함께 걷고 있던 너에게 부끄러워 쥐구멍에라도 기어들고 싶은 심정이다. 그 상황에서 한 번은 웃어줄 법한데도 무심하기만 한 너의 표정. 너한테 예쁘게 보이고 싶은 내 감정은 초라한 슬픔으로 남았다. 너 역시 그 슬픔을 감추고 있는 영혼이라는 게 기쁘면서도 슬펐다.

너는 누추한 집과 같은 나의 마음을 환히 비추던 등불이었다. 너의 빛이 내게서 사라지던 날, 나는 공기 빠진 바퀴처럼 맥없이 찌그러졌다. 네 입가에 슬쩍 피어나다가 스러지는 미소의 흔적이 이제 나를 향하지 않는다는 걸 알기에.

파랗고 높은 하늘 아래 미지근한 공기가 낮게 깔렸다. 모래가 미농지처럼 깔린 황량한 운동장에 너와 그녀가 탄 자전거가 선회하고 있다. 너의 허리춤을 부여잡던 그녀의 손. 그 손이 연주하던 첼로 선율이 배경음악으로 깔렸다. 두 개의 은빛 바퀴에 햇살이 차르르 부서질 때마다 초여름 녹음처럼 싱그러운 두 사람의 웃음이 퍼져나갔다. 모래 위에 둥글게 남겨지는 바퀴의 궤적은 나를 자근자근 밟고 지나간 흔적 같았다. 내 가슴에 깨진 유리 조각 같은 질투가 촘촘히 박힌다.

달그락, 톡! 짤각, 톡!
귓바퀴를 맴도는 환청. 텅 빈 도시락을 울려대던 숟가락 소리가 검정 가죽옷 사내의 손아귀에서 다시금 울리고 있었다. 사내의 눈빛과 언행은 야만의 냄새를 풍겼다. 그 순간, 나는 너와 그녀를 영원히 지워버렸고, 기억은 나를 집어삼켰다.

첼로의 장례식. 한 무더기 국화꽃 사이 그녀의 영정 사진은 흐릿해서 더욱 애련했다. 교통사고였다고. 그녀 아버지의 퀭한 눈은 허망했다. 딸의 죽음을 믿을 수 없다는 듯이. 장례식장을 지키던 너는 꼿꼿했다. 나를 바라보던 너의 서늘한 눈빛은 얼음꽃이었다. 마음 한구석에 삐죽 고개 들던 악의는 눈물로 덮혔다.

그때부터였을까. 망각의 늪에 빠진 묵직한 돌덩어리가 좀체 떠오르지 않았던 것이.

1

J동 K아파트는 주차장 입구부터 사람을 압도했다. 등록한 방문 차량은 지하 3층으로 내려가라는 안내를 받았지만 한참 헤맸다. 최근 이모가 이사한 이 아파트는 배산임수背山臨水의 장점을 십분 고려해서 전 세대가 남향 판상형 배치로 설계되었다고 했다. 그뿐 아니다. 풍수지리학에서 신령한 거북이가 물을 마시는 영구음수靈龜飮水 형태는 재물과 후손 운을 가득하게 한다는데, 그것도 완벽하게 구현했단다. 로열패밀리를 위한 신축 아파트가 맞았다. 이상은 입에서 족히 30센티미터는 넘게 침을 튀겨가며 말하던 오선례 여사의 설레발 정보였다. 오 여사의 구강 구조로 인한 민폐였다. 코로나바이러스를 경험한 지구인으로서 비말 분사는 '극혐'의 대상이 분명했다.

— 코로나 같은 전염병이 또 온다면, 엄마는 마스크를 두

개 이상은 써야 할 양반인 건 알아두셔.

오 여사의 침 세례를 피할 요량으로 손바닥으로 얼굴을 가리며 말했다.

— 지랄하고 자빠졌네. 너, 쌀쌀맞은 건 스님일 꼭 빼닮았다니까.

오 여사는 허공에 비말을 흩뿌리면서 지지 않고 되받아쳤다. 오 여사가 언급한 '스님'은 경상도식 발음이고 '선임'이 정확한 이름이다. 오선례 여사의 유일한 여동생이자 나의 이모. 맏이인 오 여사와 선임 이모 사이에 외삼촌들이 있고 터울이 좀 지는 바람에 자매간 나이 차이는 십 년 이상 났다. 어쨌든 외조부모님이 안 계시니 내게는 외삼촌들과 선임 이모는 외가 어른인 셈이다. 일찍 세상을 뜬 외할아버지를 대신해 외삼촌들은 케케묵은 족보와 항렬을 따지는 가부장적인 면면을 강하게 내세웠다. 내세울 만큼 번듯한 가문도 아니면서. 그런 틈새에서 이모는 집안에서 아예 내놓은 사람 취급을 받았다.

— 이모만 빼닮았으면, 나야말로 원도 한도 없겠네.

본심이 섞인 내 푸념에 오 여사는 입을 삐죽거렸다. 그걸로 모녀의 입씨름은 끝났다. 이전까지 뒤쪽으로 산이 있고 앞에는 하천이 흐르는 입지와 거북이를 운운하며 우쭐대던 오 여사는 입을 다물었다. 오 여사는 내가 닮았으면 좋겠다는 면이 자기 여동생의 재물 복인지 인생 자체인지 타진하는 중일 터였다.

지하 3층 방문 차량 주차장에 진입했다. 동 호수를 확인하느라 핸들을 가슴에 바짝 붙이고 목을 빼 두리번거렸다. 도통 방향을 잡기 힘들었다. 백화점 주차장을 방불케 하는 웅장하고 널찍한 주차장부터 혼을 빼놓는 아파트라니. 공연히 심사가 꼬였다. 다 자격지심일 테지만.

주차장으로 마중 나온 이모가 내 차를 용케 알아보고 손을 흔들었다. 이모가 먼저 손을 흔들지 않았다면 알아보지 못할 뻔했다. 이모를 본 게 언제였더라. 그마저 실물인지 매스컴에 뜬 기사 사진을 통해서인지 가늠해봐야 했다. 이모가 몰라보게 살이 빠진 것만은 맞는 거 같다. 오 여사에게서 수술받고 병원에 입원했었다는 말을 들어서 더 그렇게 보였는지 모른다. 오 여사가 아니라면 수술 사실을 몰랐으리만치 이모는 자기 신상을 외가에 알리지 않고 살았다. 외가 식구들이 수시로 이모한테 치대는 빈도수에 비하면 이모의 집안 행사 참여는 가뭄에 콩 나는 정도였다. 그마저 구름처럼 왔다가 바람처럼 사라졌다.

편안한 리넨 셔츠와 낙낙한 바지 차림의 이모는 나이가 무색할 만큼 젊어 보였다. 막 입은 듯 보여도 부티가 좔좔 흐른다고 생각하는 건 순전히 선입견일 수 있다. 떨치는 유명세에 비해 심플한 차림새를 즐긴다는 칼럼을 읽고 이모가 걸치는 옷가지들이 다 고가의 명품이 아니라는 걸 알았다. '꾸안꾸' 차림새는 이모와 가장 잘 어울리는 스타일이기도 했다. 아무튼 성공한 인생을 사는 사람은 뭘 해도 멋져 보이는 법이다.

"얘, 너 차 바꿀 때 됐나 보다."

주차장 방지턱을 넘는데 찌그덕거리던 차의 소음을 이모도 들은 모양이다.

"아직은 용케 굴러가네."

우리는 차 걱정으로 형식적인 안부 인사를 대신했지만 어색한 건 여전했다. 허물없이 편한 이모 조카 사이인데도 이래저래 뭔가 거리감이 드는 건 부정할 수 없는 사실이다. 오 여사 말이 생각났다. 너희는 우리보단 젊은 세대 아니냐, 우린 받아들이지 못해도 너흰 이해할 수 있잖니, 라면서 동생을 옹호했다. 성공한 동생과 당신 딸이 얽히는 걸 속으로 반기는 기색이었다.

이모가 밥부터 먹자고 앞장섰다. 가까이에서 본 이모 얼굴은 더 수척해 보였다. 그렇게 생각해서인지 옷도 헐렁해 보였다. 수술실 들어가기 직전까지 몰랐는데 병원에서 통보를 해왔다고 했다. 수술 동의서에 사인해줄 사람이 필요하다고. 오여사가 여행중이라 병원에 갈 수 없어서 급하게 형서에게 전화를 했단다. 형서가 병원으로 달려갔고 이모는 수술실에 들어갈 수 있었다. 오 여사가 전했던 이모의 근황이다.

이모한테 몸은 좀 괜찮으냐고 물었다. 의례적인 인사로 들리길 바라는 마음에 최대한 감정을 싣지 않은 목소리로. 이모의 성격상 그런 인사는 썩 반기지 않을 걸 알기에. 이모는 짧게 고개를 끄덕이는 걸로 대답을 대신했다. 자신의 병치레를 요란스레 드러내고 싶지 않은 이모의 마음이 느껴졌다. 수술 전 보호자에게 수술 동의서를 받는다는 건 누구나 알고 있다. 이모가 몰랐을 리 없다. 그런데 왜 그런 돌발 상황이 벌어진 걸까? 수술실에 들어가기 직전 어떤 문제가 발생했을 거라고 지레짐작할 뿐이다.

"이모, 여긴 주차장도 화려하네."

주차장 입구를 헤매느라고 미처 보지 못했던 게 한눈에 들어왔다. 주차장 내벽도 현무암인지 화강암인지 모를 돌로 꾸며져 꽤 운치 있게 보였고, 은은한 조명 아래쪽 원목 테두리 장식과 전면 유리 장식 등도 예사롭지 않았다. 돈으로 바른 게 역력했지만, 격조로 탈바꿈한 티가 났다. 주차장이 아니라 웅장한 갤러리를 걷고 있다는 착각이 들 정도였다. 지하 2층은 고급 음식점, 명품점, 피트니스 클럽 등 갖가지 상점이 즐비했다. 외부로 나가지 않아도 일상생활이 불편하지 않을 소형 쇼핑몰이었다.

이모는 퓨전 한정식 가게로 나를 안내했다. 매스컴에 자주 얼굴을 내비치는 요리 연구가 이름이 눈에 띄었다. 예능 프로그램에서 한복을 차려입고 음식 솜씨 못지않은 입담을 발휘하던 여자였다.

"너 온다고 해서 여기로 예약했는데, 네 입에 맞을지 모르겠다."

"오랜만에 이모 얼굴 보고, 맛있는 것도 먹고 좋네요."

종결어미가 존대로 바뀌는 내 말투가 어색했다. 주차장과 음식점에 기가 눌려 더 낮은 자세를 자처하고 있는 게 아닌가 싶었지만 이내 생각을 고쳐먹었다. 아무리 이모라 해도 나이가 칠십 줄인데 존대하는 게 뭐 어떻냐고.

이모는 '생연어 아보카도 덮밥 정식'을 추천했다. 거하지 않고 가볍게 먹기에 부담 없다는 말을 덧붙이면서. 깔끔한 모양새만큼이나 담백한 맛이었다. 입맛에 맞느냐고 묻는 이모의 말에 건성으로 대답했다. 생업이 달린 문제를 이모와 의논하기로 되어 있는 상황에서 밥 한 끼의 만족도는 관심사가 아니었다.

식사를 마치고 이모 집으로 올라갔다. 이모와 동거하고 있는 그 사람과 맞닥뜨리지 않을까 하는 걱정이 앞섰다.

"집에 아무도 없다. 일하는 아줌마도 내일 오고."

나를 거실에 앉혀놓고 주방 쪽으로 발걸음을 옮기며 이모가 던진 말이었다. 무심한 표정이었지만 내 속내를 꿰뚫고 있

15

는 게 느껴졌다. 내가 온다는 말에 그 사람이 자리를 피해주 었을지도 몰랐다.

거실과 주방 인테리어는 한눈에 훑어보기에도 수준급이었다. 그런 쪽으로 안목이 제로인 내 눈에도 물 건너왔을 게 분명해 보이는 가구와 장식품이 곳곳에 자리하고 있었다. 영화나 드라마에 나오는 부유층 집에 들어앉은 기분이었다. 거실 소파에 앉아 주위를 둘러보는 걸로 집 구경을 마쳤다. 집 안구석구석을 돌아보면서 격조 있는 이모의 라이프 스타일을 칭송하는 게 서툴기도 하거니와 촌스럽다는 생각 탓이었다. 오 여사가 이 자리에 함께 왔다면 부산스럽게 수선을 떨었겠지만. 이사한 동생 집이 궁금해 나를 쫓아오고 싶어 하는 오여사 마음을 모르지 않았다.

— 쌀쌀맞은 계집애 같으니라고. 나도 같이 오라고 하면 어디가 덧나나. 저 급할 때는 나한테 연락해놓고! 하여간 야박하기는.

낮살이나 먹은 동생을 얕잡아 부르는 오 여사의 말투에 나를 향한 비난이 섞여 있음을, 덧붙여 동생의 위기 상황에서 언니로서 구원투수 역할을 톡톡히 했다는 공치사도 깔려 있음을 모르지 않았다. 내가 같이 가자고 부추기면 못 이기는 척하고 따라올 심산이었겠지만 모르는 척했다. 오 여사 말대로 쌀쌀맞은 이모를 빼닮았다는 걸 여실히 보여주려는 듯.

"내 인생을 한 번은 기록해야 할 거 같아서……."

차와 과일을 차려온 이모는 한참을 망설이다가 서두를 꺼 냈다. 익히 알고 있던 허스키하고 건조한 이모 특유의 목소리 와는 결이 달랐다. 중성적인 이모의 목소리에는 늘 자신감이 깔려 있었는데, 어쩐지 주춤거리는 어투였다. 그러면서도 간 절함이 묻어났다. 그래서 더 호소력이 있다고 해야 할까. 하 여튼 복잡 미묘했다. 얼굴을 반쯤 숙인 이모를 찬찬히 들여다 보았다. 몇 년 보지 못한 사이 항상 고수해왔던 샤기 커트가 보브형 단발로 바뀐 게 눈에 띄었다. 항시 날카로웠던 인상 이 어딘가 둥글고 부드러워진 데에 머리 스타일이 일조했다 는 생각이 들었다. 은회색으로 급격히 센 머리칼이며 팽팽했 던 피부에 겨울날 유리창에 낀 성에 같은 잔주름을 보니 천하 의 오선임도 나이를 먹는구나, 싶기도 했다. 내 머릿속에 이 모는 나이를 먹지 않는 피터팬 같다는 고정관념이 있었는지 모른다. 적어도 나한테 이모 이미지는 그랬다. 다른 외사촌들 은 어떤지 알 수 없고 물어본 적도 없다. 그들에게 이모는 뜨 거운 감자 같은 존재였다. 밖에서는 '디자이너 오 선임'이 고 모라는 걸 내세웠지만 집안에서는 입에 올리지 않기로 합의 한 듯 투명인간 취급했으니까. 그나마 이모와 오 여사는 간간 이 연락을 주고받았다. 나를 만나자고 한 이유가 이모가 자서 전을 출간하고 싶어서라는 것도 오 여사를 통해 들었다.

"윤지, 네 소식은 듣고 있었어. 언니를 통해서."

내 소식이라면? 차한수와 이혼은 했지만, 여전히 연락하고 지낸다는 소식? 아니면 남의 인생을 써주는 일로 겨우 밥벌이한다는 소식? 그조차 힘들어서 십오 년 넘게 탄 차를 바꿀 능력이 없다는 소식? 이러한 개별적이고 디테일한 모든 상황을 뭉뚱그려 내 인생이 총체적인 난국에 놓여 있다는 오 여사의 넋두리였을까?

"이모도 여전해 보이네요."

나는 이모의 어떤 상황을 지레짐작해서 한 말일까? 성공 가도를 달리는 이모의 인생? 외가와의 어정쩡한 관계의 지속성? 아니면 이모와 동거하는 그 사람을 나도 알고 있다는 걸 의미하는 걸까? 나를 포함한 외가에선 모두 그 사람을 이모의 그림자로만 인지하고 있을 뿐이었지만.

삼남이녀 중 맏이인 오 여사와 막내인 이모 사이에 외삼촌이 셋 있다. 아들만 내리 셋을 보다가 막내로 태어난 이모는 사랑을 한 몸에 받았단다. 이모가 어렸을 때 결혼한 오 여사는 이모와 자매간의 정을 나눌 수 없었고, 오빠들 틈새에서 자란 이모는 반 사내아이 같았다고.

대학을 졸업한 이모는 직장 생활 한 번 하지 않고 결혼했다. 조신함을 여자가 지녀야 할 최고 덕목이라 여긴 외삼촌들의 생각이 지배적이기도 했지만, 당시에 여자의 대학 졸업장은 취직을 위한 스펙이 아니라 시집을 잘 가기 위한 혼수 품목 중 하나였다고 하니.

집안 좋고 번듯한 직장에 다니던 이모부가 회사를 그만둘 즈음 이모의 시댁도 가산이 기울기 시작했다. 이모는 상황에 떠밀리듯 생활 전선에 뛰어들어야 했다. 의상학과 대학 졸업장이 전부였던 이모는 전공을 살릴 수밖에 없었다. 그 시절 여학생들이 선택한 학과는 식품영양학과와 의상학과가 대부분이었다. 음식과 요리에 관심이 없던 이모의 선택은 옷을 만드는 학과였다. 자신이 의상과 패션에 천부적인 재능이 있는지도 모른 채.

외조모의 애장품이자 혼수품이었던 중고 '싱거Singer미싱'은 영국제 재봉틀로 꽤 고가여서 우리나라의 '아이디얼Ideal미싱'에 비한다면 명품이라고 할 수 있었다. 결혼 전 이모는 그 싱거 재봉틀로 외삼촌들의 와이셔츠나 외조모의 등거리를 그럴싸하게 만들어냈는데, 그게 재능의 시작이었던 셈이다.

이모가 시작한 첫 사업은 명동에 차린 양장점이었다. 금세 단골이 생겼고 점포는 순식간에 몇 개로 늘어났다. 이모는 거기서 만족하지 않고 이탈리아 밀라노로 유학을 강행했다. 이모부도 적극적으로 후원했다. 이모의 재능을 알아본 것이다. 이모가 바쁜 탓이었는지 아니면 다른 문제가 있는 것인지 그때까지 부부 사이에 아이가 없었다. 밀라노의 디자인 스쿨에서 학위를 따온 이모의 나이는 서른 중반에 이르렀다. 그때 형서가 태어났다. 결혼 십 년을 훌쩍 넘겨 생긴 늦둥이였다. 이모는 유학파 명성에 힘입은 덕분인지 운이 좋았는지 손대는 의류 사업마다 성공을 거뒀다. 이모 이름의 부티크는 전국 백화점에 진출했고, 이모 이름을 걸고 열리는 패션쇼의 모델로 유명 연예인의 이름이 오르내렸다. 자연스레 이모부는 형서를 돌보며 외조를 자처했다. 말이 좋아서 외조지, 세상에서 가장 팔자 늘어진 남자가 된 셈이었다.

형서가 초등학교에 입학하면서 잔손 갈 일이 없어졌다. 이모와 이모부는 한집에 살았지만, 실제로는 별거 부부였다. 이모는 일 년의 반은 외국에 나가 있었고 지방에 벌려놓은 의류 사업체를 운영하느라 집에 들어오지 않는 날이 부지기수였다. 이모부도 한량처럼 밖으로 떠돌면서 돈을 펑펑 써댔다.

이모에게 붙어 다니는 '그림자'의 존재가 서서히 드러나기 시작한 게 그즈음이었다. 아니, 쉬쉬했을 뿐이지 외가에서는 진작 낌새를 알아차렸는지 모를 일이었다. 나를 포함한 사촌들에게 무형이었던 그림자가 유형의 실루엣으로 자리매김하기 시작했던 것일 수도 있다. 이렇게 하나둘씩 눈치를 챘지만, 등잔 밑이 어둡다고 이모부와 형서가 맨 나중에 알아차린 걸 보면 신기했다.

그림자는 바쁜 이모의 전담 운전기사 노릇을 하면서 형서 학부형 자격으로 학교 일을 봐주기도 했다. 이모의 매니저 겸 개인 비서였던 그림자는 실체를 드러내지 않은 채 항상 우리 주위를 맴돌았다. 실루엣으로 존재했을 뿐 어떤 인격체이거나 고유의 개별성을 가진 존재로서 인식되지 않았다. 어쩌면 우리가 먼저 그림자의 존재를 의식 바깥으로 밀어내려고 작정했기 때문일 것이다.

"형서는……."

이모는 멈칫거리며 형서를 입에 올렸다. 중저음의 허스키한 목소리가 습기를 머금은 듯 눅진했다. 셔츠 소매를 애꿎게 만지작거리면서. 긴 소매 리넨 와이셔츠는 샤기 커트 스타일과 함께 이모의 트레이드마크였다. 여름에는 마 재질의 리넨 와이셔츠에 면바지와 청바지로 코디했다. 간절기에는 와이셔츠에 재킷이나 사파리를 걸쳤고 겨울에는 패딩 점퍼와 박시한 오버 코트로 바뀌었다. 그렇게 비슷한 스타일로 사계절을 코디했지만, 셔츠만 대충 걸쳐도 기품이 느껴졌다. 그것이 이모의 감각이었다.

"이모도 알고 있죠? 형서, 결혼 날짜 잡힌 거요."

형서와 이모부가 이모에게 알려주었을 리 만무했다. 알고 있더라도 오 여사를 통해 들었을 테다. 이모의 심상한 낯빛에 곤혹감이 스쳤다. 아들 결혼식 소식을 타인한테 듣는 것 자체가 거북스럽다는 듯이.

"혹시, 너도 봤니?"

무어라 설명할 수 없는 궁금증과 애틋함이 뒤섞인 표정이 이모에게서 느껴졌다. 자신의 인생을 기록하고 싶다는 원래의 이야기는 밀쳐두고 형서 결혼식이 화제에 오르고 있었다. 나를 부른 진짜 이유는 형서 결혼식이 궁금했던 거였고 자서전은 핑계인 걸까, 하는 생각이 스쳐 지나갔다.

"누굴요?"

무망중에 물어놓고 아차, 싶었다. 어리석기 짝이 없는 반문이라는 걸 뒤미처 깨달은 것이다.

"얘는, 참. 누구겠니?"

이모의 얼굴에 짜증이 묻어났다. 속 타는 자신의 심정을 짚어주지 않는 데서 기인한 서운함일 것이다.

"어땠어? 괜찮든?"

내가 겸연쩍어 입맛을 다시자 이모가 재촉했다. 늘 느긋하고 여유롭던 이모답지 않았다. 나는 과장되게 머리를 끄덕거렸다. 방금 전 상황을 만회하려는 나름의 노력이었다. 사실인즉 정확히 기억나지 않았다. 이모부 생일에 형서와 약혼녀가 함께 왔지만 자리가 불편해서 나는 인사만 하고 급하게 나왔기 때문이다. 며느리 본다고 거들먹거리는 이모부 꼴이 유난히 보기 싫었다.

"엄마한테 들었을 거잖아요."

이모가 머리를 가로저었다. 오 여사가 말을 안 해줬다는 뜻인지 형서의 약혼녀가 별로라고 들었다는 뜻인지 애매했다. 이모가 소맷단을 걷어 시계를 확인했다. 큰 시계판과 굵직한 금속 시곗줄이 눈에 띄었다. 다음 약속이 있는 모양이다.

"근데 왜 갑자기 지금 와서 이모 인생을 기록하고 싶다는 건데요?"

형서 결혼에 관해 더 할 얘기가 없어 원래의 취지로 말을 돌렸다. 이모 정도라면 자서전을 낼 만했다. 고러고러한 인생에 비추어 볼 때 이모는 분명 성공한 사람이다. 이모가 책을 낸다고 하면 주로 에세이나 실용서를 펴내는 메이저급 출판사에서도 마다하지 않을 것이다. 그렇긴 하지만 시기적으로 다소 늦은 작업이라는 생각이었다. 이모 인생의 절정이 지나도 한참 지난 이 시점에? 모르긴 해도 오래전부터 출간 러브콜이 쇄도했을 것이다. 하지만 이모 성격으로 볼 때 애먼 데에 눈을 돌리지 않았을 것도 알고 있다. 어쨌든 그런 시절을 다 보내고 지금 와서 뜬금없이 본인 인생을 기록하고 싶다니.

물론 내가 업으로 삼는 게 그런 일이다. 과시욕에 '쩐' 인간들이, 혹은 앞으로 살아가는 데 십분 도움을 얻고자 스스로 인생까지 팔아야 할 시점에 다다른 인간들이 하는 일, 그 이상도 그 이하도 아닌 허영심의 발로. 그것에 빌붙어 먹고살아야 하는 내 입장에서 그들을 비판하고 자시고 할 일은 아니다. 그렇지만 이모는 그러한 과시욕이나 허영심과는 거리가 먼 사람이다. 적어도 내가 아는 한은 그랬다. 가부장적인 외삼촌들 틈새에서 있는 듯 없는 듯 성장했다고 들었다. 이모는 평소에도 소리 높여 무언가를 주장하거나 아집을 부리는 편이 아니었다. 그래서 조용하고 차분한 이미지로 각인되어 있다. 그렇다고 그런 모습이 조신하다거나 여성스럽다는 의미는 아니다.

"윤지야, 나는 말이다. 정말 열심히 살았어. 그건 너도 알 거야."

이모가 단어 하나하나를 힘겹게 밀어내고 있다는 게 느껴졌다.

"근데 말이다. 나를 아는 사람들, 특히 가족이 그런 나를 인정하지 않았지. 그렇다고 이 나이가 되어서 내가 무슨 중뿔나게 인정을 받고 싶은 건 아니야."

이모의 얼굴에 쓸쓸한 회한이 스치고 지나갔다. 이모 말에 긍정도 부정도 할 수 없었다. 이모에게 가족이란 이모부와 형서 그리고 외가 식구를 이르는 말이다. 이모부와 형서는 제쳐두더라도 오 여사를 포함한 외가 식구들이 이모를 인정하지 않았다는 말은 수긍하기 어렵다. 사회적 성공을 이룬 이모 앞에서 우리는 각각 '을'을 자처할 때가 많았다. 이 순간도 비즈니스 측면에서 이모는 나의 클라이언트였다. 물론 나도 안다.

다들 이모 앞에서는 입에 발린 소리를 하다가도 뒤돌아서면 이모를 갖은 말로 매도한다는 것을. 이모는 숨을 고르고는 말을 이어나갔다.

"나는 절대 부끄럽게 살지 않았는데도 가족들은 날 부끄러워했지. 나라고 다 떳떳했다는 말은 아니야. 하지만 내 모습대로……."

이모 말대로 이모가 결코 부끄럽게 살지 않았음에도 불구하고 외가에서 이모는 수치의 표상이었다. 외삼촌들도 외숙모들을 앞세워 필요한 건 다 얻어내면서도 이모를 없는 사람 취급했으니까. 이모부는 더했다. 이모한테 빌붙어 호의호식했으면서 대놓고 이모를 경멸했다. 그런 이모부 탓인지 형서도 이모와 절연한 채 살았다.

이모가 나를 만나고 싶어 한다는 말을 전하는 오 여사가 입을 실기죽거렸다.

— 자서전을 쓰고 싶은가 보더라.

— 이모 정도면 책이 나올 만도 하지. 근데 왜 지금 와서 새삼스럽게. 진작에 냈으면 좋았을 텐데.

— 난들 알겠니.

— 근데, 하필이면 왜 나한테? 엄마가 얘기했어?

— 했다! 하면 안 되는 거냐? 어차피 스님이 개도 누구한테 돈 주고 시킬 텐데, 이왕이면 네가 하면 좋지 뭘 그래.

이모 이름을 부르는 오 여사의 경상도식 발음인 '스님이' 때문에 한바탕 웃었던 일이 떠오른다. 내가 대여섯 살 정도였을 것이다. 오 여사에게 물었던 적이 있다. 엄마, 이모가 스님이야? 오 여사가 뭔 뚱딴지같은 소리냐며 퉁을 쳤다.

— 근데, 엄마는 왜 만날 이모한테 스님, 스님이라고 부르는 거야?

— 느그 이모 이름이 스님이 아이가? 스님이를 스님이라고 부르지, 뭐라 부르겠나?

오 여사의 대답이 나한테는 더 아리송하게 들렸다.

— 이모 이름이 왜 스님이야? 선임이지! 엄마 선, 임, 이, 해봐.

나는 이모의 이름을 한 자씩 콕콕 집듯이 발음했다.

— 야는 왜 이카노? 그래 스님이! 됐나?

그 이후로도 오 여사의 경상도 억양은 고쳐지지 않았다. 그래서일까. 이모를 생각할 때마다 비구니가 떠올랐다. 알전구 같은 머리 모양을 한 이모. 선임 이모는 정말 머리를 박박 밀어 민둥산처럼 나타나서 오 여사뿐 아니라 외삼촌 세 명을 기함하게 했다.

"이모, 예전에 삭발하고 식구들 앞에 나타났던 거, 생각나세요?"

외가에서 이모를 수치스럽게 여기기 시작한 사건이었다.

내가 먼저 들춰낸 게 좀 멋쩍긴 해도 자서전 대필자로서 과감할 필요도 있었다.

"어, 용케 기억하는구나. 박박 민 내 머리통 진짜 웃겼지? 그때부터였겠지. 가족들이 나를 무슨 벌레 보듯 했던 게. 그렇게 미친 짓을 했으면 뭐 하니? 달라진 건 아무것도 없는데."

이모는 목젖이 보일 만큼 크게 웃었다. 그게 무슨 저렇게 웃을 거리가 된다고. 이모의 입은 웃고 있지만, 눈물이 차오른 눈은 뻥 뚫린 구멍처럼 공허해 보였다.

2

이모에게 다녀온 이틀날, '민혁'이라는 남자에게서 전화가
왔다. 그는 내게 '강수진'을 기억하느냐고 물었다. 마치 자신
의 신원이 확실하다는 걸 내게 보여주기라도 하려는 듯한 어
조였다. 강수진은 고등학교 동창이다. 삼십여 년 전의 갈피를
더듬자 간신히 생각났다. 너무 오랜만에 듣는 이름이라 혓바
닥과 입술로 두어 번 굴려보고 나서야 겨우 기억나긴 했지만.

내 휴대전화 번호는 오 여사를 통해서 알아낸 것이었다. 이
른 아침 오 여사에게서 전화가 왔을 때 당신 동생한테 다녀온
일이 궁금한 모양이라고 추측하며 심드렁했다. 오 여사도 내
가 입을 다물리라 짐작했는지 그 일은 입도 뻥긋하지 않았다.
하여간 고수였다. 오 여사는 이러저러한 사람이 집 전화로 연
락을 해왔더라고만 했다.

— 집 전화번호는 어떻게 알았대?

— 고등학교 졸업 앨범에서 찾았다더라.

머릿속에 몇 가지 의문들이 명멸했다. 이 나이에 고등학교 졸업 앨범이 언급된 것 자체도 현실감이 떨어지는 데다, 전화 건 사람이 낯설다는 것도 거부감이 들었다.

— 낯선 사람한테 무작정 내 번호를 알려줬단 말이야?

'엄마 미쳤어?'라는 소리가 치밀어 올랐지만 참았다. 신종 보이스피싱이 아닐까 하는 걱정이 밀려왔다.

— 그럼 알려달라고 하는데 어쩌겠냐? 네 친구 일 때문에 물어볼 게 있다고 하던데. 막말로 계좌번호나 비밀번호를 가르쳐달라는 것도 아니고.

오 여사도 보이스피싱을 우려하고 있던 거였다.

— 너한테 전화 왔을 때 뭔가 이상하다 싶으면 네가 끊어버리면 되잖아.

말문이 막힌 나한테 오 여사가 뒷말을 붙였다. 오 여사 말을 듣고 보니 맞는 말이었다.

— 내 친구라면 누구지?

나는 머리를 갸웃거렸다. 고등학교 때를 떠올리면 생각나는 친구는 단 한 명이었다.

— 내가 알겠니. 앨범에서 네 전화번호를 찾아보고 연락을 했다니까 고등학교 때 친구겠지.

— 졸업한 지가 언젠데, 친구는 무슨! 전화 온 사람도 남자였다면서?

— 삼십 년 아니라 오십 년이 넘었어도 친구는 친구인 거지. 전화 온 사람이 친구 아들이거나 아는 사람일 수도 있는 거고. 쥐뿔도 없는 게, 무슨 의심은 그렇게 많냐?

— 그 사람도 참 그렇네. 앨범에 있는 전화번호가 우리 집 전화번호라는 걸 어떻게 믿고 연락을 했을까? 그 세월이면 이사를 했든지 전화번호도 바뀌든지 했을 텐데. 아니면 전화번호가 없어졌을 수도 있고 말이야. 요즘은 집 전화 많이 없애는 추세잖아.

— 그러니까, 넌 어미한테 고마워해야 해!

맥락도 없이 툭 튀어나온 공치사에 또 한 번 말문이 막혔다. 당신이 집 전화를 없애지 않은 걸 말하는 걸까? 아니면 내가 고등학교 다닐 때부터 본가가 이사 한 번 가지 않고 한곳에 오래 산 걸 말하는 걸까? 그러니 알지도 못하는 사람이 느닷없이 연락한 일을 고마워하라는 걸까?

"강수진과는 어떻게 아는 분이죠?"

민혁이라는 사람한테 물었다. 강수진을 기억하느냐는 질문에 대한 내 대답을 포함한 되물음이기도 했다.

"시간 좀 내주실 수 있겠습니까?"

남자의 굵은 바리톤 음색이 사무적으로 느껴졌다. 보이스피싱은 아니라는 판단이 들어 만나자고 했다. 세상천지에 얼굴 보고 사기 치는 보이스피싱범은 없을 테니까. 민혁이 강수진을 언급한 순간부터 마음 한편에 방화벽같이 단단한 셔터가 쳐지는 기분이었다. 수진이 오래전에 교통사고로 죽은 사람이기 때문일 것이다. 무슨 일로 그러느냐는 내 두 번째 질문에도 민혁은 만나서 말씀드리겠다며 시종일관 정중했다. 친절과 배려가 배제된 정중함이라서 그런지 묘하게 불쾌감이 들었다.

전화를 끊고 곧바로 책장과 베란다 수납장을 뒤졌지만, 고등학교 앨범을 찾지 못했다. 나는 외출 준비를 서둘러 마치고 아파트를 나섰다. 약속 장소로 가기 전에 오 여사 집에 가볼 참이었다. 차한수와 이혼하고 나서 친정 근처에 아파트를 얻었다. 독거노인 오 여사와 가까이 사는 게 내가 할 수 있는 유일한 효도였다.

아파트 단지를 나와 초등학교를 지나 십 분여 거리에 위치한 주택가로 들어섰다. 골목 어귀부터 빌라가 난립해 있었다. 결혼 전에는 우리 집이었고, 결혼 후에는 친정으로 불렸고, 지금은 본가라고 하거나 엄마네 집이라고 명명하는 그 집은 40평 남짓의 단층 단독주택이었다. 건축업을 하셨던 아버지가 직접 지은 집이라서 오래되었지만 골조가 튼튼했다. 그 집을 짓고 아버지는 이듬해 폐암으로 돌아가셨다. 내가 중학교 다닐 때였다.

60평 남짓인 뒷집과 본가를 합쳐 신축 빌라를 지으려는 업자들이 공인중개소를 통해 눈독을 들여온 게 일 년이 넘었다. 기본 골조가 아무리 튼실해도 세월 탓에 매년 집에 들어가는 수리비가 만만치 않았다. 그럴 때마다 오 여사가 손 벌리는 곳은 딱 한군데였다. 어디 오 여사뿐인가. 외숙모들도 다급하다 싶으면 이모에게 SOS를 쳤다. 외삼촌들은 번연히 알고 있으면서도 뒷짐 지고 먼산바라기를 할 뿐이었다.

삐걱거리는 대문을 열고 현관에 들어섰다. 문 여는 소리에 부엌에 있던 오 여사가 종종걸음으로 나왔다.

"엄마, 내 고등학교 졸업 앨범이 우리 집에 없던데, 여기 있겠지?"

내가 신발을 벗자마자 건넛방으로 직행하니 오 여사는 물 묻은 손을 앞치마에 닦으며 건넛방으로 얼굴을 들이밀었다. 건넛방은 결혼하기 전에 내가 쓰던 방이었다. 지금은 창고 방처럼 쓰고 있었다.

"전화 온 그 사람 때문에 그러는 거야?"

눈치 하나는 빠른 오 여사였다.

"그렇지 뭐. 무슨 일인지는 나도 몰라. 만나자는데, 만나보면 알겠지."

"만나보면 안다면서 졸업 앨범은 왜 찾아? 저기 꼭대기에 있는 박스 내려서 열어봐라."

오 여사가 오크색 장식장을 손가락으로 가리켰다. 까치발을 하고 내린 박스 안에는 잡동사니가 많았다. 1980년대에 제작된 졸업 앨범은 청색 하드커버였다. 솜털 같은 먼지가 깔린 표면에 내 손가락 자국이 선명하게 찍혔다.

"애, 먼지나 좀 닦아내자."

내 어깨 너머로 앨범을 넘겨다보던 오 여사가 물티슈를 가져왔다.

"앨범은 왜 보려는 거야? 전화 온 사람이 뭐라고 하든?"

연달아 날아드는 오 여사의 말을 귓등으로 흘려들었다. 앨범의 하드커버를 넘기자 코팅된 종이가 들러붙어 쩍쩍, 소리가 났다. 내가 몇 반이었더라. 생각이 나지 않았다.

"엄마, 내가 고3 때 몇 반이었지?"

"너도 참 너다. 너도 기억이 안 나는데, 내가 그게 생각이 나겠냐?"

맞는 말이었다. 그렇다 하더라도 커터칼로 잘라내는 듯한 오 여사의 말투에 정나미가 떨어질 때가 종종 있다. 나이답지 않게 눈치가 빠르고 이치가 정확한 양반이다. 오 여사의 장점인 동시에 단점이었다. 나의 엄마지만 완전히 내 속을 드러내기 망설여지는 이유도 그것 때문인지 모른다. 세상눈보다 가족의 시선이 더 껄끄럽기 마련이다.

앨범에는 타원 안 앳된 얼굴이 빼꼭히 들어차 있었다. 두발과 교복 자율화 시절이라서 사복을 입은 학생들 머리 모양이 제각각이었다. 단발과 커트가 대부분이지만 개중 두 갈래로 땋았거나 포니테일로 묶은 학생도 있었다. 익숙한 얼굴도 보였지만 내가 눈여겨 찾는 아이는 강수진이었다. 그 아이와 내가 같은 반이었던 적은 한 번도 없었다. 앨범을 넘기면서 세월의 더께가 한 꺼풀 벗겨졌고 비로소 고3 담임 얼굴이 생각났다. 오종종하고 깐깐한 인상의 남자로, 영어 교사였다.

"너, 여기 있다. 우리 딸 완전히 애기였네. 애기가 언제 이렇게 늙어서."

오 여사가 내 사진을 먼저 발견했다. 고등학생인 내 모습에 머물던 시선을 거두고 곧바로 다음 장으로 넘겼다. 거의 마지막 장까지 넘겼을 때 내 입에선 앗, 하는 탄식이 흘러나왔다. 그 반은 12반이었고, 끝 반인 동시에 예체능 반이었다.

종이 한 귀퉁이부터 갈라진 자국은 중간에 뻥 뚫린 직사각형 네모로 이어졌다. 사진 밑에 이름까지 싹둑 잘렸지만, 그 주인공이 누구인지 대번에 알 수 있었다. 강수진, 그 애였다.

"아니, 앨범이 왜 이런 거냐? 누가 이런 짓을……."

오 여사도 나만큼이나 놀란 것 같았다. 나는 성급히 페이지를 넘겼다. 단체 사진에서도 강수진은 찾을 수 없었지만 누군지는 금방 눈에 띄었다. 얼굴이 검정 매직펜으로 덧칠해져 있는 탓이었다. 옆에 서 있는 애는 선재였다. 두 사람은 단짝이라는 걸 증명하듯 딱 붙어 있었다.

이런 몹쓸 짓을 한 사람이 누굴까. 이 앨범의 임자는 나였고, 누군가가 이 방에 들어와서 앨범을 이렇게 훼손할 이유는 없다. 그렇다면 범인은 누가 생각해도 뻔했다. 하지만 내 기억은 앨범에서 도려낸 강수진의 사진처럼 깨끗이 사라진 채였다. 기억력이란 바위와도 같아서 시간이 흐르면 풍화작용으로 부식되기 마련이다. 아무리 그렇다고 하더라도 잘게 부서진 흙가루나 먼지로는 남는 게 아닐까? 그런데 성능 좋은 청소기로 싹 치운 듯 완벽하게 깨끗했다.

나란히 서 있는 선재와 수진. 두 사람을 보는 순간 기억엔 없지만 잊힌 감정은 아스라이 올라왔다. 그것은 진눈깨비가 날리는 허허벌판에 홀로 남겨진 듯한 지독한 외로움이었다. 그 감정이 얼마나 깊었기에 수진을 이렇게 도려내고 삭제해버린 걸까? 소름이 끼쳤다. 지금껏 살면서 누군가를 이토록 혐오한 적이 있었던가. 나는 그럴 만한 위인이 못 된다. 이혼한 전남편 차한수한테도 한 톨의 적개심이 없다. 차한수가 재혼한다면 두둑이 축의금을 내고 축하하고 싶은 게 나의 진심이리만치. 그런 내가 이런 짓을 저질렀다는 게 이해되지 않았다. 아무리 철없던 시절의 일이라 하더라도.

충격을 받은 오 여사는 할 말을 잊은 채 나만 바라보았다.

민망해진 나도 앨범을 손으로 훑기만 했다. 졸업 직후 내가 가위와 매직펜을 들고 했던 당시의 행동과 그때의 감정이 얼핏 살아나는 듯도 했다.

몇 년이 지난 후 들려온 수진의 부고 소식. 알 수 없는 두려움이 엄습했고 앨범을 꺼내 보지 못했다. 어떻게 그렇게 새까맣게 잊고 살았는지 나 또한 의문이다. 그조차 잊어버리고 수진의 얼굴을 확인하기 위해 졸업 앨범을 뒤지다니. 철 지난 영화의 한 장면처럼 희미해지는 게 기억이겠지만. 흐릿한 윤곽으로 남겨진 수진의 모습이 검은 휘장 안으로 달음박질쳐 달아나버린 기분이었다.

"정말 네가 이렇게 해놓은 거냐?"

오 여사가 나를 힐끗 보며 석연치 않은 목소리로 물었다.

"애가 누구냐? 너하고 사이가 안 좋았던 모양이구나. 그래도 졸업 앨범을 이렇게 망가뜨리면서까지. 쯧쯧쯧! 철없을 때 일이라고 생각하고 너도 잊어라."

오 여사도 내 얼굴에 교차하는 여러 감정을 읽은 거였다. 가위로 잘려나간 사진보다는 당신 자식의 기분을 살피는 게 부모 마음일 테니까. 오 여사는 혀를 끌끌 차면서 방을 나가 주방 쪽으로 향했다.

나는 앨범을 박스에 집어넣고 서둘러 방에서 나와 신발을 신었다. 오 여사가 무슨 낌새를 느껴 무언가를 물어오면, 검은 휘장 안으로 달음박질친 기억이 끄집어내질 수도 있다는 압박감이 든 탓이었다.

"엄마! 나, 갈게요."

나는 허둥거리며 집을 나와 약속 장소로 향했다.

카페에서 한 청년이 나를 기다리고 있었다. 이십대 후반에서 삼십대 초반으로 보이는 청년은 나를 먼저 알아보고 허리를 굽혀 인사했다. 그러고는 내게 명함 한 장을 내밀었다. 명함에는 회사명도 직함도 없었다. 이름과 전화번호만 덩그러니 박힌 명함이라니. 내 앞에 나타난 민혁이라는 남자는 실존 인물인데도 왠지 불가해하다는 느낌이었다. 오래전에 죽은 동창의 이름을 불쑥 듣게 되자 느껴진 생경함 때문일지 몰랐다. 중키에 서글서글한 눈매를 가진 반듯한 청년. 그의 선한 눈매에서 오래전 잊힌 기억의 끄트머리를 애써 떠올리는 중이었다. 기억력의 바위가 부식되면서 남겼을 잔재를 손끝으로 만지작거리면서. 이건 대체 무슨 기시감이람.

"무슨 일로 나를 찾은 건지……. 강수진은 어떻게 아는 건가요?"

"저는 고객으로부터 의뢰받은 업무를 처리하기 위해 최윤지 선생님께 연락을 드렸습니다. 강수진 씨가 남기신 물건을 정리해달라는 요청을 받았거든요."

민혁의 말을 들으면서 머릿속에 몇 개의 단어와 이미지가 떠올랐다. 흥신소와 심부름센터, 신원 미상의 검은색 무리들이 뒷골목을 누비는 장면이 휘리릭, 지나갔다. 조악한 전단지에 '떼인 돈 받아드립니다'로 시작하는 문구 및 바람난 배우자의 현장 사진을 찍는 일 등등. 깔끔한 외모와 슈트 차림의 민혁과는 많이 동떨어진 느낌이지만 달리 생각할 수가 없었다. 그런 곳에서 망자의 물건을 정리해준다니 새삼스러웠다. 언젠가 청계천 공구상가에서 탱크도 주문 제작 가능하다는 터무니없는 말이 돌았듯이 심부름센터도 인간관계 만능 해결사인 걸까, 라는 생각이 들었다. 망자의 물건 정리는 복잡한 인간관계에 비하면 단순 업무 처리겠지만.

민혁은 업무적인 정중함이 몸에 밴 사람이었다. 그러한 요소가 필수인 직업일지도 몰랐다. 아무리 그렇다고 하더라도 수진의 물건을 정리하다가 나를 알게 되었다는 말을 백 퍼센트 신뢰하기엔 정황이 애매했다.

수진이 죽은 지가 언제인데 지금에 와서 물건을 정리한다는 걸까? 수진의 사인은 교통사고였다. 느닷없고 갑작스럽긴 해도 현대사회에서 교통사고는 불운한 사고 중 하나다. 물론 죽음을 받아들이기에 수진의 나이가 너무 어려서 충격적이긴 했다. 졸업 앨범에서 사진을 가위로 도려낼 만큼의 증오를 품고 있는 나에겐 더더욱 그랬다.

나도 친구와 함께 수진의 장례식에 갔다. 영정 사진은 내가 앨범에서 오려낸 그 사진을 확대한 것이었다. 수진의 모습이 정확히 생각나지 않았다. 민혁으로부터 그녀의 이름을 들었을 때 졸업 앨범을 찾을 생각을 했던 것도 그래서였다.

그녀의 인상이 참으로 다채로웠던 기억은 남아 있다. 웃고 찡그리고 화내고 삐칠 때의 모습이 총천연색이었던 그녀는 생동감이 넘치는 아이였다. 생전의 그런 모습과 달리 영정 사진은 무채색으로 각인될 만큼 무미건조한 표정이었다. 십대 말에 찍은 사진에서 이미 이십대 초반에 요절하는 명줄의 운명이 깃들어 있는 듯해 더 처연하게 보인 것일 수도 있다.

그날 나를 바라보던 눈빛이 있었다. 집요하게 나를 훑어오던 눈빛에는 새파랗게 날이 선 위기감이 느껴졌다. 몇 년이 흐른 후 동창 사이에서 수진의 사고에 대한 갖가지 억측이 난무했다. 죽음에 관한 구설수 자체가 억측이었다. 언제가 한번은 억측의 한 가닥을 잡고 설왕설래하는 친구에게 내가 쐐기를 박았다. 젊은 나이에 세상을 떠난 것도 안타까운 일인데 헛소문까지 덧입혀 망자를 괴롭히는 일은 하지 말라고. 동창들 사이에서 수진이 화제로 오를 때마다 이유 모를 갑갑증이 밀려왔다. 잘못 넘긴 음식물이 명치끝에 걸려 머리까지 땅해지는 체증 같았다. 나는 의식적으로 그녀를 지워버리려 했다. 명치끝에 걸린 음식이 돌처럼 딱딱해졌지만, 시간의 풍화작용으로 언젠가는 부식될 거라고 믿었다.

"강수진이 죽은 게 언젠데 지금 와서 걔가 남긴 물건을 정리한다는 건가요? 진작 치웠어도 열두 번은 더 치웠을 세월이 지났는걸요."

"저도 고객으로부터 의뢰받은 일이라서 정확한 걸 말씀드리기는 그렇습니다."

"고객이라면? 수진의 가족을 말하는 건가요?"

"아직은 뭐라고 말씀드리기가 어렵습니다. 이 점 양해 부탁드립니다. 고객님이 허락하시면 그때 가서 자초지종을 말씀드리겠습니다."

민혁의 말은 들을수록 미궁이었다. 몇 겹의 베일이 눈앞에 커튼처럼 드리워져 있는 기분이었다.

"민혁 씨라고 했나요? 그렇게 불러도 되겠지요. 직함을 알 수 없어서."

"네, 편하신 대로 불러주십시오."

"혹시 심부름센터 같은 데서 일하시나요? 그런 데서는 죽은 사람 물건을 정리해주기도 하나 보네요. 대충 감이 오긴 하는데, 잘 몰라서요. 삼십여 년이 지난 수진의 물건을 새삼스레 정리하는 것도 이상하지만, 그 애의 유품을 정리하면 했지 왜 느닷없이 나를 찾아온 건가요?"

"맞습니다. 제 업무가 옛날에는 심부름센터나 흥신소라는 데서 주로 했던 일일 겁니다. 요즘은 그렇게 부르지 않습니다. 저희 회사 공식 명칭은 신속 기획사입니다. 제 명함 뒷면을 보시면 알 겁니다. 왜 최 선생님을 찾아왔느냐는 질문에는 답변을 드리기가 어렵습니다. 단지 최 선생님이 강수진 씨를 기억하고 있는지 확인하고 싶어서 연락드린 겁니다."

명함 뒷장까지는 미처 살피지 못했다. 민혁은 다음 말을 계속했다.

"회사에서 제가 담당하는 파트가 돌아가신 분의 유품을 정리해드리는 일입니다."

민혁은 유품 정리사였다. 다소 생소한 직업이지만 세상에는 별의별 직업이 많다. 특수 직업에 관한 원고를 대필한 적이 있어서 유품 정리사에 대해선 대략적으로 알고 있다. 고인의 물건을 정리하기 전 첫 번째로 하는 일은 '축문'이다. 생전의 고인이 다뤘던 마음으로 정리하겠다는 의미가 담긴 일종의 제례문 같은 것이다. 두 번째로, 고인이 썼던 물건과 가구 및 책장을 살핀다. 다 파악하고 나면 고인이 남긴 물건을 가족과 지인에게 전달하거나 버리기도 한다. 내가 아는 건 그 정도였다. 나는 유품 정리사 직업에 관해 이것저것 물었고 민혁은 성실하게 답변했다. 대필 작가로서 생소한 직업에 호기심이 발동했다.

민혁한테 의뢰한 고객이 누구인지는 그다지 궁금하지 않았다. 내가 궁금한 건 따로 있었다. 수진의 유품 속에 혹시라도 남아 있을 선재의 흔적이었다. 나는 민혁의 입에서 선재라는 이름이 나오길 기대했던 걸까? 그러나 민혁은 선재의 시옷 자도 말하지 않았다. 나는 강수진의 유품에 관심이 없다는 말로 선을 그었다. 민혁은 알 듯 모를 듯한 표정을 지으며 생각이 바뀌면 연락을 달라고 했다.

3

주말에 시간을 내라고 전화한 오 여사는 민혁을 만나고 온
일을 물었다. 나는 별일이 아니었다고 심드렁하게 답했다. 공
연히 흘린 말 한마디로 눈치 백 단 오 여사에게 빌미를 제공
하고 싶지 않았다.

"주말엔 왜? 나도 바쁜 사람이야."

"아름이 말이야……."

아름? 아름이가 누구지? 오 여사가 불쑥 내민 카드. 도통
감이 잡히지 않는다. 자초지종을 생략하고 특정한 단어나 사
람을 먼저 언급함으로써 상대방이 부쩍 궁금해할 수밖에 없
는 상황을 만드는 것이 오 여사식 화법이다. 거래에 앞서 갑
의 위치를 선점하려 드는 오 여사만의 방법일 수도 있다. 계
획된 의도라기보다 힘겨운 인생에서 자연스럽게 굳어진 습

관이다. 습관이 거듭되면 인성이 되기도 하는 법이니까. 나는 성급하게 묻는 대신 침묵을 택했다. 선점을 하려는 오 여사의 수법에 말려들지 않기 위해 나대로 터득한 방책이다.

"형서가 너도 나오라고 해서."

결정적인 정보가 오 여사 입에서 흘러나왔다. 아름이 형서의 예비 신부라는 걸 바로 알아차렸다. 이모가 몹시 궁금해했던 사람이다.

"형서가? 날? 왜?"

오 여사의 침묵. 신경전은 이만하면 됐다. 모녀의 보이지 않는 신경전은 어디서 기인한 걸까. 외동딸을 향한 각별한 애정에 비례해 세상으로부터 당신과 나를 지켜야 한다는 강박이 커져 지금의 오 여사를 만들었을지도 모른다. 당신이 세상에 십을 내주었을 때 십 이상은 반드시 얻어내야 한다는 오 여사만의 계산법. 그것으로 오 여사는 나와 당신을 세상으로부터 지켜냈고 나 또한 그런 기질을 은연중에 학습해왔을 테다. 타인에게 속내를 다 보여주고 싶지 않은 만큼 타인한테도 신경 쓰지 않고 살아가는 게 내 인생 철칙이었으니까.

약속 장소인 백화점 정문 앞에 형서가 먼저 와 기다리고 있었다. 아름이는 형서 옆에 다소곳이 서 있었다. 이모부 생일날 잠깐 스친 모습과 딴판이라고 느낀 것은 옷차림 때문이었다. 예비 시아버지 생신에 아름은 투피스 정장을 맞춰 입고

44

왔었다. 청바지에 티셔츠를 입은 가벼운 차림의 아름은 훨씬 어리고 발랄해 보였다.

아름을 보자 이모 아파트 지하 한정식 음식점이 생각났다. 이모는 TV 예능 프로그램에 잠깐씩 얼굴을 비추던 음식점 대표에 관해 말을 했었다. 기업 총수의 딸이나 며느리들이 신부 수업 코스로 대표가 운영하는 요리 강습을 필수로 이수한다나 어쩐다나. 수강생이 신랑에게 맛있는 음식을 해주고 싶어 신청했다고 하면 그저 그런 상류층 집안으로 시집을 가는 것이고 시부모를 잘 대접하기 위해서 요리를 배운다고 하면 대한민국에서 내로라하는 집안의 며느리가 되는 것이라 했다. 이모와 함께 골프를 치는 지인들의 우스갯소리란다. 그냥 흘려들을 수도 있었지만 다른 별에 사는 사람들 얘기 같아 뒷맛이 씁쓸했다. 그런데 그 에피소드를 들려주는 이모의 얼굴에 짙은 아쉬움이 가득했다. 아쉬움이 겨냥하는 표적이 바로 아름이라는 걸 알았지만 모르는 척했다. 상류층 부류로 세팅되어 신부 수업을 받는 아름을 그려보는 이모의 마음이 충분히 이해되긴 했다. 며느리를 향한 기대와 포부를 펼쳐보는 일은 둘째치고 아름의 얼굴조차 모르는 이모 처지가 딱했다.

형서가 아름에게 나를 소개했다. 이종사촌 누님이라고.

"큰이모님 따님 되시죠. 형님이라고 불러도 될까요? 아버님 생신에 잠깐 뵙긴 했는데, 따로 인사를 못 드렸어요. 오빠한테 말씀은 많이 들었습니다."

아름은 밝게 웃으며 인사했다. 오 여사와 이모가 터울이 많이 나기도 했고 이모가 형서를 워낙 늦은 나이에 낳은 탓에 나와 형서의 나이 차이는 거의 이십 년 가까이 났다. 사촌인데도 형서가 나를 어른 대접하는 이유이기도 했다. 형서가 서른 즈음이니 아름은 이십대 후반일 것이다. 너무 이르지도 너무 늦지도 않은 결혼 적령기의 한 쌍. 내 눈에도 선남선녀로 보이는데, 이모가 본다면 눈에 넣어도 아프지 않겠다 싶기도 했다. 시도 때도 없이 이모 생각이 났다.

"누님, 이모님은요?"

형서가 물었다.

"오시겠지."

"저기 오시네요."

내 말이 끝나기 무섭게 아름이 오 여사를 먼저 알아봤다. 멀리서 보기에도 오 여사는 한껏 멋을 부린 티가 역력했다. 이모 대신 시어머니 위세를 드러내려는 의도일 것이다.

백화점 명품관의 주얼리 매장을 둘러보았다. 오 여사는 아름이 주얼리 세트를 고를 때마다 호들갑을 떨었다. 형서는 마지못해 호응했고 나는 멀찍이 비켜나 있었다. 도대체 나는 왜 나오라고 한 걸까. 물에 뜬 기름처럼 겉돌자 오 여사는 가자미눈으로 나를 째려봤지만 그러거나 말거나였다.

내가 형서한테 눈짓을 보내자 두 여자에게서 떨어져 내 옆으로 다가왔다. 기회를 봐서 형서에게 이모 마음을 전할 참이었다. 이모를 만났다는 말을 꺼내기 무섭게 형서 낯빛이 달라졌다. 아름의 눈치를 보는 기색이 역력했다. 형서가 아름에게 이모에 관해 어떻게 말했을지 궁금해지는 지점이었다. 대외적으로 이름을 떨치는 이모를 투명 인간 취급하지는 않았을 터였다. 그렇다고 완전히 드러내놓기에는 왠지 석연치 않은 부분이 있었을 것이다. 차라리 이모와 이모부가 이혼한 상태에서 이모의 존재를 드러내는 게 나을 수도 있을 테다.

오래전에 큰외삼촌이 이모부에게 이모와의 이혼을 제안했었다. 외할머니가 이모의 그림자였던 그 사람의 존재를 알고 난 뒤 충격을 받고 돌아가시자 이모는 외가에서 죄인 취급을 받았고 그 무렵 이모와 이모부도 남남처럼 지냈다. 그러나 이모부는 처가 행사에 여일하게 참석했고 막내 사위 자리를 굳건히 지켰다. 외삼촌들은 그러한 이모부 태도를 높이 평가했다. 피붙이인 이모를 제치고 매제에게 여동생과 이혼하라는 말을 서슴없이 한 것만 봐도 그랬다.

— 형님이 저를 생각해주는 마음은 정말 고맙습니다. 하지만 저는요, 형서 엄마와 이렇게 끝내고 싶지 않습니다. 게다가 저희 두 사람에게는 형서가 있지 않습니까. 제가 딴 여자를 보지 않고 형서를 끼고 있으면 그 사람도 언젠가는 돌아오

지 않겠습니까. 저는 형서 하나만 바라보고 살 겁니다. 형님들만 끝까지 제 편이 되어주십시오.

큰외삼촌은 혀를 끌끌 차는 걸로 당신 제안을 거둬들였다. 누가 보더라도 이모부는 세상에 다시없는 순정남이었다. 그렇지만 우리 모두 이모부가 좋은 사람이라고 인정하는 것은 아니다. 처음엔 외삼촌들도 전적으로 이모부 편이었지만 세월이 지나면서 이모에게 관대해졌다. 외삼촌들이 이모 이름을 거론하며 밖에서 자랑하는 것만 봐도 알 수 있었다. 외숙모들은 자기네끼리 눈빛을 교환하고 입을 비쭉거리며 이모와 이모부를 도매금으로 넘겨 흉을 볼 게 틀림없었다. 평소 항렬을 따지며 가문을 운운하는 시댁을 싸잡아서 깔아뭉개고 싶은 외숙모들의 저의도 모르지 않았다.

"누님, 이따 시간 되면 잠깐이라도 저와 얘기 좀 나눌 수 있을까요?"

백화점 앞에서 형서가 내게 먼저 만나자고 제안했다.

"아름이 데려다주고 전화해라."

나는 엄지와 소지를 세워 귀에 붙이는 제스처를 취했다. 아름이 형서에게 눈으로 묻고 있는 게 느껴졌다. 어쩐 일인지 오 여사는 내 옆구리를 찔러대는 행동은 하지 않았다. 끼고 빠질 때를 귀신같이 아는 노인네다. 그조차 친정 덕을 보면서 생계를 버텨온 오 여사의 처세였다는 걸 알기에 딸로서 유쾌하진 않았다.

형서와 아름이 저만치 멀어지자 오 여사가 팔을 잡아당겼다. 이제 껴도 되는 타이밍이라는 걸 안 것이다.

"네가 형서한테 뭔 얘기를 한 거 맞지."

"내가 뭘?"

"문디 가스나야! 좋은 일 앞둔 애, 공연히 마음 흔들어놓지 마라."

오 여사는 역시 귀신이다.

"우리 모두 이모한테 너무 하는 거 아니야?"

"형서 아빠 알면 난리 난다."

"엄마는 외삼촌들이 알까 봐 겁나는 건 아니고."

내가 볼멘소리를 했다.

"외삼촌들이 뭐? 언제 느그 외삼촌들이 이모한테 뭐라고 하던?"

오 여사는 밉지 않게 눈을 흘겼다.

"말 나온 김에 물어봅시다. 엄마는 어느 편이야? 이모부와 외삼촌들 앞에서는 이모 편을 한 번도 들어주지 않으면서 이모와 연락을 주고받을 때는 이모부 욕을 들입다 하잖아."

이유를 모르지 않았다. 오 여사는 급한 불을 끌 일이 생기면 이모에게 손을 벌렸고, 친정 남동생들한테는 얼마간의 생활비를 조달받고 있어서 이러지도 저러지도 못한다는 것을.

"네 어미가 박쥐라서 그런다. 왜? 근데 어디 나만 그러더냐? 사람이 다 좋은 게 좋은 거지. 앞에 대놓고 듣기 싫은 소리 할 건 또 뭐냐?"

맞받아쳐야 할 말을 궁색하게 만드는 답변이 돌아왔다. 기실 오 여사의 말도 맞았다. 우리는 모두 그랬다. 본심으로는 이모를 밀어내면서도 남들 앞에서는 이모를 자랑으로 내세웠고 뒤로는 이모 도움을 받곤 했다.

"너야말로 잘 처신해!"

경고 발언을 잊지 않은 오 여사 입에서 깊은 한숨이 따라나왔다. 가지지 못한 자의 비애였다. 딸인 나라도 오 여사를 부양할 능력이 있으면 좋겠는데, 내 처지도 옹색한 터에 무슨 할 말이 있나 싶기도 했다.

다 늦은 저녁 참에 형서가 왔다. 내가 밖에서 보자고 했지만 형서가 집으로 오겠다고 했다.

"급하게 오느라고 빈손이네요."

"별말을 다 한다. 나 이렇게 산 지도 이제 십 년째다."

신혼 초에 외가 식구들을 초대했을 때 초등학교 고학년이던 형서가 함께 오긴 했지만, 이혼 후 나 혼자 살면서부터 오 여사 외에는 오가는 사람이 없었다. 계면쩍어하는 형서를 자리에 앉히고 차를 내왔다.

"저녁은?"

"아름이랑 먹고 헤어졌어요. 누님 혼자 살기에는 적당해 보이네요."

형서는 21평 실내를 휙 훑어보았다. 어릴 적부터 넓은 집에서 살아온 형서 눈에는 협소해 보일지 모르지만 형서 말대로 혼자 살기에는 최적이었다.

"매형하고 여전히 연락하고 지낸다면서요."

형서도 오 여사의 입버릇 같은 푸념을 들어온 것일 테다. 나와 차한수에 관한 오 여사의 레퍼토리는 단순하면서도 집요해서 아무리 한 귀로 듣고 한 귀로 흘려버려도 어느새 세뇌당하곤 했다. 그 때문에 외가 식구들과 오 여사 친구들은 나와 그 사람의 이혼 과정이나 원인에 관해 반신반의했다.

사회에서 일 때문에 친해졌는데 알고 보니 대학 선후배였던 차한수는 출판사 마케팅부에서 일했고 출판 유통업에도 관계했다. 나는 말이 좋아 출판사 교정 프리랜서였지 학생 때 아르바이트가 직업이 된 셈이었다. 일을 맡아 하는 출판사에서 만난 차한수와 몇 번 이야기를 나누다가 같은 대학 인문계열 학과를 나왔다는 걸 알게 되었다. 일 평계와 대학 선후배라는 명목으로 몇 번 만났지만 깊은 관계는 아니었다. 그렇게 몇 년 지나다가 대학 동기 결혼식에서 다시 만난 것을 계기로 더 가까워졌고 그렇게 몇 년이 훌쩍 흘렀다. 마당발에 수완이 좋은 차한수는 출판 유통에 두각을 나타내서 삼십대 중반에 어느 정도 기반을 잡았다. 어느 순간부터 나는 차한수의 결혼 상대자가 되었다. 서른을 훌쩍 넘긴 나를 치우지 못해 안달 난 오 여사는 차한수를 사윗감으로 점찍었다.

사랑 뭐 그딴 거를 생각할 겨를도 없이 나와 차한수는 결혼식을 올렸고, 남들 하는 식으로 인생이 흘러가는가 보다 했다. 그러나 결혼 십 년 만에 우리는 파경을 맞았다. 다행인지 불행인지 아이도 없었다. 나는 아이에 관한 필요를 느끼지 못했기에 서두르지 않았고 차한수는 내 뜻을 존중한 건지 아이에 관한 자기 생각을 드러내지 않았다. 시댁과 오 여사만 끌탕을 하며 안타까워했다. 나는 차한수에게서 위자료라기보다는 위로금 형식으로 지금 아파트를 구매할 정도의 돈을 받았고 생계를 위해 다시 교정 일을 하다가, 대필에 발을 들여놓았다. 차한수의 인맥을 통해 대필 일을 한 게 시작이었다. 이혼한 지 십 년이 되었지만 나와 차한수는 이러저러하게 수시로 연락을 주고받는 사이로 지내고 있었다.

— 이 문디 가스나야! 차 서방이 어디가 어때서 이혼을 하고 지랄이가, 지랄은. 여자가 쪼매 참는 것도 있어야지. 그놈의 성격머리가 쌀쌀맞아서. 겨우 이 꼴로 살려고 헤어졌냐? 쯧쯧쯧!

나를 비난하는 오 여사의 푸닥거리는 시도 때도 없었다. '문디 가스나야'라는 말을 시작함과 동시에 내 등짝을 후려친

오 여사의 손바닥 스매싱도 수백 번에 이를 것이다.

— 엄마가 그렇게 좋아하는 차 서방 여자 생겼어. 그러니까 이제 그만해요, 제발!

내가 기어이 그 말을 꺼내고서야 오 여사의 레퍼토리는 방바닥이 꺼져라 하는 한숨으로 마무리되곤 했다.

"일 때문에 연락하는 거야. 한수 씨가 작은 출판사를 하니까 나도 굳이 다른 데 알아보기도 그렇고 해서 그 사람이 주는 일을 하고 있어. 한수 씨는 출판사가 아니더라도 이래저래 벌려놓은 게 많은 사람이지만, 나야말로 일이 별로 없어서 걱정이다."

나는 멋쩍게 웃었다. 내가 대필로 생계를 유지한다는 것을 알고 있는 차한수가 크게 돈도 되지 않는 출판사를 유지한다는 자체가 미심쩍다면서 대놓고 말하는 사람도 있었다. 여자 문제도 그랬다. 차한수가 나한테 미련이 남아 있다는 부담을 덜어주기 위해 여자가 있다고 한 게 아닐까 부쩍 의심해볼 지점이었다. 그걸 빌미로 오 여사의 억측과 기대를 잠재우고 있긴 하지만 말이다. 주위 사람들로부터 감정의 찌꺼기 없이 순수하게 비즈니스로만 전남편을 만날 수 있냐는 질문을 받기도 했다. 내가 아는 젊은이들은 아메리칸 스타일이냐고 농담을 건넸고, 나는 한술 더 떠 할리우드 스타일이라고 받아넘기곤 했다. 오 여사가 들었다면 지랄을 한다며 등짝 스매싱을

날렸을 게 틀림없다.

형서는 찻잔만 들었다 놓았다 하며 뜸을 들였다. 내 쪽에서 재촉하는 것도 이상해서 대필 일을 화제에 올렸다. 사실 이모를 만난 것도 자서전이 발단이었으므로. 나는 순전히 생계를 위해 시작한 일이었지만 이 바닥도 프로 작가는 수입이 만만치 않다고 들었다.

"이모가 날 부른 이유도 자서전 때문이야. 당신 일생을 정리하신다고 하더라. 이모 정도면 책을 낼 만도 한 명사이긴 하지."

나는 형서의 낯을 살피면서 이모 얘기를 슬쩍 끼워 넣었다. 정작 하고 싶었을 이모 얘기를 내가 먼저 꺼내자 형서의 몸짓이 슬로모션으로 변하다 곧 굳어졌다. 이내 아무렇지 않은 듯 표정을 풀었지만 형서의 불편한 심경이 느껴졌다. 형서가 대학에 입학하면서부터 서로 연락을 끊었으니까 벌써 십수 년이 흘렀다.

모자가 절연하게 된 연유는 참으로 아이러니했다. 외가에서는 사촌들도 다 알고 있는 공공연한 비밀이었지만 누구도 그 일에 관해 입을 뻥긋하면 안 되는 금기사항이기도 했다. 그 사건을 금기라고 명시한 적은 없었다. 입에 담는 순간 스스로가 더러운 기분에 휩싸이는 탓에 굳이 자기 입으로 말하고 싶지 않은 것이었다. 속엣말을 담아두지 못하고 뱉어야 직성이 풀리는 오 여사조차 그 일에 대해서 함구하는 걸 보면 알조였다. 오 여사를 포함해 외가에서는 형서와 이모 사이가 소원해지도록 유도한 이모부의 행동이 불합리를 넘어 비열하다고 여겼던 탓에 함구가 외가의 불문율이 된 것이다. 그뿐만 아니라 이모가 솔로몬의 판결로 유명한 모성 본능의 제물이 되었다는 것도 일조하고 있었다. 그럼에도 피붙이 동생 편을 드는 게 아니라 한 다리 건너인 이모부가 내린 결정에 손을 들어준 외가의 선택은 요령부득한 아이러니였다. 지금의 이모 위치였다면 달랐을지도 모른다. 그때만 해도 이모는 그 바닥에서 디자이너로 이름을 얻기는 했지만, 외가 식구들에게 영향력을 끼칠 정도는 아니었기에. 형서 또한 천륜을 내세워 세상 편견에 맞서기에 역부족인 스무 살 청년에 불과했다. 그 후로 몇 년은 이모 쪽에서 부단히 노력해서 형서와 연락을 주고받았지만, 이모부의 감시에 형서도 드러내놓고 이모를 만나지 못한 걸로 알고 있다. 그러다가 점점 소원해졌고, 아예 연락을 끊고 살았다.

"잘 지내고 계시죠?"

애써 무덤덤한 목소리로 이모의 안부를 묻는 형서의 차분함이 부자연스럽게 느껴졌다.

"이모가 궁금해하셔. 형서, 네 결혼도 그렇고, 아름이도 보고 싶어 하는 눈치더라. 이모가 그러는 것도 당연하지."

형서의 침묵. 내 앞에서 불편한 기색을 보이는 형서가 안타깝다 못해 은근히 화가 났다.

"결혼식 전에 너희가 이모를 찾아가야 하는 거 아니냐?"

형서의 의중을 조심스럽게 떠보았다.

"사실, 저도 그 일 때문에 누님한테 의논 좀 할까 해서 찾아온 거예요. 마침 누님도 만나 뵀었다고 해서요."

'엄마'라는 호칭을 생략하는 형서의 말투가 거슬렸다. 나는 형서의 얼굴을 정면으로 바라보는 걸로 다음 말을 재촉했다. 형서는 결심이 선 듯 손가락 관절을 꺾어 우두둑 소리를 내더니 천천히 입을 열었다.

"누님이 다리 역할을 해줬으면 좋겠어요."

예상치 않은 말이 나왔다. 무릎에 팔꿈치를 붙이고 두 손을 모아 입술에 대고 있던 형서가 손깍지를 꼈다. 여전히 덤덤한 태도였지만 귀밑까지 발갛게 상기되었고 입을 너무 꽉 다문 탓인지 턱이 움찔했다.

"다리? 내가? 어떻게? 혹시 이모에 대해 아름이한테 아예 입도 뻥긋하지 않은 거니? 이제 곧 아름이도 너희 가족이 되는 거잖아? 아름이도 너희 엄마에 관해 물었을 거 아니니? 돌아가신 건지, 이모부와 헤어지신 건지. 헤어졌더라도 살아계신다면 아름이도 궁금해하는 게 당연한 거 아니니?"

형서한테는 따지듯 들렸을 수도 있다. 나를 바라보는 형서의 동공이 미세하게 흔들리고 있었다. 말로 풀어낼 수 없는 복잡 미묘한 감정이 출렁거리는 게 느껴졌다. 형서에게 저런 신중함이 있었던가. 문득, 형서가 이모부 쪽보다는 이모 쪽을 닮았다는 생각이 들었다. 이모의 일면을 보고 있는 착각이 들었다.

생활력이 강하고 목표 의식이 뚜렷한 이모에 비해 이모부는 무능한 데다 현실도피적인 사람이었다. 형서도 이모부의 그런 모습을 빼닮았다고 생각했다. 유약하고 섬세해서 정면 돌파에는 취약하지만, 머리는 빠릿빠릿하게 돌아가서 자신에게 유리한 쪽을 잽싸게 알아차렸다. 그런 까닭에 지금 형서가 보여주는 신중함이 낯설었다.

"아름이한테는 그분에 관해 자세히 말하지 않았어요. 별로 하고 싶지도 않았고요. 제가 딱히 나쁜 놈이라는 생각은 없어요. 물론 아름이도 궁금해했어요. 저한테 물어보기도 했고요. 돌아가신 거냐고요. 그때 퍼뜩 생각이 나더라고요. 아, 나한테도 어머니란 존재가 있었구나, 하고. 그리고 그 존재가 바로 유명한 디자이너라는 게 새롭게 다가오더라고요. 일반인들이 다 알지는 못해도, 조금만 신경 써서 인터넷을 찾아보면 엄청난 프로필이 연달아 뜨는 사람이 내 어머니라는 사실을 잊고 있었던 거죠. 그러면서 굳이 숨길 필요가 있나 하는 생각이 들었어요. 제가 디자이너 누구의 아들이라는 게 플러스가 되면 됐지, 마이너스가 될 일이 아니니까요. 누님도 알다시피 아빠는 내세울 게 없는 분이잖아요……."

옅은 한숨을 몰아쉬고 이어진 형서의 말인즉 아름의 부모님이 사회적으로 제법 저명한 분들이라고 했다. 장인은 고위 공직자로 퇴직한 분이고, 장모는 의류학과 교수라고 했다. 형서가 이모의 이름을 언급하자 존경과 선망이 깃든 장모의 눈빛에서 형서는 잠깐이나마 자신이 그분의 아들인 게 자랑스러웠다고도 했다. 형서의 말을 들으면서 의심이 뾰족한 새싹처럼 솟아났다. 형서의 마음이 이모한테 많이 기울었다는 건데 왜 이모는 그 사실을 모르고 있는 걸까?

"처가에는 말씀드렸어요. 부모님이 오래전부터 별거중이라고요. 장인 장모님도 그 정도를 이해 못 해주실 분들이 아니거든요. 너그러우신 분들이기도 하지만 그만큼 그분 존재가 특별하다는 의미일 거예요. 그런데, 문제는 우리 아빠예요. 누님도 아시잖아요. 우리 아빠가 보통 분이 아니라는 걸."

그 때문이었다. 곧 가족이 될 처가 어른들 앞에서 이모의 명성이 자신의 위상을 높이는 데는 더할 나위 없는 도구였지만 정작 전통적인 '어머니' 상으로는 부적합하다는 것. 단지 이모부의 반대 때문만은 아니라는 생각이 들었다. 형서가 이모를 부를 때 엄마라고 하지 않고 그분이라고 한 까닭이. 형서의 그런 태도는 나한테 무한한 인내력을 요구하고 있었다.

이모가 저를 포함한 이모부한테 들인 돈이 얼만데, 라는 치졸한 생각이 치밀어 올랐다.

"그래서 말인데요. 누님이 그분한테 제 결혼식에는 꼭 좀 참석해달라고 전해주세요."

이건 또 무슨 말인가? 이모가 형서 결혼식에 참석하는 것은 너무도 당연한 일이었다. 그런 당연한 일을 가지고 나한테 굳이 다리 역할을 해달라고 할 거는 또 뭐람. 찾아가 직접 얘기해도 될 일을 굳이 나를 거쳐야 하는 이유도 모르겠다.

"이모가 네 결혼식에 가는 건 당연한 거 아니니. 하지만 네가 먼저 아름일 데리고 찾아가는 게 도리 아닐까? 아름인 뭐래? 이모한테 가자고 안 해?"

나는 형서의 저의와 상관없이 녀석의 정곡을 찔렀다. 공연스레 알미운 생각이 든 탓이었다.

"아름이는 졸랐어요. 찾아뵙자고요. 그래서 저도 지금 마음이 심란해 죽겠어요. 그분을 찾아뵙지 않을 핑계를 머리 터지게 생각하는 중이니까요."

형서는 자신이 최대 피해자이기라도 한 듯 목소리를 높였다. 이모가 평생 일군 재산의 최대 수혜자였던 형서는 온실화초처럼 자라서, 심약해 빠진 부잣집 도련님 그 이상도 그 이하도 아니라는 생각이 들었다.

"그럼 네 말의 의미는 뭐야? 이모가 네 결혼식에 엄마로서가 아니라 처가 어른들 앞에서 네 위신을 세워줄 꼭두각시로서 필요하다는 뜻인 거야? 지금 그게 말이 된다고 생각하는 거니?"

"제가 아름일 데리고 거길 찾아가면 아빠가 절대 두고 보실 리가 없잖아요. 아니, 그뿐만이 아니에요."

형서가 머리를 세차게 가로저었다.

"아빠 이전에 외삼촌들도 썩 달가워하시지 않을걸요. 그냥 두고 보실 분들이겠어요. 누님도 아시잖아요. 이모도 그것만큼은 펄펄 뛰실걸요."

외가의 문제를 형서가 적나라하게 짚어내고 있었다.

"너는?"

형서를 다그치자 형서는 내게서 얼굴을 돌렸다.

"형서, 네 맘이 가장 중요한 거 아니니? 이모는 너를 낳아준 엄마고, 네 뒷바라지를 해준 분이야. 그리고 이건 다른 누구도 아닌 바로 네 결혼식이고."

내 목소리에는 힘이 실려 있었다. 저 밑바닥에서부터 소리치고 싶었지만 목울대를 움켜잡고 그 말만은 하지 않으려 안간힘을 다하느라 얼굴이 확 달아올랐다. 우리 이모 덕에 너와 너희 아버지가 호의호식하면서 살아온 거 아니냐는 말.

"누님한테도 부탁드릴 일이 있어요. 그분이 자서전을 쓰는 일에 누님이 개입하시지 않았으면 좋겠어요. 자서전이라는 게 한 사람의 일생을 미주알고주알 펼쳐놓는 일이잖아요. 단순히 그분의 커리어만 어필하지 않을 거잖아요. 분명 살아온 인생도 포함될 테지요. 사실 그분이 이룬 성과를 뺀 개인적인 인생이 그리 자랑스럽거나 내세울 만하지 않다는 건 누구보다 누님이 잘 아시잖아요. 처가에도 그분의 개인사를 털어놓을 수 없는 게 제 입장이고요. 누님이 그분한테 분명히 전해줘요. 적어도 저를 부끄럽게 하지 말아달라고요. 정말 나를 자식이라고 생각한다면 최소한 저한테 피해는 주지 말아야지요."

나는 벌린 입을 다물지 못했다. 형서는 끝까지 이모를 '그분'이라고 명명하며 선을 긋고 있었다. 형서는 거기서 끝내지 않고 기어이 이모의 수술 동의서에 사인한 일을 언급했다. 수술 동의서는 결국 죽음에 관한 동의인 거였다면서. 이모가 죽음에 이르렀을 때 결국 자신이 자식 노릇을 하겠구나, 라고 생각했단다. 녀석은 이모부와 판박이였다. 잠깐이나마 이모를 닮았다고 생각한 건 오판이었다.

4

졸업 앨범 속 잘려 나간 수진의 사진처럼 내 기억도 그렇게 도려진 것이었을까. 형서가 자기 입맛대로 가정사를 편집해서 미래의 청사진을 그리고 있다면, 내 입맛대로 과거를 저장하는 건 나만의 회상법일지도 모른다.

졸업 사진을 찍었을 무렵은 초여름이다. 그해 여름은 고3이던 우리에게도 강렬하고 위험했다. 매캐하고 알싸한 공권력 냄새가 온 나라를 뒤덮은 탓이었다. 하지만 우리는 귀를 닫고 눈을 감아야 했다. 코앞으로 닥친 '입시'라는 큰 산을 넘기 위해서. 비로소 그 산을 넘어갔을 때, 공권력에 맞서는 것조차 희망 사항이리만치 우리에게 대학 입학은 절실했고 간절했다. 그래서 우리는 초여름의 싱그러움과 짙푸른 녹음을 느낄 새가 없었다.

토요일 오후, 야간자율학습 조퇴증을 손에 쥔 나는 복도를 걸어 1층으로 향하는 층계를 지나 학교 건물 현관에 섰다. 입구에 밀려오는 6월 햇살이 환했다. 층계와 현관을 사선으로 긋고 있던 어둠과 빛의 대조는 너무도 선명했다. 음침한 어둠에 싸여 있는 교실과 환한 바깥세상은 마치 둘을 쪼개놓은 것처럼 완전히 달랐다.

우리는 농담으로 세상엔 세 부류의 사람이 있다고 했다. 남자와 여자, 그리고 고3. 그런 말이 떠돌 만큼 고3은 세상에 섞일 수 없는 존재라고 생각했다. 토요일 오후에도 고3 학생들은 교실에 남아 졸린 눈을 비비며 책과 씨름하는 것만 봐도 그랬다.

학생들의 재잘거림이 사라진 운동장은 황량했다. 무턱대고 쏟아지는 햇볕 가운데 눈에 익은 자전거 한 대가 운동장을 선회하고 있었다. 선재가 타고 다니는 자전거였다. 선재의 등 뒤에 찰싹 붙어 있는 사람은, 강수진이었다. 예체능반인 두 사람은 야간자율학습에서 제외되었다.

교정 화단에 모가지가 꺾인 시든 장미꽃조차 싱그럽게 느껴지는 6월의 한낮. 낱장으로 떨어진 꽃잎이 검붉어서 왈칵 토해진 핏덩이처럼 보였다. 불그죽죽한 꽃잎 하나가 내 운동화에 뭉개졌다. 자전거를 바라보는 눈이 시근거렸다. 6월 햇살 탓이 아니었다. 시든 장미가 붉은 탓도 아니었다. 선재 때문이다. 아니, 수진 때문이다. 얄미운 계집애 같으니라고!

어두운 실내에서 빠져나와 갑자기 밝아진 햇살에 적응하지 못한 눈을 깜빡이다가 눈물 한 방울이 톡, 떨어졌다. 자율학습 담당 교사 앞에선 기를 쓰고 참아냈던 눈물이건만.

— 조퇴? 배가 아프다고? 정말이야? 너 생리중이지?

체육 교사는 기다란 막대기로 내 배를 쿡쿡 쑤셔댔다.

— 땡땡이치는 거면 죽는다!

점심시간부터 메슥거림과 배앓이로 식은땀이 났다. 스트레스성 위염이 도진 거였다. 교사에게 스트레스성 위염이라 말하지 않았다. 스트레스가 붙는 모든 병명은 의지박약이라는 부메랑이 되어 돌아온다는 걸 알기에. 차라리 '생리'라는 말로 수치를 당하는 게 나았다. 교사의 막대기가 배를 지나 가슴으로 이동했다. 외마디 비명이 터질 뻔했지만, 입술을 깨물며 참았다. 교사 입가에서 느물거리는 웃음소리가 찬피동물의 웃음소리처럼 소름 끼쳤다.

— 네가 지금 아프다는 게, 배가 아니라 젖멍울은 아니고?

내 몸을 훑는 교사의 눈을 후벼 파버리고 싶었다.

— 가봐! 조퇴증은 이번 한 번뿐이야.

나의 가슴을 찌르며 얻어낸 쾌감에 대한 대가라도 되듯이 교사는 호기롭게 조퇴증을 끊어줬다. 클클거리는 음흉한 웃음을 뒤로하고 교무실을 나왔다. 뱀 같은 눈이 다시금 내 허리와 엉덩이를 훑는 게 느껴졌다. 온몸으로 느꼈던 모멸과 수치를 목울대가 아프도록 삼키면서 눈물을 참았다. 적어도 저딴 개새끼 앞에서 질질 짜는 모습은 보이고 싶지 않다는, 오기 반 자존심 반이었다.

그렇게 참았던 울음이 어깨에 짊어진 첼로 가방끈을 바투 쥔 수진의 손아귀와 그 손이 닿은 선재의 허리를 보는 순간 왈칵 쏟아진 것이다. 선재의 튼실한 허벅지와 종아리가 꿈틀거릴 때마다 초여름 햇살이 자전거 바퀴에서 은빛으로 부서졌다. 운동장 위에 남겨진 바퀴 궤적에서는 마른 모래가 풀썩거렸다. 모래의 작은 입자들이 허공에 분사된 물방울처럼 흩날렸다. 며칠 기온이 오르면서 후텁지근해진 날씨로 불쾌지수가 높았다. 한바탕 비라도 내리면 좋으련만.

자전거 페달을 밟는 선재의 종아리 근육은 차돌처럼 단단해 보였다. 종아리 위로 말려 올라간 네이비 트레이닝복 바지 옆에 그어진 세 개의 흰색 줄이 눈에 띄었다. 선재에게 들은 적이 있었다. 그 트레이닝복이 재래시장 좌판에 걸려 있는 '아디다스' 짝퉁이라는 걸. 체육 대학을 목표로 하는 선재한테 운동복은 또 하나의 피부였다. 만만치 않은 운동량을 버티기 위해선 질긴 옷감에 꼼꼼한 봉제, 그리고 땀 흡수력도 고려해야 했다. 그런 측면에서 선재의 트레이닝복은 쉽게 해지거나 터지기 일쑤였지만 선재는 불평 한마디 하지 않았다. 선재가 착용하고 있는 짝퉁 트레이닝복은 선재 어머니가 시장 좌판에 진열하기 전에 선재를 위해 맨 처음 골라낸 것이기 때문이다.

운동으로 다져진 선재에게 트레이닝복은 일상복인 동시에 유니폼이었다. 선재의 어머니는 그 옷을 선재에게 입히면서 남몰래 눈물을 훔쳤을지도 모른다. 운동을 밥 먹듯 하는 자식에게 제대로 된 운동복 하나 사주지 못하는 어머니의 심정이 고스란히 전해진 짝퉁 트레이닝복.

홀어머니에게 전부였던 선재는 오래전에 세상을 뜬 선재 아버지 대신이었고 힘든 세상을 함께 통과하는 동지이기도 했다. 선재가 운동을 시작한 이유도 그 때문인지 몰랐다. 홀어머니에게 듬직한 버팀목이 되고 싶다는 마음.

선재는 수업 시간에도 트레이닝복 차림으로 앉아 있었다. 그에 맞춰 머리 스타일도 스포츠형이었다. 선재가 다른 옷차림을 한 적도 없었지만 다른 차림을 상상해본 적도 없었다. 학교에서도 선재의 옷차림과 머리 스타일을 지적하지 않았다. 그 옷차림과 머리 스타일은 가장 선재다웠고 가장 자연스러웠으니까.

단 한 번 선재의 외양에 대해 훈계를 늘어놓은 교사가 있었다. 학생의 자질과 품행이 어쩌고저쩌고하면서 선재의 옷차림을 트집 잡은 사람은 윤리 선생이었다. 그때는 몰랐다. 선재를 두고 석연치 않은 말이 분분했다는 것을. 윤리는 선재의 옷차림보다 석연치 않은 소문이 껄끄러웠던 거였다.

선재와 수진의 시선이 나를 향하고 있다는 게 느껴졌다. 수진의 오른쪽 어깨에 묵직하게 매달려 있던 첼로 케이스가 밑으로 쳐진 것과 동시였다. 음대 지망생 수진은 악기 중에도 꽤 비싸다는 첼로 전공이었다. 같은 예체능 계열이지만 수진은 선재와 모든 면에서 달랐다. 체육과를 지망하는 선재한테 가난의 냄새가 났다면 수진에게서는 부유함의 후광이 비쳤다.

첼로를 연주하는 수진을 몇 번 목격한 적이 있다. 음악실을 기웃거리며 수진을 훔쳐보던 선재를 쫓다가 본 거였다. 수진을 보기 위해 까치발로 음악실 창문을 넘겨보던 선재의 뒷모습. 그 모습을 숨죽이며 지켜보던 내 심장은 졸아붙는 느낌이었다. 첼로 연주곡으로 유명한 바흐의 무반주 모음곡 1번 프렐류드에 이어 엘비스 프레슬리의 '캔트 헬프 폴링 인 러브'가 음악실에서 흘러나오고 있었다. 대중적이어서 낯설지 않은 두 곡은 수진의 손 풀기 연습용이었다. 연습곡이지만 왼손으로는 4포지션을 짚어내야 했고 활을 켜는 오른손도 능란해야 한다고 나에게 귀엣말로 알려준 사람은 선재였다. 무슨 엄청난 비밀이라도 되듯이. 선재의 입김으로 간지럽던 내 귓불이 뜨거워졌고 동시에 심장도 마구 날뛰었는데 아무것도 아랑곳하지 않는 선재가 야속하기만 했다. 선재의 달뜬 표정에는 수진을 향한 애틋함이 가득했다. 수진의 연습곡에 담긴 사랑에 빠졌다는 음률이 내 귓가에서 맴돌았다. 우리는 각자의 위치에서 각자의 감정으로 '캔트 헬프 폴링 인 러브'를 연주하고 있었다.

선재한테 수진은 어떤 아이였을까. 수진은 안드로메다 같은 먼 우주에서 날아와 지구에 잠깐 착륙한 별이다. 그에 비해 나는 결손 가정에다 성적도 부진했고 여드름과 주근깨투성이의 못난 아이였다. 감정 표현에 솔직하고 활달한 수진의 당당함이 교사 부모님에 유복한 가정환경까지 더해진 결과라는 걸 나중에 알았다. 훤칠한 키, 운동으로 다져진 몸매의 선재가 내가 아닌 수진을 택한 건 당연했을지 모른다. 그렇다고 하더라도 선재를 뺏긴 내 마음은 새까맣게 타들어갔다.

수진을 향한 선재의 마음도 내가 수진을 생각하는 것과 다르지 않을 거라 주문을 외웠다. 안드로메다의 별 수진은 우리와 다른 종족이니까 선망하는 것뿐이라고. 하지만 주문이 무색하게 선재는 수진과 급속도로 가까워졌고, 나는 '신포도설'의 여우로 남아 두 사람이 풍기는 상큼하고 달착지근한 향내를 맞이 시어 따 먹지 않을 포도라는 듯 시큰둥한 척했다.

선재를 향한 수진의 마음은 무엇이었을까? 감정의 양다리. 정체성의 양다리. 선재는 그게 괴로웠던 것 같다. 달리 생각해보면 수진은 자기 자신을 제일 사랑한 아이였는지 모른다. 욕망이 이끄는 대로 스스로를 제어하지 않았고, 제어할 필요를 느끼지 않는 영혼을 가진 아이. 아무려나 수진의 시선은 선재를 비껴가고 있었다. 그 빗나간 시선에 내심 안도했으면서도 배신감이 드는 건 뭐람. 이율배반적인 내 감정을 무어라 설명해야 할까?

그렇게 다른 방향을 바라보던 선재와 수진이 전격적으로 친해진 것은 2학년 때부터였다. 두 사람 다 예체능반이 된 것이다. 고1 때 같은 반이었던 나와 선재는 2학년 때 반이 갈라졌고 선재와 수진은 한 반이 되었다. 선재는 체육 대학을 지망한 것이 자기 인생에서 가장 잘한 일이라고 할 만큼 수진과 한 반인 된 걸 기뻐했다.

예고나 특목고가 흔하지 않은 시절이어서 인문계 고등학교에서는 문이과 분반 후 다시 한 반을 예체능으로 분리했다. 실기 위주인 예체능 학생을 인문계와 섞으면 비효율적이라는 것이 교장의 판단이었던 것 같다. 예체능반은 미대와 음대 입시생이 주를 이루었고, 체대 입시생이 섞여 있었다. 실기 학원이 거의 필수인 까닭에 야간자율학습도 제외될 때가 많았다. 그 때문이었다. 두 아이가 토요일 오후 자율학습 시간에 구애받지 않고 자유롭게 자전거를 타고 운동장을 배회할 수 있었던 건.

시장 좌판 장사로 생계를 잇는 홀어머니를 둔 선재와 첼로로 음대를 지망하는 수진은 격이 맞지 않는 친구였다. 교복 자율화가 사춘기 아이들 사이에 위화감을 조성한다는 측면에서 본다면 수진이야말로 그런 분위기를 적극 조장하는 부류의 아이였다. 교복 자율화를 명분으로 유명한 의류 회사에서는 앞다투어 고가의 청소년 의류를 홍보했다. 유명 회사에서 '삐삐로네' '챌린저' '죠느망'이라는 온갖 메이커가 탄생했고 청바지는 미국 '리바이스'나 우리나라 '죠다쉬'가 인기를 끌었다. 그 밖에도 농구선수 마이클 조던을 내세운 '나이키'가 운동화의 브랜드 시대를 열었고 이에 맞서 우리나라 신발 회사에서 여러 메이커로 고가의 상품을 출시했다. 학생들 사이에서 고가의 메이커를 선망하는 바람이 불었고, 그에 미치지 못하면 학생들은 고가 브랜드를 흉내 낸 '짝퉁'으로 열등감을 감췄다.

수진은 교복 자율화를 겨냥한 고가 브랜드의 학생 모델 화보에서 튀어나왔다고 할 만큼 완벽한 스타일의 학생이었다. 유명 브랜드의 옷을 사시사철 갖춰 입으며 맵시를 뽐내는 수진은 또래 학생들에게 선망의 대상인 동시에 질투의 표적이었다.

선재에게서 수진을 소개받은 기억이 아슴푸레하다. 수진을 떠올릴 때면 두 가지 장면이 선명하다. 막 더워지기 시작한 초여름의 운동장에서 선회하던 은빛 자전거에 올라탄 모습과 장례식 영정 사진이다.

그날 내가 두 사람에게 아는 척을 했는지 생각이 나지 않는다. 두 사람의 다정한 모습에 미묘한 질투가 솟구쳐 그 순간을 방해하려고 두 아이의 이름을 크게 불렀을 수도 있다. 너희는 학원 간다고 거짓말하고 둘이서 자전거나 타면서 시시덕거리고 있느냐며 괜한 심술을 부렸을 수도 있다. 예체능반 애들이 그래서 머리가 나쁘다는 소리를 듣는 거라며 말도 안 되는 시비를 걸었을 수도 있다. 선재는 지금 막 학원에 가려고 했다는 변명을 늘어놓았을 수도 있다. 수진이 다니는 첼로 레슨 학원이 선재가 가는 체육관과 멀지 않아 자전거로 데려다주려고 했다는 그럴싸한 이유를 댔을 수도 있다. 아니면 두 사람을 보지 못한 척하며 내가 고개를 숙이고 교문으로 발길을 돌렸을지도 모른다. 그도 아니면 두 사람이 서로의 감정에 빠져 있어서 나 따위는 보지 못했을 수도 있다. 두 사람 중 누군가가 나를 먼저 알아보고 아는 척을 해서 세 사람이 교문을 나와 각기 제 갈 길로 갔을 수도 있다.

어떤 상황이 벌어졌든 간에 내 기억은 정지되었다. 이후에 전개된 일들은 머릿속에서 하얗게 휘발되며 미세한 입자가 되어 허공에 흩뿌려졌다. 마치 한여름 내리쬐는 강렬한 햇빛 때문에 눈이 부셔 시야가 하얗게 바래듯이.

자전거에 나란히 앉은 두 아이의 모습에 나는 눈이 멀어버렸다. 막대기로 내 배와 가슴을 번갈아 찌르던 교사의 능글맞은 눈빛과 맞물리면서. 그날 내 복통은 스트레스성 위염이 아니었다. 교사의 말대로 생리통이었다.

생리대에 장미 꽃잎 낱장이 짓이겨진 듯한 붉은 혈흔을 본 순간 참혹할 정도로 비참한 기분이 들었다. 치욕이자 질투의 빛깔인 장밋빛 잎은 아랫배 통증으로 끝나지 않았다. 강렬한 햇살 아래 부욱해진 장면은 나의 무엇을 뜨겁게 달구어버렸다. 마침내 다 타버린 그것은 까만 재 부스러기로 남았다.

시간이 흐르자 내 기억은 또렷해지는가 하면 흐릿해지는 부분도 생겨났다. 그렇게 강렬했던 무엇을 나는 고3의 힘든 상황으로 묻어버렸다. CF 장면처럼 잘 잡힌 구도의 자전거 모습은 두껍게 장막 처진 망각의 뒤안길로 완전히 묻은 채. 동시에 엉키고 꼬이던 내 생각도, 두 사람을 향한 질투의 감정도 완전히 잊었다. 교사에게 들은 희롱을 지워버리고 싶은 마음과 함께.

민혁이라는 사람이 갑작스럽게 나타나기 전까지 나에게 강수진은 '잊고자 하는 기억'이었던 건 아닐까?

5

— 윤지야, 너 모르지? 내 별명이 오줌싸개였다는 거. 하긴
네가 그것까지 어떻게 알겠느냐마는, 혹시 너희 엄마가 말씀
안 하시던? 처음 듣는 얘기라고? 기억력 좋은 너희 엄마가
그걸 잊어버렸을 리가 없을 텐데.

이모 말대로 오 여사의 기억력은 알아줘야 했지만 듣지 못
한 얘기였다. 이모의 별명이 오줌싸개가 된 사연은 이모가
자신의 어린 시절을 상기하는 첫 에피소드였다. 지난 시간
을 하나씩 꺼내 놓는 이모의 미간이 좁혀졌고 시선은 아득해
졌다. 나는 이모의 목소리가 생생한 녹취 파일을 재생하다가
이모가 자신의 별명을 회고하는 장면에서 멈춤을 눌렀다.

노트북 창에 '선임의 어릴 적 별명은 오줌싸개였다'라고 썼
다가 그 문장을 통째로 삭제하고 '나의 어릴 적 별명은 오줌

싸개였다'라는 문장을 다시 썼다. 자서전이므로 제삼자의 시선으로 바라보는 건 삼가야 했다. 하지만 녹취 뒷부분을 듣고 나서 고민하다가 '나'라는 일인칭을 삼인칭인 '소녀'로 바꾸기로 했다. 내가 기록하기에 삼인칭으로 하는 게 부담이 덜했고 읽기에도 무난하다는 생각이 들었다. 이모를 주관적으로 대하는 감정에서 벗어날 수 있었고 캐릭터를 구축하기에도 훨씬 수월해졌다.

소녀의 어릴 적 별명은 오줌싸개였다. 방광을 눌러오는 요의를 꾹꾹 눌러 참다 보면 기어이 오줌을 지리거나 싸고 말았다. 뜨뜻한 아랫도리가 이내 축축해졌고 팬티를 적신 오줌 줄기는 넓적다리를 지나 종아리로 실뱀처럼 흘러내렸다.

발바닥 주위로 곰실거리던 벌레 몇 마리가 사타구니에서 근질거릴 무렵이면 대문 옆에 있는 변소로 후다닥 뛰어야 했다. 그것이 여의치 않다면 급한 대로 수돗가의 수챗구멍에 엉덩이를 까 내려야 했다. 소녀의 어머니가 봤다면 기겁해서 한차례 등줄기가 화끈거리게 될지라도. 흘러내린 오줌이 회백색 시멘트 바닥에 검은색 아메바 모양으로 번지는 걸 보고서야 재빠르지 못했던 행동에 후회가 들었지만 이미 때가 늦었다.

"끄으윽! 끄윽, 끄윽……."

그제야 미란의 울음도 잦아드는 참이었다. 소녀가 미닫이 방문을 열고 쏜살같이 마당으로 튀어나왔던 이유도, 맥없이 오줌을 줄줄 싸버린 이유도, 바로 미란의 비명과도 같은 울음소리 때문이었다. 한바탕 골목 정적을 찢어 놓은 새된 울음은 미란 아버지의 매타작을 알리는 신호탄이었다.

안방에선 소녀 어머니가 드르륵거리며 돌리는 재봉틀 소리가 요란했다. 탱크가 집 지붕을 밟고 지나가는 듯한 그 소리 덕분에 소녀가 냉큼 방을 나와 마당에서 어정거리는 걸 소녀의 가족은 아무도 눈치채지 못했다.

소녀는 대문 틈새로 눈을 바짝 들이댔다. 무지막지한 매를 피해 문밖으로 내뺀 미란을 훔쳐보기 위해서다. 소녀의 집과 정면으로 마주한 싸리대문집이 바로 미란의 집이었다. 다 쓰러져가는 대문에 비스듬히 기댄 미란은 머리를 산발한 채 속옷 바람으로 서 있곤 했다. 숱이 많아 출렁이던 그녀의 흑발은 물에 흠뻑 불은 미역 줄기 같았다. 엉클어진 머리칼 속 초점이 흐릿한 눈동자는 길 잃고 어미를 찾는 작은 짐승의 그것이었다. 얼핏 보면, 보름달이 뜨는 날 우물 속에서 나온다는 귀신의 몰골 같기도 했다. 단말마에 가까운, 울음인지 비명인지 모를 새된 괴성을 몇 차례 질러내고는 우두커니 먼 산을 바라보며 꺼이꺼이 흐느꼈다. 그녀를 향해 빗자루나 빨랫방망이를 마구잡이로 휘둘러대던 그녀의 아버

지는 들척지근한 사카린 물을 사발째 들이켜며 분을 삭이고
있을 터였다.

한참 훌쩍이던 그녀는 쪼그리고 앉아 흙바닥에다 검지로
뭔가를 그렸다. 소녀가 알기로 미란의 꿈은 만화가였다. 얼
굴에 비해 비현실적으로 큰 눈에 커다랗고 풍성하게 틀어
올린 머리채. 그림 속 여자들 허리는 기형적으로 잘록했다.
팔과 다리가 터무니없이 길었고 서양 드레스인지 한복인지
구분조차 되지 않는 옷을 차려입었다. 그림 속 여자들은 그
녀 자신이 꿈꿨던 주인공이었을지 몰랐다. 자신이 그린 여
자들에게 문희, 정임, 애랑 등 당시 한가락 하는 활동사진
속 여배우 이름을 갖다 붙이며 몽롱한 눈빛이 되는 걸 보면
그랬다. 국민학교도 채 마치지 못한 그녀는 어디서 주워들
었는지 때로 국적이 불분명한 서양 여자 이름을 그림 속 주
인공들에게 찍어다 붙였다. 메리, 줄리아, 비비안 등.

아무렇게나 말려 올라간 속치마 사이로 미란의 가랑이가
소녀의 눈에 들어왔다. 역삼각형 꼴 팬티 사이로 겨웃 몇 가
닥이 염치없이 삐져나와 있었다. 밑도 끝도 없는 간지럼이
신호가 되어 참을 수 없는 요의로 발전하는 딱 그 순간이었
고, 속옷을 내리기도 전에 오줌을 싸버리고 만 것이다.

생계 때문에 집안 살림에는 도통 관심이 없는 모친과 사
카린 중독자 부친의 폭력 속에 미란은 대꼬챙이처럼 말라갔

다. 동네에선 미란이 종종 일으키는 발작을 '지랄병'이라고
쑥덕거렸다. 별안간 의식을 잃고 푹 고꾸라져 입에서 게거
품을 물며 눈을 치뜨고 경련을 일으킨다는 지랄병은 간질병
의 속된 표현이었고, 지금은 뇌전병이라 불린다. 몇 분의 발
작이 끝나면 당사자는 전혀 모르는 듯 부스스 자리를 털고
일어난다고 했다. 수군거리는 어른들을 통해서 듣긴 했어도
소녀로서는 도저히 상상이 가지 않는 병증이었다.

　소녀가 미란의 병증을 이해하기 어려웠던 것처럼 소녀
의 집안 식구들도 소녀의 오줌 싸는 버릇에 고개를 갸웃거
렸다. 살림 밑천이라는 맏딸 아래로 내리 아들만 삼 형제인
집에 늦둥이로 태어난 소녀는 식구들의 사랑을 독차지했
다. 열 살이 넘은 소녀가 왜 야밤도 아닌 저녁 으스름에 옷
이 다 젖도록 오줌을 싸대는지 정말 모를 일이었다.

　날이 밝으면 소녀 어머니는 지린내가 진동하는 막내딸의
속옷과 바지를 빨래판에 북북 문질렀다. 아침상을 물리자마
자 소녀네 앞마당에 모인 동네 아낙들은 싸리대문집 미란의
울음에 관해 이러쿵저러쿵 말이 많았다.

　"그것이 직방이라고 합디다. 대추 씨를 빼버리고, 파두라
는 한약재를 재어 넣고 뭉근한 불에 볶아 말려서 가루를 맹
글어 장복하면……."

　청기와집 아줌마 말에 미란의 아랫집에 사는 상주댁이 머

리를 끄덕였다. 소녀 가족이 상주로 피난 갔을 때 친하게 지냈던 상주댁네가 소녀 가족과 함께 서울로 이사를 온 것이다.

"하모여! 감람탕이라는 것도 있다고 하대예. 우리 고향서도 그걸 먹고 고쳤다는 사람 여럿 봤다 안 하요."

소녀의 어머니는 방망이로 빨래를 두들기면서 두 사람의 대화를 듣고 있었다.

"감람탕이라는 건 또 뭐예요?"

청기와집이 상주댁에게 물었다.

"그 뭐라카더라. 감람이 흐물흐물 될 때꺼정 끓여 갖고 백반가루를 넣고 맹그는 거라 카든데."

"그러니까 감람이 뭐라는 거야?"

소녀의 어머니는 상주댁에게 짜증스러운 목소리로 물었다. 막내 딸내미 오줌 싸는 버릇을 고치는 명약을 들을까 해서 귀를 쫑긋 세우고 있던 탓이었다.

"서양 열매라 카던데, 올리브라고 하대예."

"서양 거라면 귀한 거 같은데, 그걸 어디서 구할 수 있지. 미군 부대 근처라도 가야 하는 건가? 하긴 병이 낫는다면야 못 구할 것도 없겠지만서두. 제삼자들이 뒤에서 백날 처방전을 쓰면 뭐 하겠어. 어미란 여편네는 아침나절에 나가면 오밤중이나 되어 집구석에 기어들어오고, 아비란 작자는 과년한 딸년의 몹쓸 병을 고쳐줄 생각은 하지도 않고 걸핏하면 두들겨 패대니 말여."

"미란 아부지 멀쩡할 때 우리 신랑이 물어보니까 그 양반 딴에는 딸 병을 고칠 방법은 그게 제일이라 그런다고 합디다. 지랄병에는 매가 약이라나. 쯧쯧쯧!"

청기와집이 혀를 차면서 머리를 절레절레 흔들었다.

"세상 참! 그게 말이야, 막걸리야. 그나저나 우리 막내딸년은 어디 아랫도리가 결딴이 났는지, 원. 커다란 게 허구한 날 오줌을 싸대네."

소녀의 어머니는 마당 한가운데를 가로지르는 빨랫줄에 빨래를 널며 혀를 찼다. 빨랫줄을 받치고 있던 바지랑대가 활처럼 휘었다. 상주댁이 부리나케 바지랑대를 곧추세웠다.

"성님도 그런 일 갖고는 속 썩이지 마시라예. 우리 고향서도 그런 아덜이 낭중엔 멀쩡해예. 그보다도 미란네가 우리 동네는 큰 걱정이라예. 어젯밤도 한바탕 난리굿이 나는 바람에 내사 마 잠도 설쳤지 뭐라예."

"즈그 애비한테 맞고 청승맞게 울어 젖히는 미란이 년 울음소리에 동네 사람들 잠을 설친 게 어디 하루 이틀이라야 말이지."

"미란네서 나오는 사카린 봉지가 수북하다는데. 미란 아부지가 사카린 중독인 거 같다고 합디다. 그것도 무신 마약 같은 건지……."

79

"많이 먹으면 다 중독이라예. 미란 아배도 사카린 중독에 술주정까지, 참 가지가지라예. 딸년을 그리 무지막지하게 패는 걸 보면 제정신이 아닌 건 분명한기라요. 지대로 정신이 온전한 사람이라면 자식한테 그래 할 수는 없지라예, 삥 돌지 않고서야. 끌끌끌!"

상주댁은 검지를 머리 옆으로 들어 허공에 동그라미를 그려 보였고, 소녀의 어머니와 청기와집도 맞장구를 쳤다.

미란의 병증이 동네 사람들 입담에 오르내릴 때마다 미란 아버지의 패악도 어김없이 도마 위 생선이 되었다. 칼끝에 난자되는 건 시간문제였다. 눈알이 후벼 파진 대가리와 시뻘건 내장, 비늘이 드문드문 떨어져 나간 채 절단된 잿빛 몸뚱어리는 불온한 비린내를 풍겼다. 소문의 비린내가 몇 굽이를 넘어 다시 건너올 즈음이면 아예 썩은 냄새를 풍겼다. 아내가 나간 틈을 타 지랄병 걸린 제 딸을 덮친다는, 차라리 모르는 게 나을 소문은 진위와 상관없이 부풀려졌다.

혀의 완악함이란 땅의 기운을 빼앗는 독초와 다르지 않다. 그 독초는 미란 아버지의 광기를 부추겼고 그로 인해 미란의 영혼은 시들었을 것이다. 볼우물 속 희미하게 고여 있던 살구빛이 사라지고 회칠한 밀랍 인형 같아진 미란의 몰골을 보면 그랬다.

이러저러한 소문이 떠돌수록 밤을 가르는 미란의 비명은

짝짓기를 갈망하는 암고양이의 교태처럼 집요했다. 그 모습을 남몰래 엿보는 소녀의 속옷 지린내도 덩달아 누런 더께가 끼고 있었다. 소녀한테 문틈으로 바라보는 그 세계는 야릇한 설렘으로 오줌을 지리게 할 만큼의 혼곤함이었다.

— 그때부터였나 봐. 내가 다른 사람과 다른 색깔의 감정을 가진 사람이라는 걸 안 게.

이모는 아득한 눈빛으로 중얼거렸다. 이모가 기록하고 싶다는 자신의 인생이 패션 디자이너로서의 삶이 아니라는 느낌이 왔다. 어림짐작으로 알았던 이모의 숨겨진 인생과 사랑이 어떻게 펼쳐질지 자못 궁금해졌다. 패션 디자이너 오선임의 사적인 면모가 드러날 때 한낱 흥밋거리가 되어 사람들 입에 오르내릴지도 모른다. 이모 또한 그걸 모를 리 없을 테다. 이 시점에서 형서의 얘기를 어떻게 꺼내야 할지 고민이 깊어졌다.

— 이모 지난 주말에 형서하고, 아름이 만났어요. 걔들 예물 맞추려고, 백화점에서……

녹취가 끝났을 때 어렵게 운을 뗐다. 가시 돋친 형서의 말을 최대한 순화해서 전달해야 한다는 압박감이 가슴을 짓눌렀다. 형서 행동이 너무 괘씸한 나머지 이모한테 다 일러바치고 싶기도 했다.

— 어, 어. 그랬구나. 아름이는 좋아하든? 형서는? 형서는 뭐래?

형서 얘기만 나오면 이모는 허둥거렸다. 냉철하고 이성적인 모습은 간데없고 자식 일에 노심초사하는 칠십 노인이 되곤 했다. 오 여사가 호기롭게 내민 신용카드가 이모의 주머니에서 나왔다는 게 어렵지 않게 짐작되었다.

— 두 사람이 좋아하더라고요. 다 비싸고 좋은 걸로 맞췄으니까.

— 다른 말은, 없었니?

이모가 듣고 싶어 하는 말이 따로 있다는 걸 알기에 입이 더 다물어졌다. 어물쩍 화제를 다른 곳으로 돌렸다. 오 여사도 미란이라는 여자를 알고 있느냐고. 이모는 글쎄다, 라는 말로 얼버무렸다. 내게서 형서의 얘기를 들을 게 없다는 걸 알았는지 그 이상은 물어보지 않았다.

녹취를 정리하다가 머리도 식힐 겸 산책을 나간 길에 오 여사 집에 들렀다. 미란이라는 사람을 이모가 그토록 선명하게 기억하고 있다면 외가에서도 모를 리 없었다. 오 여사에게 물어봐야겠다는 생각이 들었다.

"예전에 미란이란 사람, 엄마 혹시 기억해요?"

"미란이? 그 사람이 누군데?"

"외가가 경상도 상주로 피난 갔다가 서울에 도로 올라온

82

게 언제야? 와서 돈암동에서 살았다고 했지?"

서울 사람 중에 시골 출신 아닌 사람이 몇이나 되느냐고들 한다. 그런 말이 무색하게 외가는 사대문 안에 살았던 서울 토박이였다. 전쟁 통에 아랫녘으로 피난을 갔던 오 여사는 부모님과 함께 상주에 머물며 몇 년을 살았다고 했다. 외가는 돈암동으로 이사를 왔지만 오 여사는 거기 남아 있다가 경상도 남자인 아버지를 만나서 신혼을 시작했다고 들었다. 그래서인지 오 여사는 서울 사람인데도 경상도 방언을 썼다. 이모 이름인 '선임'을 '스님'이라고 발음하는 것도 사투리가 입에 붙은 까닭이다. 내가 태어난 것도 그 무렵이었을 것이다. 그러니까 오 여사는 돈암동에 대한 기억이 없을 수도 있다.

성북구 돈암동의 이름은 미아리고개에서 유래했단다. 행정구역상 미아동은 강북구에 속해 있지만 미아리고개는 돈암동에서 길음동으로 넘어가는 지점에 있다. 이 고개는 병자호란 때 오랑캐 즉 '되놈(만주 지방에 살던 여진족을 낮잡아 이르는 말)'이 한양을 침입했을 때 이곳을 통해서 넘어왔기 때문에 '되너미고개'로 불렸다. 도성에서 의정부로 가는 길에 있는 마지막 고개라는 의미도 있고, 경사가 급해 중간에 쉬면서 밥을 다시 먹어야 한다는 뜻이란 설도 있다. 되너미고개를 한자로 하면 돈암현敦岩峴이라 했는데 이후 돈암동이라는 지명으로 굳어졌다. 미아리고개 너머에는 일본 강점기에 만들어진 한국인 전용 공동묘지가 있었는데 상여가 이 고개를 넘어가는 동안 곡성이 끊어지지 않아 '한 많은 미아리고개'로 불렸다고 한다. 미아라는 지명은 '저승으로 넘어가면 다시는 이승으로 되돌아올 수 없다'고 하는 불교 용어에서 나왔단다. 미아리고개에서 돈암동으로 가는 길 사이에 점성촌이 이루어져 있는데 지명과도 무관하지 않을 터였다. 점성촌은 1960년대부터 자리를 잡기 시작했는데 외가가 돈암동에 집칸이라도 마련했을 시기와 맞물렸다.

"돈암동 외가 이웃에 뇌전병을 앓고 있는 아가씨가 살았다면서요?"

나는 오 여사의 기억을 소환했다.

"뇌전병이라면, 간질병 말이냐? 어, 그런 병을 앓는 여자애가 있다고 들었던 것 같네. 아! 걔 엄마가 미아리에서 점집을 했었지, 아마도……."

오 여사의 미간이 좁혀졌고 눈이 반짝거렸다. 미란의 모친이 점치는 사람이었다는 말은 이모한테 듣지 못한 얘기였다. 미아리에서 돈암동으로 넘어가는 고가도로 양옆은 여전히 철학관 간판이 줄지어 있었다.

"그 아가씨 이름이 미란이었다며?"

"맞다. 맞아. 미란이. 김미란!"

그 시절 친정집이던 돈암동 산동네가 오 여사의 눈앞에 펼쳐지고 있는 듯이 목소리에 활기가 느껴졌다. 노령에도 오 여사의 총기가 여전하다는 것에 감탄할 따름이다.

"오, 엄마도 기억하는구나."

"근데, 뜬금없이 그 사람은 왜? 이모가 말하더냐?"

"그 사람과 이모와 무슨 연관이 있었어?"

모름지기 나도 오 여사의 딸이다. 오 여사의 총기와 눈치가 백 단이라면 나도 넘겨짚기 구십 단쯤은 될 것이다.

"스님이 그 여자애를 잘 따르긴 했지. 친언니였던 나는 저리 가라 했을 정도로. 하긴 나도 사느라고 바빠서 스님이와 동기간 정을 나누고 자시고 할 여유도 없었고……."

이모의 녹취에 없었던 얘기가 오 여사 입에서 흘러나왔다. 이모와 미란이라는 사람이 친하게 지냈다는 말은 듣지 못했다. 이모는 그저 미란이란 사람의 특별한 행동을 엿보던 것으로만 표현했으니까.

"그럼, 이모가 그 집, 그러니까 미란이란 분의 집을 자주 드나들었단 말이에요?"

"말이라고! 그 집에서 아예 살다시피 했다고 하더라. 엄니가, 돌아가신 네 할머니가 나한테 얼마나 하소연을 했다고. 할머니보다 할아버지가 더 싫어하셨는데도 아랑곳하지 않고 그 집 문턱이 닳도록 드나드니까 네 외삼촌들도 스님이를 잡 도리했던 게 기억나네."

"엄마는?"

"나?"

"엄마가 맏이였으니까 엄마도, 이모 일에 참견을 했을 거 아니야?"

"나는 출가외인이잖니. 어쩌다 친정엘 가면 스님이한테 집 안 분란 일으키지 말라는 말만 했어. 다른 식구들이 스님일 호 되게 나무라니까 나는 거드는 정도였지. 나하고 네 할머니는 살얼음판을 걷는 기분으로 이모를 타일렀던 게 생각난다."

오 여사의 말속에 외가의 가부장적인 분위기가 오롯이 느 껴졌다. 오 여사가 오 남매의 맏이였다고는 하지만 딸이라는 성별로 인해 집안에서의 발언권이 제외된 것이다. 현재도 오 여사의 위치는 별반 다르지 않았다. 남편과 일찍 사별한 후 생활비 일부분을 외가에서 얻어 쓰는 오 여사다. 그걸 생각하 면 나도 할 말이 없긴 마찬가지였다.

"이모가 그 집 드나드는 걸 외가에선 왜 그렇게 싫어했던 건데?"

이모에게서 듣지 못했지만 미루어 짐작하고 있는 부분을 확인하고 싶었다.

"미란이 엄마가 미아리에서 점집을 했다고 했잖아. 신내림 을 받아서 용하다는 소문이 자자했는데, 동네 사람들이 그 집 으로 점을 보러 갈지언정 그 집 식구들과 접촉은 꺼렸어. 그런 일 하는 사람을 무시했던 거지. 게다가 미란이가 간질병, 그때는 그걸 지랄병이라고 했어. 미란이 아버지가 딸내미 병을 고친다고 모질게 다뤘는데, 이상한 소문도 돌고……. 이래저래 우리 집에서는 스님이 미란과 친하게 지내는 걸 좋아하지 않았어. 우리 친정이 넉넉하지는 않았지만, 네 외할아버지가 워낙 꼬장꼬장한 서울 양반이셨거든. 어려운 형편이었지만 큰외삼촌도 대학엘 다녔고. 밑에 두 동생도 대학엘 보낼 생각을 하셨거든."

오 여사는 미란의 얘기를 접고 외가 쪽으로 화제를 돌렸다. 이모한테 들은 말이 생각났다. 생선 썩은 냄새를 풍겼다던 그 소문을 오 여사도 기억하고 있음이 분명했다.

"이상한 소문이라면, 뭐? 미란 아버지가 친딸을 범했다는 소문 말이지?"

오 여사의 말을 냉큼 받아 고개를 끄덕였다.

"얘는, 아니다, 아니야. 그건 정말 아니었어. 세상 망조가 들지 않고서 어떻게 그런 일이……."

오 여사는 급소를 찔린 듯 황망한 낯빛으로 손사래를 쳤다.

"이모는 그러던데. 그때부터였던 거 같다고……."

나는 또 한 번 오 여사의 급소를 찔렀다. 오 여사가 숨기려고 하는 모습에 공연히 반발심이 솟구친 탓이었다.

"그게 무슨 말이야? 그래, 이왕 말이 나왔으니까 내가 좀 묻자. 스님이는 널 불러 앉히고 돈암동 산동네에서 살았던 케케묵은 그 시절 얘기는 왜 늘어놓는 거냐? 점집 딸내미 얘기까지 들쑤셔내면서."

"아니, 뭐. 그냥 그렇다는 거지. 그때 미란이란 분이 이웃에서 살았다는 말이 나왔을 뿐이야."

눈을 흡뜬 오 여사가 단도직입적으로 들이대자 나는 한발, 아니 두 발을 물러섰다.

"그러니까, 그때부터라니? 뭐가? 이모하고 조카하고 머리 맞대고 앉아 무슨 작당을 벌이는 거냐고?"

내가 주춤거리자 오 여사는 작심한 듯 달려들었다. 대거리할 말이 옹색해졌다. 그럴수록 오 여사 표정은 득의에 찼다.

"스님이 사는 아파트 주소 좀 일러줘라. 내가 개를 좀 만나야겠다. 천금 같은 지 자식 혼사도 있는 판에 어미가 나서서 분란을 일으킬 생각은 하지 말라고! 지금 개가 제 정신이라니."

오 여사의 눈에서 푸릇푸릇 불꽃이 일었다. 오 여사 서슬에 오금이 저린 나는 입을 다물고 말았다. 오 여사도 펄쩍 뛰는데 외삼촌들의 반응이 어떨지 지레짐작하고도 남았다.

6

　이모부에게서 전화가 왔다. 내 전화번호는 형서를 통해서 알아냈을 터였다. 그동안 격조했다는 둥, 가내는 두루 평안하냐는 둥 예의를 갖추는 이모부의 사설이 길었다. 형식적인 인사를 끝내더니 자기 집으로 일간 한번 들르라고 했다.

　"무슨 일로 저를 보자고 하시는 건가요?"

　가시 돋친 목소리로 물었다. 평소에는 무해무득한 채 살다가도 유독 권위를 앞세우는 사람에게는 예민해지곤 했다.

　이모부는 자기 쪽에서 아쉬워도 절대 먼저 고개를 숙이지 않았다. 밑밥을 깔아 놓고 상대가 알아서 굽힐 때를 기다렸다. 물론 이모는 알면서도 당해주었다. 이모부가 가진 패가 너무 큰 탓에 이모도 어쩔 수 없긴 했지만. 그 패는 두말할 것도 없이 형서였다. 이모가 울며 겨자 먹기로 그 일을 덮고 지나갔다고 해서 나도 덩달아 이모부에게 면죄부를 주고 싶은 마음은 없었다.

이모부는 형서를 담보로 간계를 꾸몄고 이모는 걸려들었다. 솔로몬도 두 손 두 발 다 들 정도였다. 전적으로 이모부 편이던 외삼촌들마저도 눈살을 찌푸리며 혀를 끌끌 찼다. 사람 그렇게 보지 않았는데 졸렬하기가 이를 데 없다는 말이 큰외삼촌 입에서 서슴없이 나왔다. 상종하지 못할 인사라는 말이 둘째 외삼촌 입에서 흘러나왔다. 느들이 애초에 사람을 잘못 봤다면서 오 여사도 처음으로 남동생들에게 일침을 놨다. 처가의 반응에도 이모부는 눈 하나 깜짝하지 않았다. 그 때문에 절대 굽히지 않을 줄 알았던 이모가 백기를 들었다. 이모의 모성애를 십분 이용한 이모부의 간계가 성공한 것이다. 형서는 이 모든 사실을 알고도 자기 아버지 편에 섰다. 나이가 어렸기도 했지만 그만큼 이모 자체를 싫어했다는 뜻이었다.

이모부 입에서 헛기침이 나왔다. 만약 형서가 토를 달았다면 어른한테 어디서 배워 먹은 버르장머리냐는 소리가 열두 번은 튀어나왔을 것이다.

"내가 조카한테 긴히 물어볼 말이 있어서 그러네."

"제가 꼭 찾아뵈야 할 일인가요? 지금 물어보시면 말씀드리겠습니다."

나는 한 번 더 버텼다.

"긴한 얘기라서 그렇다는데도! 어험!"

이모부의 기침 소리가 귀에 쨍했다.

"알겠습니다. 그럼 찾아뵙겠습니다."

이모부가 보자는 이유를 웬만큼 모르지 않았다. 이모와 관계된 일이라는 것에 덧붙여 형서의 결혼과 무관하지 않으리란 것은 불을 보듯 빤했다. 그렇게 알고 있었지만 그래도 내가 동네북이 된 기분이었다.

이모부는 목동의 한 아파트 주소를 일러주었다. 형서가 분가하면서 이모부도 이사를 한 모양이었다. 외가 소식통인 오 여사에게서도 듣지 못한 정보였다.

입구에서 동 호수를 확인받아야 출입이 가능한 신축 아파트였다. 문 앞에서 초인종을 누르자 낯선 여자가 나를 맞았다. 얼핏 본 차림새로도 가사도우미가 아니라는 걸 알 수 있었다. 내 나이 또래로 보이는 여자는 미모도 괜찮은 편에 속했다. 불쾌한 예감이 들었다. 여자는 다소곳한 몸짓으로 내게 목례를 건네고 옆으로 비켜섰다. 실내로 들어오라는 신호였다. 당신은 또 뭐야, 라는 말을 간신히 삼키느라 명치가 뻐근했다. 보란 듯이 어깨를 펴고 도전적인 눈빛으로 정면을 바라보았다. 여자를 상대하고 싶지 않다는 걸 보여주려고 몸에 힘을 줬지만, 마음이 쓸쓸해지는 건 어쩔 수 없었다.

현관에 들어서자 널찍한 거실이 바로 보였다. 거실 풍경을 훑어보는 내 머릿속에 J동 이모 아파트가 동시에 그려졌다. 신축 아파트였고 그런대로 잘 꾸민 실내였지만 이모 아파트에 댈 건 아니었다. 이모가 이모부에게 어퍼컷을 날리는 시뮬레이션이 눈앞에 펼쳐지다 곧바로 사라졌다. 그런 비교가 부질없다는 생각이 들어 바람 빠진 공기인형처럼 기분이 금세 쭈그러졌다. 응접실 진회색 소파에 다리를 꼬고 앉은 채로 이모부는 나를 맞았다.

"어서 오게나."

나는 마지못해 머리를 숙였다. 그동안 잘 지내셨느냐는 의례적인 인사말과 함께. 이모부의 얼굴은 전체적으로 굳어 있었다. 나를 바라보는 자신의 심사가 편하지 않다는 걸 전면에 내세우기라도 하듯이. 나는 이모부 맞은편 소파에 엉덩이를 반쯤 걸치고 앉았다.

"차 좀 내오지."

짧은 말에서도 두 사람 간의 친밀감이 느껴졌다.

"저분은, 누구시죠?"

나는 놓칠세라 틈새를 파고들었다. 어영부영 넘어가면 두 사람 관계를 인정하는 셈이 된다. 내가 짚고 넘어간다고 달라질 건 없다. 적어도 이모부가 내 앞에 늘어놓는 구차한 변명이 여자한테 수치가 되길 바랄 뿐이다. 만약 여자가 철면피여서 개의치 않는다면 외가로부터 인정받아왔던 이모부 위상에

작은 흠집이라도 내고 싶었다.

"어, 참! 윤지 조카도 인사해. 나랑 같이 사는 사람이야. 서로 인사는 해야지."

이모부의 뻔뻔함에 질려 옅은 한숨이 저절로 흘러나왔다. 여자는 민망했는지 시선을 애먼 곳으로 돌렸다. 혼담이 오가기 전 형서가 느닷없이 분가한 이유가 명확해졌다.

"형서도 아는 일인가요?"

여자한테 인사를 하는 대신 이모부에게 따지는 어투로 물었다. 이모부는 내 태도가 또 못마땅하다는 듯이 끄응, 하는 신음을 내뱉었다.

"애비 일에 제깟 놈이 뭐라고 가타부타 이유를 달겠어."

이모부의 뻔뻔함은 늘 일방통행이다.

"그럼 이모는요?"

경고등이나 깜박이도 켜지 않고 돌직구를 던졌다. 이모부의 눈에서 서슬 시퍼런 광선이 뿜어졌고 분위기가 심상치 않다는 걸 눈치챈 여자는 주방으로 몸을 피했다. 예쁘장한 얼굴만큼이나 숫보기일까. 아니면 날카로운 발톱을 내밀 계제가 아니라는 걸 빠르게 간파한 것일까. 법적으로 엄연한 유부남과 내연 관계로 지내는 여자는 어수룩하거나 영악할 거라는 생각이 속단일 수도 있다. 아무려나 내 눈에 곱게 보일 수 없는 여자인 것만은 사실이다. 또 여자가 내 나이대라면

산전수전 공중전은 기본일 테니 꽤나 처세에 강한 사람일 수
도 있다.

가부장적인 처가를 등에 업고 이모를 비상식적인 사람으로
몰아세운 이모부였다. 외가에선, 특히 외삼촌들은 여동생 내
외가 수년간 별거했어도 이혼하지 않았던 게 이모부의 넓은
아량 덕분이라고 굳게 믿었다. 결혼한 여동생이 돈 좀 만지더
니 외국에 나가 공부하겠다는 가당찮은 요구를 한 것에도 매
제가 흔쾌히 허락한 점을 높이 평가한 탓이었다. 하지만 오
여사의 석연치 않은 의심으로 그 믿음에 실금이 갔고 이모의
콧방귀가 진실을 규명해주었다. 그래도 이모부를 향한 외삼
촌들의 신뢰는 무지몽매할 정도로 굳건했다. 솔로몬의 지혜
쯤 쪄 먹고도 남을 사건이 터져서 이모부 인간성에 한차례 실
망했음에도 불구하고.

"이모는 알고 계시냐고요?"

나는 작정하고 이모부를 몰아세웠다.

"그 사람이 알면 무슨 대수인가? 조카도 다 아는 일이잖아.
나한테 먼저 등을 돌린 사람은 그 사람이라는 걸."

이모부는 한풀 꺾인 듯 보였지만 쐐기 박는 걸 잊지 않았
다. 이쯤에서 한발 물러서는 게 억울했지만 어쩔 수 없었다.
나는 어차피 제삼자였다. 결국 장본인인 이모가 이모부와 결
판내야 할 문제일 테니까.

"무슨 일로 절 보자고 하신 건가요?"

"내가 근자에 들으니, 조카가 형서 어미를 만나고 다닌다던데. 내가 잘못 들은 건 아니겠지?"

이모부의 목소리에 위엄이 깔렸다. 형서 어미라 칭하며 이모를 깎아내리는 의도도 다분히 느껴졌다. 형서가 이모부한테 언질을 줬겠지. 나는 이모부를 정면으로 응시하는 걸로 대답을 대신했다. 오 여사의 하나뿐인 여동생이고, 촌수로 나의 삼촌뻘이자, 이종사촌 형서의 모친을 만나는 걸 당신이 무슨 권리로 간섭을 하느냐는 말이 목구멍에서 근질거렸다.

"거두절미하고, 조카한테 참 서운하네그려."

"서운하시다뇨? 저는 무슨 말씀을 하시는지 도무지 이해하기 어렵네요."

어처구니없는 이모부의 발언에 당황스러움을 넘어 화가 치밀었다. 그래서인지 목소리가 저절로 커졌다. 언제부터인가 나는 이모부에게 '이모부'라는 호칭을 쓰지 않았다. 이모부도 그걸 알고 나머지 사촌들과 나를 다르게 대했다.

"윤지 조카는 정말 그걸 몰라서 나한테 물어보는 건가?"

이모부도 만만치 않게 목소리를 키웠다. 주방에서 달그락거리는 소리가 멈췄다. 주방으로 달아난 여자의 조심스러움이 느껴졌다. 나한테는 적대적이겠지만 인간적으로 연민이 느껴지기도 했다. 이모부의 정부라는 이름으로는 세상에서 떳떳할 수 없다. 적어도 우리 쪽에서 볼 때는 그랬다. 이모의 그림자로 살아온 그 사람 생각도 났다. 어긋난 사랑의 화살표를 그냥 운명이라고 불러야 할까. 딱히 한 사람에게 비난의 화살을 겨눈다는 것 자체가 다 부질없는 일이다.

이모부는 소파 등받이에 몸을 깊숙이 파묻고 팔짱을 꼈다.

"여봐! 차 한 잔 내오기가 무에 그리 어려워서 이렇게 꾸물거리나, 꾸물거리긴!"

이모부가 주방을 향해서 소리쳤다. 여자의 조심스러운 행동을 이모부라고 감지하지 못했을 리 없다. 여자를 무시하는 내 태도도 그렇고 여자가 내 눈치를 보는 것도 신경이 쓰였을 것이다. 주방에서 달그락거리는 소리가 다시 들려왔고 곧이어 여자가 찻잔 쟁반을 내왔다. 나와 여자는 시선을 어디에 둘지 몰라 허둥댔다. 이토록 불편한 상황에서 속히 빠져나가고 싶은 마음뿐이었다.

"밖에 볼일이 있다면서? 지금 나갔다 오지그래."

여자에게 명령에 가까운 권유를 하는 이모부의 말투는 경직되어 있었다. 말투와는 달리 여자를 바라보는 이모부의 눈빛은 그윽했다. 여자를 배려하는 이모부의 처사라는 게 느껴졌다. 여자가 나가자 현관문이 잠기는 소리가 들렸다. 그러고 보니 집 안에 들어와서 여자의 목소리를 한 번도 듣지 못했다는 생각이 들었다.

"윤지 조카는 어떻게 생각할지 모르지만, 난 저 사람한테 미안한 사람이야."

이모부의 변명이 뜬금없어서 다소 어리둥절했다. 이모는 진작부터 합의 이혼을 제안했다. 비열하고 이기적인 인간 같으니라고, 이혼을 안 해주는 게 날 위해서라고? 웃기지 말라고 해, 다 돈 때문이야. 이모가 싸늘하게 웃으면서 한 말이었다.

"이모와 깨끗이 정리하시고, 저 여자분을 호적에 올려 정식으로 사시면 될 일이잖아요."

선을 넘는 말인 줄 알면서도 이모부의 엄살에 가까운 능청을 더 듣고 있을 수가 없었다. 이모부의 입에서 끄응, 하는 신음이 나왔다. 외삼촌들과는 다른 반응이어서 못마땅한 것이다. 외삼촌들이라면 전적으로 이모부 편을 들었을 테니까.

"형서 어미는 처가에서도 내놓은 사람이잖아. 그런 사람을 조카가 만나고 다니는 건 좀 그렇지 않나. 조카가 그러고 다니는 거, 형님들이 아시면 좋아하시겠어?"

오 여사가 친정 덕을 본다는 걸 아는 이모부는 나한테 일부러 외삼촌들을 거론했다. 야비함의 끝판왕이라고 불러도 손색이 없는 양반이었다.

"외가 일까지 간섭하실 일은 아니라고 보는데요. 이모와 외삼촌들은 피를 나눈 형제시잖아요. 아예 왕래가 없는 것도 아니고, 이모가 외가에 도움을 주는 것도 사실이고요. 더군다나 제가 요즘 이모와 만나는 것은 외가와는 상관없는 일입니다. 제가 하는 일 때문이니까요."

"일이라니? 무슨 일?"

"이모가 자서전을 내고 싶어 하세요."

"허어! 뭐라고? 자서전? 그게 무슨 귀신 씻나락 까먹는 소리야. 지나가는 개새끼가 웃을 일이네그려!"

빈정거리는 언사가 몹시 거슬렸지만, 심호흡을 하면서 숨을 골랐다.

"이모가 자신의 인생을 기록해보고 싶다고 하시네요."

"기록? 제까짓 게 뭐 그리 내세울 인생을 살았다고 책을 낸다는 거야? 곧 결혼할 형서 생각을 해서라도 죽은 듯이 엎드려 살라고 해. 그까짓 옷 좀 만드는 일로 외국에 들락거리면서 돈 좀 버니까 세상이 우습게 보이나 보지. 사람이 부끄러운 줄 알아야지!"

이모부 본색이 드러났다. 이모의 인생을 평가절하 하는 것으로 자신을 높이는 꼴이 우스웠다. 이 양반이 말이면 다 같은 말인 줄 아나. 당신이 아무리 이모를 깎아내려도 당신 아들은 처가에 당신을 내세우고 싶어 하지 않아, 이 양반아! 내 안에 용암처럼 끓어넘치는 말들을 억지로 삭이느라 얼굴 근육이 마비될 지경이었다. 불현듯 자식을 다치게 하지 않으려는 모성을 정확하게 구별했던 솔로몬의 판결이 생각났다. 모성 때문에 어쩔 수 없이 쓴 각서로 이모부가 칼자루를 쥐게 되었던 그 사건과 함께.

이모와 이모부가 정식 별거에 들어가면서 이모는 형서의 양육권을 주장했다. 형서가 고등학생 때였다. 이모는 그 전부터 이모부에게 여러 차례 이혼을 요구했지만, 이모부가 거부하자 더 강력하게 밀어붙였다. 이모는 이혼 전문 변호사를 알아보는 중이었다. 그걸 간파한 이모부가 발 빠르게 외삼촌들을 만났다. 이모가 여느 여자와는 다르다는 사실이 알려져 충격을 받은 외할머니가 돌아가신 일로 외삼촌들이 이모를 내친 무렵이었다. 이모부는 외삼촌들에게 이모와 이혼은 절대하지 않을 거라면서 자신이 홀로 형서를 키우며 살다 보면 이모가 돌아올 날이 있을 거라고 호소했다. 외삼촌들은 돌연변이 여동생을 마다하지 않고 아들까지 키우면서 혼인을 유지하겠다는 매제의 말에 감동을 사발째 들이켰다. 외삼촌들에게 지고지순한 남편을 배반한 여동생은 천하에 몹쓸 계집이었다. 오빠들이 아무리 무섭게 해도 형서를 포기할 이모가 아니었다. 이모는 형서의 양육권을 차지하기 위해 법적 절차도 마다하지 않았다. 상황이 극으로 치닫자 상황이 불리해진 걸 간파한 이모부는 야바위꾼 면모를 유감없이 드러냈다. 처가 식구들을 완전히 자기편으로 만든 걸로도 역부족이라 판단한 이모부는 자식인 형서를 방패 삼아 칼을 뺐다. 누구도 예상치 못한 일이었다. 형서 학교에 찾아가서 이모 애인에 대해 까발리겠다는 엄포를 놨다. 우리는 모두 설마, 했지만 이모는 이모부가 그러고도 남을 인간이라는 걸 알았다. 그동안 이모부에게 강경하게 맞섰던 이모였지만 형서를 다치게 할 수는 없었다.

이모는 이모부가 요구하는 모든 각서에 순순히 응하는 대신 이모부가 형서 학교에 찾아가는 일을 막았다. 이모부는 이모의 각서에 법적 공증까지 받았다. 법적 효력이 여지없이 발휘될 그 각서는 이모부에게 백지수표와 다르지 않았다. 이를 알게 되어 분통이 터진 오 여사가 남동생들에게 여차저차 상황을 얘기했다. 물론 외삼촌들도 각자의 방식으로 이모부의 행태를 비판했다. 그렇지만 이모에 대한 근본적인 생각은 요지부동이었다. 집안 돌연변이 여동생의 편을 들어주었다가는 자신들도 수치를 면하기 어렵다고 생각한 것이다. 가문에 먹칠한 것도 모자라 외조모를 기함해 돌아가시게 했으니 일고의 여지도 없었다.

형서를 이용하는 파렴치한 방법으로 이모부는 이혼으로 챙길 위자료보다 평생 펑펑 쓸 수 있는 백지수표를 차지한 것이다. 이모의 재산에 기대어 평생 호의호식하며 살아왔으면서도 이모를 돌연변이 취급해온 사람이 이모부였다.

"세상이 달라졌다는 건가? 그래 좋아. 제까짓 게 옷 나부

랭이로 돈 좀 벌었다고 자서전인지 뭔지를 낸다는데 그걸 누가 말리겠어. 그렇지만 형서 결혼식에는 얼씬도 하지 말라고 해! 또다시 형서 앞길 그르치고 싶지 않다면 내 말 명심하라고, 꼭 전해!"

이모부는 냉랭한 목소리로 못을 박았다. 할 말이 없는 건 아니었지만 나는 대응하지 않았다. 나한테 다리를 놓아달라던 형서 생각이 났다. 아직도 형서가 자기 편이라고 철석같이 믿는 이모부에게 한 방 먹인 기분이 들었다. 형서는 이모가 결혼식에 참석하길 원했다. 처가에서 자기 위신을 세워줄 사람이 이모라는 걸 아는 형서였다. 이모의 자서전이 어느 방향으로 흘러가리라는 것도 감이 왔다. 그런 이모가 이모부의 엄포에 겁먹을 리 없다는 것도 알았다. 또다시 이모가 모성애에 무릎을 꿇는 일이 생긴다면 몰라도.

나는 씁쓸한 기분으로 이모부 집을 나왔다. 십수 년 별거하고 있는 남편과 이제 그 남편의 정부까지 먹여 살릴 만큼 이모가 천하에 몹쓸 짓을 저지른 걸까. 가족에게조차 이용당하면서 인정조차 받지 못하고 살아온 이모의 인생에서 이모가 하고 싶은 말은 무엇일까? 순간 강수진이 떠올랐다. 그 아이도 나한테 하고 싶은 말이 있었던 걸까?

내 지갑 속에 꽂혀 있는 명함의 주인은 내게 전할 물건이 있다고 했다. 나는 그게 무엇이냐고 선뜻 묻지 못했다. 그 물건이 무엇이든 간에 강수진의 죽음과 관련된 것일 테니까. 새삼스레 그녀와 연루되고 싶은 마음이 없었다.

나는 분쟁이나 분란을 극도로 혐오하는 사람이다. 이모부 앞에서도 할 말이 없어 참은 게 아니었다. 이모와 이모부, 그리고 형서도 얽힌 상황에 끼어들고 싶지 않아서였다. 가족 일에도 철저히 선을 긋는 내가 강수진의 유품 중 하나를 받고, 수진의 사연에 관여한다는 게 내키지 않았다. 생각이 바뀌면 연락을 달라는 민혁의 말이 머릿속에 박혀 신경이 쓰였다.

7

그 시절의 선재와 수진, 그리고 나. 다 잊고 살았는데 새삼 그걸 드러낼 필요가 있는 걸까? 그런 이유로 느닷없이 내 앞에 등장한 민혁이 불편했고 혼란스러웠다.

사실, 나에게 그 시절은 밑바닥이 보이지 않는 허방과도 같았다. 싱크홀처럼 갑자기 푹 꺼져 시꺼먼 어둠으로만 인식되는 때다. 선재와 수진 사이에 끼어 갈팡질팡하던 나 스스로가 곤혹스럽기만 했다. 어쩌면 웬만해선 타인의 삶에 끼어들지 않고 살려고 했던 것도 다 그 때문이었는지 모르겠다.

생계 때문에 뛰어든 고스트라이터 일도 실은 그런 내 성격과 무관하지 않았다. 사적인 감정과 의지가 섞인 나의 세계관과 상관없이 의뢰인이 원하는 방향으로 영혼 없는 글을 쓰는 일이 나한테는 안성맞춤이었다. 비판하거나 흥분할 필요도 없고, 과장하거나 감출 필요도 없어 밍밍한 껍데기 글이 활자화되더라도 나와는 무관한 느낌이었다.

그런 내가 강수진을 언급하는 민혁에게 연락을 하려고 한 건 무슨 이유였을까? 생각이 바뀌면 연락을 달라던 민혁의 말처럼, 내 생각이 바뀐 걸까? 완전히 잊고 살았던 그 시절이 부지불식간에 튀어나올 때면 안절부절못하는 나를 발견했다.

"생각이 바뀌신 거로군요. 그럼 강수진 씨의 유품을 보시겠다는 의미로 받아들이겠습니다."

"생각이 바뀌었다기보다 민혁 씨의 얘기를 좀 더 들어보고 싶어서 만나자고 한 거예요."

카페 탁자를 사이에 두고 앉아 있는 민혁이 왠지 낯설지 않았다. 두 번째 만난 탓일 수도 있지만 그런 친숙함과는 차원이 다른 것이었다. 기시감이 느껴지는 얼굴이라고 해야 할까. 어디서 한 번쯤 꼭 본 듯 누군가를 닮아 있었다. 특히 눈매가 그랬다. 쌍꺼풀 없이 크고 둥근 눈매를 보면서 어떤 이미지가 불쑥 올라왔다. 소의 눈망울을 닮은 그 사람은 정작 가물가물했다. 누구였지? 기억의 잔상이 잡힐 듯했지만 다시 새까만 구덩이 속으로 빠져들었다.

"민혁 씨, 당신은 누군가요?"

누가 들어도 이상한 질문이었다.

"유품 정리사라고 말씀드리지 않았나요?"

"맞아요. 그랬죠. 근데, 민혁 씨가 내가 알고 있는 사람과 닮았다는 생각이 들어요. 그 사람이 누구였는지 도무지 기억이 나지 않아서요."

"글쎄요. 제가 최 선생님의 잊힌 기억까지 알아낼 수는 없겠지요. 우선 강수진 씨에 대해 다시 얘기를 해봐야겠군요. 강수진 씨를 기억하신다고 하셨나요? 아니 아신다고 하셨죠?"

"혹시 민혁 씨는 수진에 대해 뭘 알고 있는 사람인 건가요? 단지 수진의 유품을 정리하는 일만 맡은 게 아니라는 생각이 드는데, 내 생각이 틀렸나요?"

"최 선생님은 강수진 씨의 무얼 아시고 있는 겁니까?"

자신의 패는 숨기고서 상대의 패를 가늠하려고 신경전을 펼치는 도박사끼리 대화를 이어가는 기분이었다.

"강수진의 무얼 아냐고요? 내가 뭘 알아야 하는 거죠? 대체 뭘 얘기하고 싶은 거예요?"

민혁의 패를 가늠하기가 점점 힘들어졌다.

"최 선생님의 생각이 궁금해서요."

민혁의 말투는 묘하게 거슬리는 데가 있었다. 예의에 벗어나진 않았지만 분명 말마다 가시가 돋친 느낌이었다.

"고등학교 동창이었다고 했잖아요."

"저도 그 정도는 알고 있습니다. 최 선생님을 고등학교 졸업 앨범에서 찾았으니까요."

"아, 참! 그랬군요. 그렇다면 됐네요. 수진과의 관계는 그게 다입니다. 얼굴과 이름 정도만 알고 지냈던 수진의 유품이 나와 무슨 관련이 있다는 건가요?"

"강수진 씨의 유품을 보면 선생님이 말씀하신 것처럼 단순히 동창 관계는 아니었던 것 같습니다만."

민혁의 순박한 눈꼬리에 의미심장한 번뜩임이 스쳤다. 찰나였지만 분명히 느낄 수 있었다. 그게 다가 아니라면 수진과 내가 엮일 게 뭐가 있다고? 선재라면 또 몰라도.

선재에게 가려진 강수진의 실루엣. 내가 애써서 기억 저편으로 몰아세웠고 그렇게 수진은 망각의 뒤안길로 성급하게 사라졌다. 그래서였을까. 내가 기억하는 수진은 늘 모호하고 흐릿하고 아련해서 때로 다른 동창생의 이미지와 겹치기도 했다.

"민혁 씨, 당신 정말 단순히 유품 정리사인가요?"

민혁의 태도, 말투, 눈빛에는 업무 수행 이상의 다른 무엇이 있었다.

"수진이와 관계있는 사람이죠?"

"제 입장에선 흔쾌한 답을 드리기가 어렵습니다. 다만, 이 일을 의뢰하신 분이 저와 밀접한 관계가 있는 건 맞습니다."

"그 의뢰자가 누구냐고 물어보면 고객의 비밀 보장을 운운할 테지요."

"최 선생님이 궁금하시다면 말씀드리겠습니다. 의뢰자는 바로 제 어머니십니다."

너무 쉽사리 자기 패를 확 까버린 민혁에게 허를 찔린 나머지 말문이 막혔다. 만난 지 이십여 분 시간이 흐르는 동안 숨 가쁘게 줄다리기를 하면서 상대가 끌려오지 않으면 이쪽에서도 끌려가지 않겠다는 일념으로 버텼다. 적어도 나는 그랬다. 민혁은 어땠는지 몰라도. 그 이유가 무엇일까? 곰곰이 나를 들여다보면 수진의 실루엣 때문이었다. 흐릿하고 모호한 채 이십대 초반에 세상을 등진 수진의 기억이 새까만 탓이었다. 수진의 실체가 오직 선재의 그림자로 남아 있길 바란 걸까? 선재의 자전거 뒷자리에 앉아 있던 수진은 초여름 정오의 태양 아래 뭉개진 그림자 형태로만 사라지길 원했던 거다.

"민혁 씨 당신은 정말……."

나는 말을 잇지 못했다. 자기 존재를 드러낸 민혁의 실체를 강렬히 알고 싶은 만큼 두려움도 앞섰다. 민혁의 다음 말에 나는 벌린 입을 다물지 못했다. 민혁은 자신의 어머니가 선재라고 했다. 선재한테 이런 장성한 아들이 있다니. 민혁은 선재의 성과 같은 민씨에 외자 이름이었다. 민혁은 자기 어머니가 자신을 그녀의 호적에 올렸다고 했다. 선재가 남자에게 버림받았다는 의미인 걸까? 그보다도 선재가 자식을 낳았다는 사실이 더 믿기지 않았다. 그렇다면 낯이 익었던 민혁의 눈매와 외모는 선재의 그것이었단 말인가.

잠시 어지럼증을 느꼈지만, 정신을 가다듬었다. 이 상황에서 거부와 수긍 모두 어떤 의미도 없다는 걸 알았지만 가슴 깊은 곳에서 소용돌이치는 감정은 뭐라 설명하기 힘들었다. 휘몰아치는 감정에서 재빨리 발을 빼고 싶은 심정이었다. 아니다. 나는 알고 있다. 내 감정의 밑바닥에 고여 있는 고갱이를. 하지만 덮고 또 덮어서 깊숙이 밀어 넣었을 뿐이었다. 혹여 누구에겐가 들킬세라 두려워하면서 나 스스로도 짐짓 모른 척 거들떠보지 않았던 내 감정의 실체를.

"민혁 씨, 당신이 선재의 아들이라니. 그게 정말…… 사실이에요?"

내 말은 자꾸 헛돌았고 그런 나를 민혁은 뚫어지게 바라보았다. 결국 신경전은 다 쓸데없는 짓이었다. 그가 확실한 패를 들고 나온 싸움이었고 승리의 여신은 처음부터 팔을 치켜들 순간을 기다리고 있었다.

"근데 말이에요. 왜 수진이의 유품을……. 당신이 정리하는 건가요?"

민혁은 수진의 유품을 선재가 보관하고 있었다고 대답했다. 두 사람의 친밀감은 생사를 뛰어넘어 삼십여 년 세월을 함께할 만큼의 무엇이었던 걸까. 둘 사이에 내가 모르는 무엇이 존재했던 것이 분명했다. 죽음과 세월 따위는 간단없이 뛰어넘을 수 있을 만큼 질기고 끈끈하고 절절한 무엇. 나한테도 분명 있었던 감정이지만 오랜 세월이 지나면서 강하게 부정하고 있었던 그것.

민혁에게 물어봐야 할 것이 너무 많았다. 수진의 유품 속에 나와 관련된 물건이 있다는 뜻일 것이다. 그렇다면 그때 바로 선재가 나한테 알려줄 일이지 삼십여 년이 흐른 후에 아들을 시킨 까닭이 무엇일까? 그것도 유품 정리사라는 직업의 외피를 씌우면서까지. 선재의 의도를 도무지 파악할 수 없었다. 나는 더듬거리긴 했지만 이러한 의문들을 하나씩 질문하기 시작했다. 민혁은 내 말을 한마디도 놓치지 않겠다는 태도로 끝까지 들었다. 중간에 말을 끊거나 부연 설명을 하거나 상황을 정리하려고 들지 않았다. 말을 마쳤을 때 나는 100미터를 전속력으로 질주한 사람처럼 숨을 몰아쉬었다.

민혁은 차분한 태도로 입을 열었다. 선재가 인생을 정리하고 싶어 한단다. 자신의 인생을 정리하기에 앞서 자신이 가지고 있던 수진의 유품을 처분하는 게 먼저라고 생각했단다. 마침 유품 정리를 전문적으로 하는 아들에게 이 일을 일임했다는 것이다. 그런데 그게 왜 하필 지금인 거냐면서 나는 민혁의 말을 끊고 물었다. 나를 물끄러미 바라보던 민혁의 표정이 어두워졌고 눈에선 금방이라도 눈물이 쏟아질 듯했다.

"몸이 좋지 않으시거든요, 그것도 아주 많이."

"누가요?"

어리석은 질문이었다. 충격을 피하고 싶은 방어기제가 작동한 것일지도 몰랐다. 보지 않고 살아도 어딘가에서 잘 지내고 있겠지, 라고 생각했다. 오랜 세월 어느 끝자락에서 필연을 가장한 우연으로 한 번은 만날 수도 있겠지, 라는 기대도 했다. 그런 선재가 몸이 아프단다. 살아온 날보다 남아 있는 날이 적을 나이이긴 하지만 아직 건강의 적신호가 켜지기는 이른 나이였다.

인생 정리를 운운하는 걸 보면 선재의 건강은 나이와 상관없이 위중하다는 말일 테다. 한편으로 오래 앓아온 선재의 병증이 심해졌다는 의미도 포함되어 있었다. 민혁의 눈가가 축축해졌다. 선재를 끔찍이 여기는 아들이구나, 하는 생각이 들었다. 젊었을 때 너무 고생을 많이 한 탓이라고 말끝을 흐렸다. 혼자 몸으로 자신을 키우느라고 그렇게 몸이 망가졌다는 말도 덧붙였다. 선재에게 자식을 떠맡기고 떠난 민혁의 아버지는 누구였을까? 선재를 만나볼 의향이 있느냐고 민혁이 물었다.

"선재도 나를 만나고 싶다고 하던가요?"

민혁은 깍지 낀 손으로 턱을 받쳤다. 민혁의 이마에 깊은 주름 하나가 잡혔다. 잠시 후 깊은 생각에서 놓여난 듯한 표정으로 민혁이 말했다. 선재는 나를 만날 준비가 되어 있지 않다고 했다.

"선재와 내가 만나는데 무슨 준비가 필요하겠어요. 선재가 뭐라고 하든 나는 선재를 봐야겠어요. 우린 정말 친한 친구였다고요. 민혁 씨도 어머니한테 내 얘기를 들었을 거잖아요. 언제 만날까요?"

민혁은 어머니에게 다시 말해보겠다고 했다. 내게 수진의 유품은 중요하지 않았다. 이걸 계기로 선재를 만날 수 있다는 사실이 크게 다가왔을 뿐. 마음 한편에 깊이 묻고 살았던 감정이 조금씩 되살아나는 기분이었다.

8

차한수의 출판사는 5층 건물 3층에 있다. 1층은 분식집과 테이크아웃 커피 전문점이고 2층에는 치과가 자리 잡고 있다. 4층은 태권도 학원, 5층은 정체불명의 다단계 영업소다.

지하에서 벗어나 지상 사무실을 얻은 것은 정말 축하할 일이다. 차한수에게 새로 옮긴 사무실이 어떠냐고 물었다. 천장이 무너지는 게 아닌가 해서 늘 조마조마하단다. 워낙 엉뚱한 사람이라 뜬금없이 튀어나온 말이거니 했다. 그런데 건물 안내 표지판에 4층이 태권도 학원이라고 명시된 걸 보고서야 그의 말이 완전 허무맹랑한 게 아니라는 걸 알았다.

싱거운 소리 일삼는 사람치고 뼛속까지 악질은 없다는 게 오 여사의 평소 지론이다. 그 말을 내 귀에 나팔 불듯 연신 해대는 오 여사의 저의를 모르지 않았다. 차한수가 인성 하나는 나무랄 데 없다는 말이었다.

오 여사는 차한수를 여전히 '차 서방'이라고 부른다. 차한수와 뻔질나게 연락하는 걸 오 여사에게 숨기지 않은 내 탓이 컸다. 이혼 후 오 년 동안 우리의 재결합을 부추겼고 지금도 그 미련을 완전히 버리지 못한 오 여사다. 오 년 이후부터는 아메리칸 스타일이냐고 빈정거렸다.

사무실도 넓혔는데 개시해줄까, 라는 싱거운 내 농담에 차한수는 월세 입금할 날이 다가오는데 어떻게 알았느냐며 너스레를 떨었다. 사실 대필을 맡았을 때 차한수 출판사는 생각하지 않았다. 이모 자서전이라면 메이저급 출판사에 의뢰해도 출간이 어렵지 않을 테니까. 그런 내 생각을 이모는 한 번에 뒤집었다.

— 차한수였지? 네 전남편. 그 사람이 출판사를 차렸다면서. 거기서 내자.

이모가 이 바닥을 잘 모른다는 생각에 명성에 걸맞은 출판사 몇 군데를 추천했다. 이모는 더 들을 게 없다는 듯 손사래를 쳤다. 하긴 출판사 간판이 문제겠는가. 이모 이름이 내걸리면 판매 부수는 웬만큼 보장될 것이다.

출판사는 차한수가 벌여놓은 사업 중에서도 돈을 까먹는 일이었다. 이익은커녕 돈만 들어가는 출판사를 걷어치우라는 조언을 한 적이 있었다. 차한수는 이거라도 안 하면 당신과 엮일 일이 없을까 봐, 라는 말을 아무렇지 않게 했다. 그런 대로 기반을 잡아 현상 유지가 되는 건 순전히 차한수의 능력 덕이었다. 출판 바닥에서 수완 좋고 발도 넓고 인심도 잃지 않은 사람이기에.

사무실 문을 열고 들어서자 천장에서 발 구르는 소리가 우르르 들렸다. 차한수가 반갑게 나를 맞았고 나는 인사 대신 천장을 향해 검지를 곧추세웠다.

"선배 말이 맞네. 천장 무너질까 조마조마하겠다. 머리에 탱크 하나를 이고 있는 거 같은데."

"사무실 계약할 때 4층이 태권도 학원이라는 걸 생각하지 못한 내 실수인데 누굴 탓하겠어."

"이렇게 시끄러워서 일이나 제대로 할 수 있겠어, 어디!"

차한수 옆자리의 낯선 여자 정수리를 기웃거리며 의자에 앉았다. 내가 입 모양만으로 '누구'냐고 물었다.

"하은영 씨, 최 작가가 당신 누구냐고 묻네."

차한수가 여자 쪽을 향해 소리를 높였다. 나는 차한수에게 핀잔스레 눈을 흘겼다. 정수리와 이마만 보이던 하은영이 몸을 일으켰다.

"안녕하세요. 이번에 입사한 하은영이라고 합니다. 대표님께 최 작가님 말씀 많이 들었습니다. 앞으로 잘 부탁드릴게요."

목소리가 또렷하고 발음이 정확해서 청량감이 들었다. 윗니가 살짝 드러나게 미소를 짓는 얼굴이 인상적이었다.

"별말씀을요. 외려 제가 앞으로 부탁할 일이 많을 텐데요."

손사래를 치며 그녀의 인사를 받았다. 하은영은 싱그러운 미소를 환하게 짓고는 자리에 앉았다.

"개시해준다는 말은 뭐야? 일거리 들어왔구나."

"응. 자서전 대필을 맡았어."

천장이 무너질 듯한 발 구르는 소리가 다시금 들렸다. 내 말이 그 소리에 묻혔다.

"어떤 분?"

"오선임 디자이너."

"오! 이모님. 웬일이셔. 그 양반이 책을 다 내신다고 하고. 근데 왜 우리 같은 구멍가게에서 내시겠다는 거야?"

말은 그렇게 하면서도 차한수 얼굴에 희색이 돌았다. 패션계에서 오선임을 모르면 간첩이리만치 유명세를 떨쳐온 이모의 자서전이라면 대어를 낚는 셈일 테니까. 우리 대화를 듣고 있던 하은영도 물개박수를 치며 웃었다.

"굳이 그러겠다는데, 뭐 어쩌겠어. 선배도 좋고, 나도 일하기 편하고. 두루두루 좋은 일이잖아."

"이모님은 여전히 잘나가시지. 돈도 많으실 테고."

"나이가 있으니까 명성이 예전만큼은 아니겠지만, 재산은 더 불어난 거 같던데."

나는 아랫입술을 내밀며 츱, 소리를 냈다. 돈 없는 사람의 비애가 묻어난 제스처였다.

"우리야 고마운 일이지. 자서전 방향은 디자이너로서의 신념과 철학을 내세우고 성공한 인생 스토리를 곁들이면 되는 걸까?"

차한수가 손바닥을 마주 비비며 넘겨짚었다. 나는 또 한 번 아랫입술을 내밀어 츱, 소리를 내며 검지를 흔들었다. 차한수가 틀렸다는 의미의 제스처였다. 차한수는 눈을 홉뜨고 엄지와 검지를 시옷 자로 벌려 아래턱을 문질렀다. 자신의 틀린 부분을 지적해보라는 신호였다. 우리는 서로의 눈짓과 손짓, 혹은 표정만으로도 상대의 기분이나 속마음을 알아차렸다. 알고 지낸 시간과 연애 기간 칠팔 년에 결혼 생활 십 년, 아메리칸 스타일의 이혼 기간 십 년을 합쳐 거의 이십칠팔 년 세월을 무시할 수 없다는 증표일 수도 있다.

하지만 그게 다는 아니라는 걸 누구보다도 내가 더 잘 알고 있다. 우리는 처음 만났을 때부터 잘 통했다. 인문계열 동문인 우리 두 사람은 책을 좋아한다는 취향을 차치하더라도 대화에 막힘이 없었다. 무례함이 친근함으로 해석될 무렵 우리는 커플이 되어 있었다. 부모님도 우리 사이를 알게 되자 결혼은 기정사실로 굳어졌다. 친구 몇 명이 진지한 눈빛으로 물어오기도 했다. 차한수를 진짜 좋아하느냐고. 차한수도 비슷한 질문을 받았으리라고 짐작된다. 자식아, 너 윤지를 정말 사랑하는 거냐는 식의 말.

　사랑. 나한테는 오감으로 느껴지는 단어가 아니었다. 그것도 차한수를 두고 생각하면 유치하고 오글거리는 기분이 들었다. 사랑이 뭐 별거겠어. 함께 있으면서 편안하면 되는 거지. 내가 생각하는 사랑의 정의는 그랬다. 내게 질문을 던진 친구들에게 그런 식으로 대답하지는 않았다. 긍정의 의미로 머리를 끄덕거렸을 뿐이었다. 아니면 한수 선배랑 같이 있으면 정말 편한 건 맞아, 라고 대답했을 수도 있다. 너무 오래된 기억은 실제와 똑같지 않기 마련이다. 모르긴 해도 지금 와서 그때 상황을 물어보면 그 친구들은 내가 차한수를 많이 사랑했다고 할지 모른다. 나와의 관계를 짓궂게 물었던 지인들에게 차한수가 어떻게 대답했는지 나로서는 알 수 없다.

　우리가 남들처럼 뜨겁지 않아서일까. 연애하는 동안 우리가 헤어졌다는 소문이 심심치 않게 돌기도 했다. 둘 다 서른 중반에 이르자 뜨뜻미지근한 우리를 두고 보지 못한 양가 부모들이 만나서 결혼을 밀어붙였다. 그렇게 떠밀리듯 결혼을 했다. 기실 무던하기가 이를 데 없는 차한수가 아니었다면 나는 결혼이라는 결승점에 이르지 못했을 것이다. 독신주의가 아니라면 몰라도 내게 결혼 상대자는 차한수가 적격이었다.

나는 그런 게 사랑이라고 생각했다. 친하고 편하다고 생각하는 남자는 차한수가 유일했으므로. 어리석은 인간일수록 자신의 경험이 삶의 전부라고 생각하는 법이니까. 차한수의 사랑법에 대해선 깊이 생각해보지 않았다. 나와 비슷하려니 지레짐작했을 뿐.

결혼 전후를 놓고 볼 때 별다른 차이를 느끼지 못했다. 차이를 느끼지 못하는 게 결혼 생활의 최대 맹점이었다. 어제와 같은 오늘이 이어졌고 오늘과 같은 내일이 이어질 것이라 막연히 예상했다. 너무 행복하지도 않았지만 몸서리쳐지게 불행하지도 않은 일상이 무미건조하지만 평화롭게 흘러갔다.

몇 년이 흐르자 양가에선 아이를 재촉했고, 애가 늦어 걱정이라는 말을 대놓고 했다. 어른들 걱정과 달리 우리 부부의 잔잔하고 평온한 일상은 무너지지 않았다. 각자 하는 일에 충실하면서 아파트 평수를 넓혔고 대출금도 갚아나갔다. 각자 본가에 민폐를 끼치지 않을 만큼 최소한의 도리도 했다. 결혼 팔 년 차에 이르자 양가 어른들도 우리 생활에 관여하거나 간섭하지 않았다. 따분하고 권태로웠지만 완벽한 평화였다. 그런 상태로라면 나는 차한수와 천만년도 더 살 수 있을 것 같았다. 그렇게 이 년이란 시간이 물 흐르듯 흘러갔다. 우리에게 아파트 담보 대출금도 남아 있지 않았고 경제적으로 각자 독립적인 상태가 유지되었다. 차한수 수입의 일부분은 생활

비로 지출되었고 나머지 돈은 그 사람이 개인 용돈으로 썼으며, 외주 교정으로 들어오는 내 수입은 내가 쓰고 관리했다.

그 무렵 차한수의 귀가가 늦어졌고 외박을 하기도 했다. 오래전부터 우리는 섹스리스 부부였지만 툭 터놓고 말한 적도 없었다. 고민할 만큼 대수로운 일이라고 생각하지도 않았다. 그런데 그건 순전히 나만의 생각이었다. 차한수는 아니었다.

차한수가 밖에서 여자를 만나고 다닌다는 걸 알게 되었다. 나는 나이만 먹었을 뿐 남자의 욕망에 관해 무지했다. 그렇다고 하더라도 신뢰를 깬 차한수와 결혼 생활을 지속하긴 싫었다. 쉽게 만나고 쉽게 헤어진 여자였을 뿐 깊은 관계는 아니었다고 차한수는 구차한 변명을 늘어놓았다. 이혼은 하지 않겠다고 버티던 그의 눈빛에 원망과 안타까움이 엉켜 있었다. 그때 처음 알았다. 차한수의 간절함이 나를 향하고 있었다는 것을. 그리고 사람들은 그걸 사랑이라는 이름으로 부른다는 것을. 나와 비슷한 감정 패턴으로 결혼 생활을 유지해왔던 것도 도무지 뜨거워질 줄 모르는 나에 대한 배려였고 그 또한 사랑의 다른 색깔이었다는 것을. 차한수를 향한 내 마음은 우정, 그 이상도 그 이하도 아니었다. 차한수와 헤어진 후 무겁게 매달고 있던 추 하나를 내려놓은 듯 홀가분하고 편해졌다.

나와 달리 차한수는 한동안 방황했다. 그의 방황은 불성실로 이어졌고 사회생활에 치명적 결격 사유가 되었다. 직장을 잃었고 인생 내리막을 치닫던 차한수는 최소한의 자본금만으로 일인 출판사를 차렸다.

건물의 반지하 사무실은 채광이 되지 않는 것만 빼고는 나무랄 데 없었다. 나는 산세비에리아 화분을 사서 출판사 개업식 날 찾아갔다. 산세비에리아는 지독히 게으른 사람도 키울 수 있다는 말을 들어서였다. 차한수의 게으름을 알고 있는 전처의 배려가 담뿍 담긴 선물이었다.

그날 알았다. 등록한 출판사 상호 속에 나를 떨쳐내지 못한 차한수의 미련이 남아 있다는 것을. 차한수는 자신의 이름 끝자인 '수'자와 내 이름 끝 자인 '지'를 따서 출판사 이름을 지었다고 했다. 수지 출판사.

— 윤지, 네가 그랬잖아. 나중에 우리 출판사 차리자고.

차한수는 특유의 무심한 표정으로 말했다.

— 내가? 우리가? 언제?

멀뚱한 얼굴로 물어보는 순간 기억의 스위치가 켜졌다. 함께 그런 게 아니라 차한수 혼자 신바람이 나서 떠들어댔었지.

— 내가 그랬다고? 아니야. 선배가 혼자 생각한 거였지.

이혼 후 나는 차한수를 부르는 호칭을 '당신'에서 '선배'로 바꿨다. 차한수에게 재결합에 대한 여지를 주고 싶지 않았다.

— 누가 그랬든. 그러기로 한 거는 맞잖아.

— 쓸데없는 건 기가 막히게 기억을 잘해요.

나에 관해선 아주 사소한 것까지 기억하는 차한수는 지금껏 혼자 산다. 몇 번 연애는 했지만, 법적으로 혼자다. 그걸 알고 있는 오 여사는 아메리칸 스타일인지 지랄인지 그만하고 차 서방과 합치라고 성화였다. 그래서 나는 오 여사에게 차한수한테 여자가 있다는 사실에 과장을 보태서 '결혼할' 여자로 처방전을 썼던 거였다.

　"출판사 작명 덕 좀 본 거 같아."

　"무슨 말이야?"

　"일 년도 채 못 되어 문 닫는 출판사가 부지기수인데 그래도 우리 출판사는 그런대로 '수지'가 맞아떨어지는 경영을 해온 거잖아. 그 덕분에 지하를 탈출해서 지상으로 왔으니까."

　"어련하시겠어."

　"이모님 일을 맡게 돼서 다행이네. 그런데 다른 일감은 좀 들어오나?"

　"몰라서 물어?"

　서울 중심지 삼십 평대 아파트를 둘로 쪼개면서 나는 이십 평 초반대의 아파트를 매입하고 남긴 돈을 야금야금 까먹어온 형편이었다. 그에 비해 차한수는 아파트 팔아서 나눈 돈을 출판사에 모조리 쏟아붓고 사무실 한 귀퉁이에서 숙식을 해결했던 초창기와 달리 지금은 출판사 유통 쪽도 지분이 있고 수지 출판사 규모도 커져 형편이 나아지고 있었다.

"성공한 이모님이시니까 조카 대필 원고료는 두둑이 챙겨 주시겠지."

"나야 그러면 더할 나위 없고."

"계약은 했어?"

"계약은 무슨! 이모하고 내가 남인가."

"내가 그럴 줄 알았다. 윤지, 너는 그게 문제야. 매사가 술에 술 탄 듯 물에 물 탄 듯 사람만 좋은 게 탈이라니까."

차한수가 팔짱을 끼며 혀를 차자 하은영의 웃음소리가 들렸다. 내가 차한수에게 눈을 흘기며 입을 비쭉거렸다.

"듣던 대로 두 분 참 재밌으시네요."

누구한테 뭘 들었단 걸까. 하은영이 신경 쓰였다.

"암튼, 선배가 우리 이모 책 좀 잘 뽑아줘. 또 누가 알아? 이모 책이 대박 날 수도 있잖아."

"나도 기대하는 바니까 걱정일랑은 붙들어 매십시오, 최 작가님! 성공한 패션디자이너 겸 사업가 콘셉트에다 인간 승리를 부추기는 감동의 조미료를 살짝 첨가하면 그럴싸한 물건 하나 나오겠지. 오케이!"

"우리 이모를 오해하는구나. 선배는 돈 많은 사람을 이상하게 깎는 경향이 있더라. 그것도 일종의 자격지심이야. 이모는 성공한 디자이너 인생을 부각하기 위해 자서전을 내려는 게 아니야."

나는 검지를 세워 차한수 얼굴에 대고 흔들었다.

"그렇게 들렸다면 미안해. 이모님이 자서전을 통해 어필하고 싶은 인생의 메시지가 따로 있는 건가?"

차한수가 팔짱을 풀고 상체를 기울였다. 흥미가 생기는 모양이었다. 나는 하은영 쪽을 넘겨보았다. 왠지 그녀가 있는 데서 말하고 싶지 않았다. 초고가 나오면 하은영이 교정과 편집을 담당할 거라는 걸 모르지는 않지만 그래도 아직 이모의 모든 걸 털어놓고 싶진 않았다.

"음, 뭐랄까. 여성주의? 확장된 페미니즘?"

차한수는 볼이 부풀어지는 동시에 눈이 커졌다. 의외라는 반응이었다. 차한수와 살면서 이모에 관한 사적인 얘기를 한 적이 없었다. 우리 가족에서부터 내 친구 관계까지 차한수에게 숨길 만큼의 비밀은 없었다. 그런데도 굳이 이모에 관한 말은 하지 않았다. 외가 식구들처럼 이모를 부끄러워해서가 아니었다.

"현재 이모부는 다른 여자와 동거중이셔. 그런데도 이모부는 이혼은 거부하고 있어. 그 사실 하나만으로도 이모는 피해자야."

"이모부님은 왜 이혼을 거부하시는 거지?"

차한수는 뻔한 걸 물었다.

"이모의 재산 때문인 거지. 이혼한 후 이모부가 다른 여자와 결혼하면 이모부는 이모 재산을 터치할 권리가 없어질 테니까."

차한수는 검지로 탁자를 톡톡, 두들겼다.

"그럼 그게 이모님이 자서전을 내고 싶어 하시는 이유라는 거야? 너무 메리트가 없잖아."

"그게 다는 아니고……."

머리를 넘기면서 말을 흐렸다.

"너는 알고 있지만 나한테 말을 안 하는 건 아니고?"

차한수의 예리함이 적중할 때가 있다. 나는 하은영 쪽을 넘겨보았다. 하은영도 내가 자신을 신경 쓰고 있다는 걸 눈치챘는지 우리 대화에 참견하지 않았다. 사실, 내가 신경을 쓰는 건 하은영만이 아니었다. 세상의 눈과 귀였다. 보편적이라느니, 일반적이라느니, 객관적이라느니 하는 세상의 터무니없는 잣대. 어쩌면 이모는 그 잣대에 냉소를 날리고 싶은 걸지도 모른다. 냉랭한 미소를 짓는 이모의 모습에 웃음기가 없었던 선재의 얼굴이 묘하게 겹쳤다.

9

　선재는 잘 웃지 않는 아이였다. 어떻게 웃는지를 잊은 선재의 표정은 인생의 비의를 알아버린 어른의 표정 같았다. 그아이만 떠올리면 귀에서 익숙한 이명이 들린다. 세포 하나하나를 부끄러움으로 오그라들게 했던 마찰음. 달그락, 툭! 딸각, 툭!

　그 소리는 다른 형태로 나를 장악한다. 잘그락, 톡! 짤깍, 톡! 내 의식의 어느 부분을 건드리고 지나가는 또 다른 환청이다.

　인문계 고등학교에 입학하는 순간부터 우리는 입시생이었다. 학교 건물 전면 동판에 새겨진 '유능한 인재 양성을 목표로 하는 학교'라는 글귀에 마음을 다잡았다. 교훈校訓에 맞추기라도 하듯 모든 커리큘럼은 시험에서 시작해서 시험으로 끝났다. 주초고사에서부터 월말, 중간, 기말고사와 모의고사는 연중 행사였다. 《성문종합영어》와 《수학의 정석》을 한 번 독파했다는 친구들도 심심치 않게 있었다. 과목별로 교실에 들어온 교사들은 인생의 최대 목표가 대학 입학이라는 걸 수없이 강조했다.

학교와 교사가 그토록 부르짖는 지상 최대 목표인 대학은 사실, 상아탑이나 낭만과 거리가 먼 게 현실이었다. 대학생을 언니와 오빠로 둔 아이들은 김민기의 '작은 연못'을 흥얼거리기도 했고, 책가방 깊숙이 김지하의 《타는 목마름으로》와 박노해의 《노동의 새벽》을 갖고 다니며 대머리 대통령을 욕하는 시국이었다.

어수선한 시국을 반영하듯 교실 창문을 열어놓기 무섭게 최루탄 냄새가 퍼졌다. 우리 학교에서 멀지 않은 곳에 G대학이 있는 탓이었다. 그 냄새는 코스모스같이 가녀린 소녀들이 잔 다르크 같은 투사로 돌변할 수 있다는 가까운 미래의 경고였다. G대학은 서울에 위치했지만 세간에서 이류 대학으로 치부했고 입학원서를 쓸 때는 후기대학이라고 불렸다.

"아, 짜증 나. G대학에서도 데모를 하나?"

수학의 정석 '기본'이 아닌 '실력'을 옆에 끼고 다니던 아이가 불만을 토로했다. G대학처럼 후진 학교도 대학이랍시고 화염병을 던져 최루탄의 독한 냄새를 우리 학교로 번지게 하느냐는 비아냥이었다. 마침 수업 시작 차임벨에 맞춰 교실에 들어온 수학 교사한테 딱 걸렸다.

"G대학도 데모하느냐고? 야! 인석들아, G대학 들어가기는 어디 만만한 줄 아냐? G대학 학생들도 고등학교 1학년 때는 너희처럼 그랬을 거다. G대학 가느니 차라리 혀를 깨물겠다고. 무시하는 만큼만 열심히 공부해라! 고3 때 가서 G대학교 원서 써달라고 울고불고하지 말고."

수학 교사의 별명은 '촌살'이었다. '촌철살인'이라는 의미도 있었지만 1970년대 복덕방 할아버지 패션을 고수하는 바람에 '촌빨'이 살인적이라는 중의적 별명이기도 했다. 교사의 옷차림에 대해서 말이 많았던 이유 중 하나는 두발과 교복 자율화로 아이들이 옷에 관한 감각에 눈을 뜬 때문이었다. 시커먼 교복을 벗어버린 아이들은 야간자율학습과 입시지옥만 아니면 겉모습은 대학생 흉내를 내도 손색이 없었다. 어딘가 모르게 어설퍼 보이긴 했지만 어쨌든 청소년과 어른의 경계에 있었던 것만은 분명했다.

고만고만한 무리 중 우리 모두를 긴장시키는 존재가 있었다. 바로 선재였다. 또래보다 머리통 하나는 더 컸던 신장도 도드라졌고 균형 잡힌 건강한 몸은 아무렇게 걸친 옷 바깥으로도 돋보였다. T자가 선명한 짙은 눈썹과 반듯한 콧날은 멀리서도 눈에 확 띄었다. 우수에 찬 눈망울과 깊이 파인 인중과 입매는 그리스 조각상이 연상되었다. 그런 선재가 우리 반 반장이 된 배경은 특이했다. 투표로 선출하는 게 아니라 담임의 독단적인 임명이었던 때문이다.

학년 초 HR 시간에 반장 선출 투표가 있었다. 담임은 몇몇 후보 학생들을 칠판에 판서했다. 우수한 성적이 반장 후보의 기본 조건이었다. 용모 단정이나 학내 규칙 준수라는 조항이 있긴 했지만, 그것은 부록이었다. 성적이 우수한 학생은 용모가 단정했고 학내 규칙을 어기지 않았다. 간혹 용모가 흐트러진 학생이 있더라도 성적이 우수하면 그쯤은 옥의 티로 넘어갔다.

반장 후보들에게 발언 시간이 주어졌다. 발언 순서도 성적순이었다. 인간의 행복은 성적순이 아닐지라도 반장 선출 발언 순서는 성적순이라는데 아무도 이의를 제기하지 않았다.

연합고사와 배치고사 종합 성적이 전교 3등이었고 우리 반에 단연 1등으로 들어온 아이는 냉소적인 표정이었다. 서울대가 목표인 자기 시간을 제발 뺏지 말아달라는 당부로 입을 열었다. 자기가 삼 년 동안 열심히 공부해서 서울대에 입학하면 우리 학교가 인문계 고등학교 전국 순위에서 한 단계 올라설 거라면서 발언을 마쳤다. 두 번째 후보자와 세 번째 후보자는 기분 나쁜 기색을 드러냈다. 첫 번째 후보자를 서울대에 보내기 위해서 자신들이 곁다리나 희생타가 될 수는 없다는 게 발언의 요지였다. 자기들도 열심히 공부해서 스카이 대학생이 되고 싶다고 했다.

연합고사 후 소위 '뺑뺑이'로 이 학교에 배정받았을 때 오 여사는 만족감을 드러냈다. 물론 그 '뺑뺑이'가 집 주소가 반영된 결과라는 건 다 알았다. 그렇다고 해도 우리 집 근처의 인문계 고등학교가 하나뿐인 건 아니었다. 내가 입학할 수 있는 학군 안에 있는 서너 곳의 인문계 고등학교 중 대학 진학률이 최고로 정평이 나 있는 게 우리 학교였다.

결과적으로 반장 후보들이 기권을 선언한 셈이었다. 그 상황을 지켜보던 담임의 얼굴이 싸늘해졌다. 담임은 선배들에게 종이 기저귀의 대명사인 '하기스'라는 별명으로 불리는 불어 교사였다. 통통한 풍채만큼이나 사람 좋아 보이는 인상의 담임에게 어울리는 별명이었다. 빙그레 웃으면 뺑뺑해지는 두 볼이 영락없이 아기 궁둥이를 떠올리게 했다. 그런 담임의 얼굴에 웃음이 사라졌고 두 볼이 발갛게 상기되면서 눈도 더 가늘어졌다. 표정이 굳어진 담임이 교단에 섰다.

"그래 좋다! 나도 기권한 반장 후보자들에게 우리 반 대표를 맡길 마음은 추호도 없다. 너희도 나와 같은 마음이라고 생각한다. 그래도 나를 도와 우리 반을 이끌어갈 대표는 반드시 있어야 한다. 우리 반을 위해 봉사하고 희생할 마음이 있는 사람이 있다면 이 자리에서 손을 들어주기 바란다. 담임으로서 간곡한 부탁이다."

반장 후보자들은 머리를 들지 못했고 교실 분위기도 어색해졌다. 그때 맨 뒷자리에서 한 아이가 슬그머니 손을 들었다.

"제가 해보겠습니다. 아이들이 반대하지 않는다면요."

아이들 시선이 일제히 그 아이에게로 향했다. 선재였다.

"좋다. 그럼 이제부터 우리 반 반장은 민선재다. 모두 박수로 찬성해주길 바란다."

선재는 조금 멋쩍은 표정으로 일어나 허리를 숙였고 담임도 별명에 걸맞은 표정으로 돌아왔다. 둥글고 유순하고 귀여움 만발인 그것으로 말이다. 우리는 대대적으로 찬성한다는 의미로 손바닥이 벌겋게 되도록 박수를 쳤다. 반장 후보자들의 이기적 발언에 배알이 뒤틀렸던 것에 대한 반응이었다.

내 시선과 관심이 선재를 좇기 시작한 게 그때부터였다. 옷차림부터 행동거지 하나하나까지 선재는 다른 아이들과 달랐다. 여자애들이 핑클 펌을 곱슬머리라고 우겨대거나 하체가 길어 보이는 청바지와 타이트한 스커트 등으로 앞다투어 자신의 외모와 개성을 뽐내는 가운데 선재는 무채색으로 남아 있었다. 군계일학群鷄 一鶴이 아니라 군학일계群鶴 一鷄의 개성으로 자신을 드러냈다고나 할까. 면도날로 밀어내서 푸르스름한 자국이 남겨진 스포츠형 커트는 그래도 봐줄 만했다. 동네 아저씨가 어기적거리며 입고 다닐 만한 펑퍼짐한 트레이닝복이 선재의 트레이드마크였다.

허술한 차림새와 달리 선재는 중저음 목소리 하나만으로도 사람을 압도하는 힘이 있었다. 무엇보다 체대를 목표로 하는 선재가 우리의 경쟁자가 아니라는 점도 선재의 인기에 한몫했다.

언젠가부터 야간자율학습 시간에 선재가 보이지 않았다. 선재한테 관심이 집중되어 있던 나는 담임에게 반장의 부재를 물었다. 담임은 개인적인 사정이 있어서 야간자율학습을 뺐다고 했다. 담임에게 선재의 집이 어디냐고 물었다. 담임은 잠시 망설이는 기색이었지만 선재의 집을 알려주었다. 선재의 집은 우리 동네와 멀지 않았다.

"선재는 토요일 오후마다 어머니 일을 도와드려야 하는 친구다."

담임은 선재의 어머니가 우리 동네 시장에서 장사를 하신다는 말을 덧붙였다. 담임이 망설였던 이유가 짐작되었다. 시장에서 장사하는 선재의 어머니에 관해 어떻게 전해야 할지 고민했던 거였다.

자율학습이 끝나고 담임이 나를 불렀다. 개인 사정 때문에 장기간 결근해야 하는 자신 대신 급우들에게 나눠줄 가정통신문 등을 반장에게 갖다주라고 내게 심부름을 시켰다.

담임이 말해준 시장 골목에 선재가 보였다. 점포도 아닌 좌판에 트레이닝복과 요란한 꽃무늬 티셔츠와 블라우스가 철제 옷걸이에 무더기로 걸려 있었다. 척 보기에도 싸구려 화학 섬유 재질의 옷이었다. 품질에 맞춰 가격도 천 원 단위였다. 선재가 주야장천 입고 다니는 트레이닝복도 그중 하나였다는 걸 알 수 있었다.

선재는 자기 어머니에게 나를 같은 반 친구라고 소개했다. 선재의 어머니는 허리에 두르고 있던 전대에서 잔돈푼을 꺼내 주며 선재의 등을 떠밀었다.

우리는 아이스크림을 손에 들고 동네 놀이터 벤치에 나란히 앉았다. 무더운 여름날 혀끝에 착착 달라붙은 아이스크림의 맛은 달고 시원했다. 담임으로부터 받은 전달 사항을 선재에게 전해주었다. 공식적인 임무는 끝났다. 하지만 아이스크림은 절반 이상 남았고 여름 해는 길기만 했다.

"너, 일요일엔 뭘 해?"

심호흡을 크게 내쉬고 물었다. 그게 숨까지 고르면서 해야 할 말인지는 몰랐지만. 그 와중에도 나는 선재의 옆얼굴을 힐끗거리며 훔쳐봤다. 바람이 부는 방향으로 쏠리는 짧은 머리칼과 땀방울이 맺힌 콧등, 하얀 아이스크림을 핥아대는 혓바닥. 선재의 모습에 정신을 빼앗기는 나 스스로가 이해되지 않았다.

"일요일이라면, 내일? 도서관에 가."

선재가 뚱한 표정을 지었다. 생각지도 못한 대답이었다. 학교는 일요일도 교실을 개방하기 때문에 학생들은 학교에 나와 공부했다.

"왜? 내가 도서관에 간다니까 안 어울려?"

내 표정에 의아함이 묻어난 걸까. 선재가 눈을 찡긋해 보였다. 선재의 콧잔등에 두서너 개의 주름이 잡혔다. 콧잔등의 주름을 만져보고 싶은 충동을 누르느라 나는 손을 움켜쥐었다.

"넌 예체능이잖아."

"예체능이면 뭐? 우리도 학과 공부를 해야 해. 물론 내일 도서관으로 학과 공부를 하러 가는 건 아니지만. 근데, 너 얼굴이 빨개졌다."

"내 얼굴이? 빠, 빨갛다고? 아니야. 더, 더워서 그래."

말을 더듬으며 두 손으로 볼을 감쌌다.

"책 읽으려고. 학교 도서관에는 마땅히 읽을 만한 책이 없더라고."

반전 매력이라고 불러야 하나. 나는 반쯤 얼빠진 표정으로 선재를 바라보았다. 여전히 붉게 상기된 얼굴로.

"나도 가면 안 될까?"

"너 좋을 대로."

이튿날 새벽에 눈이 떠졌고 나는 엄마에게 도시락을 싸달라고 했다. 엄마는 해가 서쪽에서 뜰 일이라며 도시락을 싸주었다. 선재가 간다는 도서관은 우리 집에서 버스를 두 번이나 갈아타야 하는 남산에 있었다. 열람실에 자리를 잡은 나는 다른 열람실을 샅샅이 훑고 다녔다. 키가 큰 선재가 눈에 띌 터였지만 내 조바심은 종종걸음을 치게 했다. 선재는 열람실에 없었다.

서가가 있는 2층 자료실을 기웃거리다가 선재를 발견했다. 전면 창으로 들어오는 꿀빛 햇살이 선재의 등에 스포트라이트처럼 내리쬐고 있었다. 선재는 정말 책을 읽고 있었다. 수학의 정석, 해법 수학, 성문종합영어, 맨투맨 같은 입시용 교재가 아닌 빽빽한 활자로 된 책 말이다. 선재에게 가까이 다가갔고 내 인기척에 선재는 검지를 들어 올려 입술 가운데에 댔다. 쉿! 조용히 해. 얼굴을 가까이 내밀던 선재에게서 나던 향기. 햇빛에 고슬고슬 잘 말린 빨래 냄새가 훅, 끼쳤다. 아찔한 현기증이 일었다. 선재는 읽고 있던 책장을 덮었다. 회색빛 표지에 선명하게 새겨진 책 제목은 영화 제목 같았다. 《도리언 그레이의 초상》. 나는 입을 굴려 책 제목을 외웠다.

훗날 그 책의 제목을 잊지 않고 찾아 읽었다. 오스카 와일드의 소설이었다. 내용보다도 작가에게 깊은 인상을 받았다. 댄디 보이이자 동성애자였던 오스카 와일드는 자신의 남자 연인인 알프레드 더글러스를 사랑한 대가로 알프레드의 부친에게 고발당해서 인생 전체가 망가진 작가였다. 당시 대중 소설로 분류된 《도리언 그레이의 초상》은 마지막이 압권이었다. 평생 젊은 모습으로 살아온 도리언 그레이는 마지막에 늙어가는 자기 모습을 초상화에서 확인하고 자멸했다. 젊음과 예술의 영원을 갈망했던 인간의 욕망이 부질없음을 나타내는 작품이었다.

작품 내용이나 작가 인생보다도 내 머릿속엔 다른 것이 더 선명하게 남았다. 그 책을 읽고 있던 선재의 그림 같은 풍경과 그 아이에게서 훅 끼치던 냄새였다. 햇빛에 잘 말려져 바스락거리는 빨래 냄새에 갓 만들어진 고슬고슬한 빵 냄새가 섞여든 듯했으니까.

선재와 함께 지하 식당에서 점심을 먹었다. 나는 엄마가 싸준 도시락을 펼쳤고 선재는 오백 원짜리 식권을 사서 우동을 먹었다. MSG 냄새가 유혹적인 국물에는 노란 고무처럼 생긴 유부와 말라비틀어진 연두색 파가 둥둥 떠 있었다.

서가 자료실이 문을 닫을 시간에 맞춰 우리는 도서관 현관에서 만나 나란히 정문을 나왔다. 버스 정류장으로 가는 길이 가팔랐다. 다리가 긴 선재의 보폭을 쫓기 위해 나는 잰걸음으로 걸어야 했다.

그때 내 가방에서 나던 소리. 달그락, 톡! 딸깍, 툭!

일정한 간격으로 들리던 묘한 불협화음은 내 신경을 자극

했다. 빈 도시락에 생각 없이 넣은 숟가락이 부딪치면서 나는 소리였다. 내 부주의함이 불러온 민망함은 나를 곤혹스럽게 했다. 선재는 피식 웃고 말았지만 나는 공연스레 허둥거리며 얼굴을 붉혔다.

시각과 후각에 이어 청각이 합쳐진 그날의 추억. 그걸 먼 훗날까지 홀로 부끄럽게 곱씹으리란 예감 때문에 나는 한없이 슬퍼졌다. 황혼이 깔리는 언덕바지에서 마주한 정체불명의 그 감정을 향해 나는 묻고 또 물었다. 그날 그 감정의 실체는 대체 무엇이었느냐고.

10

녹취 작업을 하려고 이모한테 연락했더니 본사 강남 매장
으로 오라고 했다. 선뜻 발을 들여놓기 저어될 만큼 매장은
넓고 화려했다. 아틀리에가 연상되는 실내는 모델에게나 어
울릴 법한 의상 컬렉션이 전시되어 있었다. 두리번거리는 나
를 발견한 여자 직원이 2층 이모의 집무실로 안내했다. 집무
실은 아래층 매장과 달리 일반 회사의 사무실과 다를 바 없이
단출했다.

나를 웃으면서 맞는 이모의 얼굴에 형서가 겹쳐졌다.

처음이자 마지막으로 부탁드린다고 말씀드려주세요! 형서
의 '부탁'이라는 말이 거슬렸다. 아들의 결혼식에 어머니 자
격으로 가는 일을 아들이 부탁한다고? 제 아버지가 무서워서
정면에 나서지도 못하는 주제에.

"녹취하기 전에 이모한테 할 말이 있어요."

"형서 얘기로구나."

이모의 얼굴에 긴장이 감돌았다. 나는 형서가 수술 동의서 사인했던 일을 언급하면서 그날 무슨 일이 있었던 거냐고 물었다. 침울한 표정의 이모는 수술 동의서 사인 하나를 받기 위해 거쳤던 일련의 일을 얘기하기 시작했다.

"그 일로 느낀 게 많았어. 생명이 위급한 수술도 아니라서 정말 대수롭지 않은 사인이었거든. 근데 말이다. 그런 일조차 우리 같은 사람한테는 편견이 가로막혀 있더라고."

수술이 끝나고 회복실에서 이모는 자신의 인생을 기록해야 겠다는 결심을 했단다. 수술 동의서로 인해 이모가 느낀 편견의 벽은 무엇이었을까.

"윤지야, 수술 동의 건도 꼭 녹취해서 자서전에 넣어주렴. 내가 오늘 하려는 얘기와도 일맥상통하니까 말이야."

이모의 눈이 깊어졌고 목소리는 더 낮아졌다. 나는 이모가 시키는 대로 탁자에 녹취 준비를 했다.

"윤지야 너, 그거 아니? 미용과 의복이 거쳐온 변천사나 역사를 살펴보면 트렌드가 반드시 인간을 이롭게 하거나 도움을 준 것만은 아니란다. 때로 사람에게 치명적인 상해를 입히기도 했던 트렌드가 시대의 요구에 따라 폭발적인 반향을 불러일으키기도 했어."

이모는 수술 동의서 일과 아무런 연관성이 없는 얘기를 꺼냈다. 이모가 의도하는 바가 있으리란 생각이 들었다. 치명적인 상해를 입힌 유행에 관한 얘기가 이어졌다. 이모는 몇 가지를 그 예로 들었다. 철을 술이나 식초에 넣고 수개월 동안 썩혀서 그걸 치아에 발라 검게 했던 '오하구로'는 일본 고대의 화장법이라고 했다. 수백 년을 이어온 흑치 풍습은 치아 건강에 치명적이었다고 한다. 나도 어디선가 읽은 기억이 났다. 그 외에도 '벨라돈나'라는 독풀을 이용해 동공을 확장시킨 것이 아름다운 여성의 표상이었던 서양의 풍습도 있었다고 했다. 그 유행 역시 실명의 위험이 클 수밖에 없었다고 한다. 화장법뿐만 아니라 하이힐의 원조인 '초핀'이나 '호블 스커트'도 보행할 때 위험을 감수해야 했고, 19세기 서양의 남성들은 목을 옥죄는 '하이칼라'의 유행으로 숨을 거두는 일이 생겼다고 했다.

"빅토리아 시대의 코르셋 착용이 여성 건강에 치명적이었다는 것은 너무 잘 알려진 사실이라서 거론할 필요도 없겠지? 그렇다고 모든 유행이 인간한테 해악을 끼친 건 아니야."

나지막했지만 분명한 이모의 화법은 사람을 묘하게 설득하는 구석이 있었다.

"너, 아르마니 알지?"

'아르마니'는 지금껏 이모가 말했던 유행의 선례와는 반대로 반향을 일으킨 브랜드라고 했다. 1970년대 패션 디자이너 조르지오 아르마니는 여성의 사회 진출이 활발해진 사회상을 반영해서 남성복을 여성복에 활용함으로써 큰 성공을 거둔 사례란다. 패션의 역사를 살펴보더라도 인간의 본성을 억압하고 과장되고 왜곡된 아름다움만을 추구한 패션은 인간에게 치명타를 안겼다는 것이다. 하지만 아르마니 같은 경우는 여성의 사회진출이라는 시대의 요구를 반영하여 성공을 이끈 패션이라고 할 수 있다. 이모는 자신이 추구해온 디자이너의 철학이자 가치관에 대해 말을 하기 시작했다.

"인간 본성을 억압하는 건 어느 시대를 막론하고 환영받지 못한 시스템이었어. 인간이 인간 자체로 나아가고자 하는 방향은 거스를 수 없는 거야. 그런데 그것과 대치되는 상황에 직면했던 일이 나에게도 일어났던 거지."

이모가 패션의 변천사와 역사를 왜 설명했는지 알 것 같았다. 수술 동의서로 인해 마주친 편견의 벽을 말하기 위함이었다. 바쁘다는 핑계로 미루기만 했던 종합건강검진을 받았단다. 소화불량과 잦은 설사로 고생하긴 했지만 대체로 건강했던 이모였다. 대장에 이상이 있으니까 조직 검사를 해보자는 의사의 말에 긴장했지만, 결과는 불행 중 다행이었다. 대장에서 발견된 자잘한 물혹은 양성 선종이긴 해도 제거하지 않으면 언젠가는 악성 종양으로 발전할 수 있으므로 수술은 불가

피했다.

그런데 수술이 있던 날 문제가 생긴 것이다. 수술 동의서 보호자 서명은 건강검진을 받고 조직 검사에 동행했던 이모의 동거인 몫이라고 여겼는데…….

"그 사람은 수술 동의서에 사인을 할 수 없다는 거야."

"왜요?"

"그게 그렇단다. 아무리 한집에 살고 있어도 주민등록상 가족 관계가 아닌 사람은 법적으로 권한이 없는 거래. 물론 환자인 내가 동의를 하면 그 사람이 할 수도 있대. 그런데 그 사람이 안 하겠다고 하더라. 그 사람이 은근히 원리원칙주의자거든."

수술이 급한 상황에서 사인을 거부한 그 사람의 행동도 다소 이해가 되지는 않았다. 원리원칙주의자라기보다 융통성이 없는 사람이 아닐까, 라는 생각이 들었다.

아무려나 그 사람은 깊은 상처를 받은 모양이었다. 세상이 자신을 거부한다면 자신도 거부에 맞서는 걸로 자신의 주장을 내세우고 싶었던 걸지도 모른다. 원리원칙주의자나 융통성이 없는 사람도 상처받기는 마찬가지일 테니까. 오 여사가 의기양양하게 했던 말이 생각났다.

— 스님이 갸도 이번 참에 자식 덕 좀 봤지, 뭐! 이러느니 저러느니 해도 다 피붙이밖에 없는 건데, 스님이 걔가 그만큼

나이를 먹고도 그걸 몰라요.

병원으로 급하게 달려간 형서가 이모의 수술 동의서에 사인을 했다. 십 년 가까이 얼굴도 보지 않고 살아온 터에 이모가 몸속에 줄줄이 혹을 달고 있는지조차 몰랐지만, 아들이라는 이유 하나만으로 사인할 수 있는 권한을 부여받은 거였다.

"그 일로 그 사람, 참 힘들어했다. 수술한 나한테 내색은 하지 않았지만 나와 함께 지낸 세월이 무의미했던 것이냐고 묻는데, 할 말이 없더라."

몇 년 전에 본 영화 한 편이 생각났다. 노년에 이른 두 여자는 이웃에 살면서 가족도 모르게 오랫동안 비밀 연애를 했다. 두 사람 중 한 사람이 뇌졸중으로 쓰러지자 가족이 붙인 간병인이 돌보게 되었고 남겨진 사람은 친구로 남았다. 연인이 너무 그리운 나머지 사랑하는 사람 곁에 한 발짝이라도 다가가려고 간병인을 내쫓고 범죄 행위까지 저지르는 모습이 그려졌다. '사랑하면 이들처럼'이라는 부제를 붙여도 될 만큼 사랑의 의미를 되새겨보게 하는 영화였다. 이모와 그 사람도 영화 속 상황과 비슷한 경우를 겪은 거였다.

수술은 끝났지만 형서는 문병 한 번 오지 않았다. 몸이 회복될 때까지 이모의 병상을 지킨 사람은 그 사람이었다. 나도 이모네 집에 갔을 때 혹시라도 부딪치면 어쩌나 해서 신경이 쓰였던 이모의 그림자. 이모가 언급하기 전까지 나 또한 그 사람의 존재를 경계 밖으로 멀찍이 밀어놓고 있었던 거다.

"그때 결심했어. 내가 뭔가를 해야겠구나. 내가 이 사람을 지켜줘야겠구나. 이 사람을 내 그림자로만 살게 하면 안 되겠구나. 하지만 그때는 그 뭔가를 어떤 방식으로 해야 하는지 막연했어. 그 사람과 이러저러한 얘기를 나누다가 책을 내는 걸로 합의를 한 거지."

드러내놓고 그 사람 얘기를 하는 이모의 표정이 밝아졌다.

"그분과는 잘 지내는가 봐요. 꽤 됐지요, 두 분이 함께 지낸 세월이······."

"오래되고말고. 근데, 사람 사는 건 다 똑같아. 안 맞을 때도 있고 잘 맞을 때도 있고. 오래되고 편한 옷을 아무렇게나 걸치는 느낌 같다고 해야 할까. 그 사람, 나와 성격이 다른 면도 많아. 내 맘에 안 드는 것도 많고. 물론 그 사람도 내가 그렇겠지. 사람은 누구나 다 다르니까."

제각각 다른 인간을 그대로 인정해주는 게 이모의 패션 철학이자 인생 자체였다는 생각이 들었다. 이모는 물 한 컵을 단숨에 들이켰다. 거의 네 시간에 걸친 녹취가 힘겨웠던 모양이었다.

"오늘은 그분이 집에 계신 건가요?"

매장 사무실로 약속을 잡은 게 그 사람이 집에 있기 때문인가 해서 무심히 던진 질문이었다. 내가 이모 집에 처음 방문

했던 날도 그 사람이 자리를 피한 게 아니었나, 라는 생각이
들었다.

"그 사람, 집에 없어. 며칠 전에 심하게 싸워서 냉전 중이
거든. 머리 식힌다고 며칠 집을 비웠어."

이모의 입에서 뜻밖의 말이 튀어나왔다. 내가 풋, 하고 웃
음을 터뜨렸다. 세상 편견에 맞서는 사랑을 하면서도 다투고
싸운다는 게 의아하기도 하고 흥미롭기도 했다. 하지만 그것
도 내 선입견이었다. 이모와 그 사람이 여느 연인과 다르다고
생각한 것부터 편견이었다.

"윤지야, 너 웃지 마라. 우리도 똑같아. 오래 살면 권태기
도 있고, 싫증도 나. 뭐 맨날 연애하듯이 사는 줄 아냐. 사람
사는 게 뭐 별거 없다. 우리는 정말 평범하게 사는데, 우릴 이
상한 눈으로 바라보는 사고방식이 이상한 걸 모른다니까."

이모는 나가서 식사하자고 했지만 내가 거절했다. 몇 시간
을 주저리주저리 떠들어대는 것도 쉬운 게 아닐 테고, 남의
인생을 귀 기울여 들은 나도 지치기는 마찬가지였다. 배달 초
밥으로 간단하게 저녁을 해결했다. 사무실 창에 어둠이 깔리
고 있었다.

"올 거죠?"

주어도 목적어도 생략한 채 대뜸 들이밀었다. 그러고 보면
나도 이모를 닮은 구석이 있는 거 같다. 아니다. 외가의 내력

인지도 모르겠다.

"어딜?"

알면서 재차 확인하는 것도 외가 내력인가 싶었다.

"이모는 참, 어디겠어요."

"형서가 나한테 아무 말도 하지 않고 있는데……."

서운한 기색이 역력했다.

"형서는 이모가 자기 결혼식에 참석해줬으면 하더라고. 이모도 이모부 성격 알잖아요. 아빠 눈치 보는 걔 입장도 있을 거고요……."

착잡한 이모 표정을 보니 그 이상의 말이 나오지 않아 뒷말을 흐렸다. 마른입을 적시느라 음료수만 연신 마시면서 뜸을 들였다. 이모부한테 불려갔던 날 내가 목격한 상황은 입에 올리고 싶지 않았다. 오 여사한테 입도 뻥긋하지 않았다. 이모부의 여자를 따로 불러내 혼쩌검을 내고 남을 사람이 오 여사였다. 결혼식이 코앞에 닥친 상황에서 일을 키워서 좋을 건 없었다.

"형서가 뭐라고 했는데? 어서 말해봐."

"자기 엄마 노릇 좀 해달라고 하더라고요."

"걔는 새삼스럽게 무슨 그런 소릴 한다니? 내가 언제는 제 녀석 엄마가 아니었다니? 제 녀석이 가만히 있는데, 내가 뭘 어떡해? 결혼식 날짜도 언니를 통해서 들은 사람한테 뭘 어쩌라고? 나는 하나뿐인 아들 배우자가 될 아이 얼굴도 못 본 엄마야."

이모는 소파 등받이에 등허리를 깊숙이 기대고 한숨을 쉬었다. 소원했던 시간만큼 두 사람 사이가 너무 벌어져 있다는 생각이 들었다. 형서의 감정 섞인 푸념이 하나씩 곱씹어졌다.

— 저는요, 엄마가 있었지만, 엄마 없이 자란 거나 마찬가지였어요. 그 결핍은 아무도 이해하지 못할걸요. 차라리 누님처럼 아버지가 일찍 돌아가신 거라면 그러려니 해요. 버젓이 존재하는 엄마가 제 인생에서 빠져 있다는 건 뭐라고 말할 수 없는 기분이라고요. 친구네 집에 놀러 가면 앞치마를 두르고 간식을 챙겨주는 엄마가 있다는 게 얼마나 부러웠는지 알아요? 비가 오는 날에도 학교에 우산을 챙겨 가져다주는 친구 엄마들을 멍하게 바라보며 쫄딱 비를 맞고 집에 왔어요.

이모를 대신해서 변명이나 반박하고 싶은 말이 많았지만, 잠자코 듣기만 했다. 편모슬하에서 청소년기를 보낸 나도 아버지의 빈자리가 결핍으로 남아 있었다. 아버지 역할까지 짊어진 오 여사에게 더 이상의 부담을 주면 안 된다는 건 일종의 강박관념이 되었다. 그 때문에 나는 깊은 속내를 꽁꽁 싸맬 때가 많았다. 물론 남의 눈에는 오 여사와 내가 일반적인 모녀처럼 아옹다옹하는 걸로 비쳤을 테지만 말이다.

형서 또한 그런 부분이 있었으리란 걸 짐작할 수 있다. 형서한테 이모는 일과 사랑을 위해 남편과 자식을 버린 엄마로 뇌리에 박혀 있는 것 같았다. 이모부와 형서는 버림받은 자들이 갖는 연대감으로 함께 이모를 미워한 게 아니었을까.

— 그래서? 지금에 와서 이모가 뭘 해야 하는 건데?

— 결혼식에서 아버지 옆 좌석에 앉으라고 해주세요. 최소한 그날만큼은 엄마 자리를 지키는 모습을 처가 어른께 보여줘야 하는 거 아닌가요. 그분께 부탁드린다고 누님이 말씀 전해주세요.

형서의 입술에는 경련이 일었고 눈동자가 흔들렸다. 형서가 흥분하고 있다는 게 느껴졌다. 부탁이라고 말했지만 거의 명령에 가까운 지시였다.

— 정말 이 말까지는 꺼내고 싶지 않지만 해야겠네요. 저도 했잖아요. 그분이 힘들었을 때.

당돌한 모습의 형서를 바라보며 나는 얘가 지금 무슨 말을 하는 건가 하는 생각이 들었다. 시종일관 이모를 '그분'이라 칭하는 말투도 상당히 거슬리는 참에 이런 말을 들으니까 머리가 온통 하얘졌다.

— 네가 언제 뭘 했다는 거니?

알면서도 모른 척 물어본 게 아니었다. 설마, 하는 마음에서 나온 말이었다. 형서는 자신이 수술 동의서에 사인한 일을 언급했다. 동거인은 수술 동의서에 사인을 할 수 없다고 해서

급하게 오 여사에게 연락이 왔지만, 상황이 여의치 않았던 오여사가 형서한테 병원에 가보라고 했단다. 오 여사가 이모에게 그래도 피붙이만 한 게 없다고 혀를 찼던 그 일. 형서는 그걸 가지고 자식의 임무를 다 했다면서 목소리를 높이고 있었다. 세상에! 맙소사! 나는 지끈거리는 이마를 짚었다.

— 어떻게…… 너는…….

말을 잇지 못한 채 더듬거렸다.

— 아무튼 구질구질하게 여러 말 하기 싫고요. 그분보고 한복 갖춰 입고 아빠 옆에 앉아 계시라고 해주세요. 아름이 어머니, 아니 우리 장모님이랑 격이 맞는 모양새로 나란히 촛불에 불도 밝히시고요. 사돈께 예의에 벗어나지 않게 맞절도 하고요. 지금껏 엄마 역할이라고는 한 적이 없었는데, 제 결혼식에서만큼은 저를 위해서 해줄 수 있는 거잖아요.

형서는 마치 채무자인 이모에게 변제를 요구하는 채권자인양 당당했다.

— 네가 아름일 데리고 가서 인사를 시키면서 이모한테 말씀을 드려. 그게 최소한의 예의 아니겠니?

— 하! 제가요? 왜요? 저한테 엄마 노릇도 제대로 안 한 분한테 아름일 데리고 가라고요. 그건 지금껏 저를 키워준 아빠한테도 할 짓이 아닌걸요. 아빠는 분명 펄쩍 뛰실걸요.

— 그렇게 펄펄 뛸 네 아빠가 결혼식장에서는 이모랑 나란

히 앉아 있는 걸 좋아하시겠니?

— 맞아요. 저도 그게 제일 걱정이에요. 지금 그것 때문에 머리가 아파 죽겠어요. 아빠를 설득해야 하는데, 어떻게 해야 좋을지 모르겠어요. 외가에서 좀 나서주시면 안 될까요? 아빠도 외삼촌들 말씀은 듣는 편이잖아요. 그날 두 분이 연기를 해주면 될 일이잖아요. 이혼한 부부도 자식 결혼식에선 부모 역할을 다한다면서요.

형서의 이중성에 학을 뗄 지경이었다. 처가가 될 집안에 체면은 세우고 싶고, 이모부 눈치는 보이고, 이모를 엄마로 인정하기는 싫고. 결국 형서는 자신은 아무런 노력을 하지 않고 제 입맛에 맞춰 어른들을 조정하고 싶은 거였다. 너희 아버지는 자기 옆자리에 새파랗게 젊은 내연녀를 앉히고 싶을 거라는 말은 끝끝내 못하고 말았다. 이모에게 형서가 했던 말을 곧이곧대로 전할 수 없어서 진땀을 뺐다. 나름대로 뺄 건 빼고 더할 건 더했지만 핵심은 변하지 않았다. 이모의 표정이 서서히 굳어지고 있었다.

"그 인간 옆에 나는 안 앉을 거다. 형서에게 전해줘. 결혼식에 정식으로 참석하겠지만 내 자리는 내가 정한다고."

이모가 형서 얘기에 처음으로 단호한 모습을 보였다. 이모부처럼 이모도 내심 자기 옆자리에 그 사람을 앉히고 싶을지도 모르겠다는 생각이 들기도 했다. 형서 어릴 적 이모 대신 보호자 노릇을 해줬던 사람이기도 했으니까.

"윤지야, 나 아직 너한테 다 못한 얘기가 있어. 내 인생을 기록하고 싶다는 결심을 하게 된 건 그 사람 때문만은 아니야. 미란 언니 얘기를 다 한 게 아니야. 내 마음속에 오랫동안 남은 앙금 같은 게 있거든……."

매장을 나올 때 이모가 한 말이 의미심장했다. 미란이라는 사람에 관해 이모가 하지 못한 얘기는 뭘까? 이모의 인생에 얼마나, 어떤 영향을 끼친 걸까? 궁금증을 뒤로하고 지하철 역으로 발걸음을 옮겼다. 형서의 결혼식 날짜가 코앞에 닥쳤지만, 이모와 형서의 줄다리기가 점점 팽팽해지는 게 안타까웠다.

11

그 사람이었다. 스치듯 본 거였지만 꽤 가까운 거리였고, 정면이었다. 나는 곧바로 확신했다. 저 여자가 그 사람이 맞다고. 의식의 장막 뒤편에서 무형의 존재로 취급받던 그 사람. 굳이 소환해본 적 없었고, 구체적인 형태로 남아 있지도 않았다. 강남 매장에 갔을 때 이모에게서 여자에 관해 무람없이 들었던 것과 실물을 접하는 건 또 다른 문제였다.

생각하면 참 이상한 일이었다. 이전에도 그 여자의 실물을 스치듯 대면한 적이 있었다. 외가 행사가 있을 때면 먼발치에서 이모 그림자로 맴돌다 사라지곤 했으니까. 그런데도 여자의 외모나 옷차림, 또는 이미지가 도무지 그려지지 않았다. 의도적으로 그은 경계선 바깥으로 한사코 밀어낸 탓일지 몰랐다. 외가에서는 여자가 외가의 영역으로 스며들까 봐 미리

부터 빗장을 걸어 잠근 거였다.

이성과 동성을 다 떠나 세상 잣대로 보면 이모와 그 사람은 불륜 관계였다. 이모부와 이모부의 그 여자처럼. 얽히고설킨 관계들. 이혼만으로 복잡한 관계가 다 청산되는 것도 아니다. 외가와 이모부가 이모의 불륜만을 문제 삼아 사태를 이 지경으로 끌고 온 게 아니었으니까.

그 사람은 내게 눈인사를 건넸지만 나는 알은척하지 못했다. 그 사람을 맞닥뜨린 순간, 나는 온몸이 석고처럼 굳어졌다. 여자가 문제가 아니었다. 그 여자가 모습을 드러냈다면 이모가 형서의 결혼식에 나타났다는 뜻인 거다. 머릿속이 멍해졌다.

결혼식 전에 자의 반 타의 반으로 중간 역할을 했던 나는 타협점을 끝내 찾아내지 못했다. 형서는 이모가 신랑 부모 자리에 앉지 않을 거면 참석도 하지 말라고 했고 이모는 참석은 하겠지만 이모부 옆자리에 앉지 않을 거라며 팽팽한 줄다리기를 한 때문이었다.

— 그렇게 나오신다면 별수 없지요. 저도 아름이 부모님께 그분이 사업차 이탈리아 출장이어서 부득불 결혼식 참석이 어렵다고 말씀드리는 수밖에요. 아빠를 설득할 필요도 없네요. 그분이 먼저 거부 의사를 밝힌 셈이니까요.

형서는 이모한테 결혼식에 오지 말라고 못을 박은 것이다.

중간에서 나만 곤란해졌다. 구원투수로 오 여사가 나섰다. 오 여사는 이모에게 결혼식에 오는 건 삼가라고 했다. 에둘러 말을 했지만, 이모에게는 기분 좋은 소리로 들릴 수 없었다. 보나 마나 오 여사는 이모부를 방패로 사용했을 것이다. 자매의 대화에서 늘 '그 인간'으로 시작해서 '그놈'으로 끝내는 이모부 욕을 해대면서, 좋은 날 이모부와 부딪쳐도 좋을 게 없다는 식이었을 것이다. 이모가 한복을 차려입고 형서 모친으로 이모부 옆자리에 앉아 있는 것도 어색하지만 아들 결혼식에 하객처럼 오는 건 더욱 우스운 상황일 테니까.

외가도 형서와 이모의 줄다리기를 하나둘씩 알아갔다. 대개가 형서 편이었고 자식 결혼식에까지 기싸움하는 이모와 이모부를 향해 혀를 끌끌 찼다.

이모도 미쳤지, 여기가 어디라고. 이모부가 했음직한 말이 내 입에서 저절로 읊조려졌다. 걱정과 우려가 담긴 말이었지만 나도 이모를 향해 비난을 한 건 맞았다.

아니, 아니다. 나는 속으로 머리를 휘휘 내저었다. 내가 모르는 사이 형서가 이모를 정식으로 초대한 건 아닐까, 하는 생각이 들었다. 형서와 아름은 먼 일가붙이를 빼고 가까운 친인척과 신랑 신부의 친한 친구 몇몇만 참석하는 스몰웨딩을 한다고 했다. 코로나19를 겪고 경조사 문화가 바뀐 영향도 한몫했다. 형서를 이해하는 하객들이라면 이모의 등장을 충분히 이해할 수 있을 테니까 말이다.

3층 웨딩홀로 가는 에스컬레이터에 몸을 실으면서도 로비 한가운데를 서성이는 여자를 지켜봤다. 여자는 나를 어떻게 알아본 걸까. 우리 쪽에서 여자를 경계 바깥으로 밀어낸 것과 달리 여자는 끊임없이 우리를 향해 더듬이를 움직였던 것일까. 그리고 달라진 이모의 행보에 힘입어 저리도 당당한 눈빛으로 나를 마주한 걸지도 모른다. 나는 또 머리를 휘휘 내저었다. 당장 급한 불부터 꺼야 했다. 사돈댁에 이탈리아 출장 중으로 되어 있는 이모는 형서의 결혼식에 불청객과 다르지 않았다.

에스컬레이터에서 내려서려는 순간 내 팔뚝에 익숙한 악력이 느껴졌다. 보라색 한복을 차려입은 오 여사였다. 곧 울음이 터질 듯 일그러진 얼굴이었다. 오 여사는 나를 끌고 화장실 근처로 데려갔다. 그나마 듣는 귀가 없는 장소였다.

"넌, 알고 있었던 거지?"

다짜고짜 오 여사가 나를 을러댔다. 머리와 꼬리는 뭉텅 잘라내고 몸통만 들이미는 걸 보니 오 여사도 나처럼 정신이 없긴 마찬가지인 것 같았다. 로비에서 그 사람을 마주치지 않았다면 오 여사의 말을 도무지 알아먹지 못했을 터였다.

"난들 어떻게 알았겠어? 나도 지금 미치겠다니까!"

내 반응이 적이 의심스럽다는 듯 오 여사의 눈매가 더 가늘어졌다. 어떻게 알았겠냐고 펄쩍 뛰는 자체부터 뭔가 알고 있다는 의미와 다르지 않을 테니까. 정말 몰랐다면 오 여사에게 무슨 일이냐고 반문하는 게 더 자연스럽다.

"아니야! 아니라니까. 나도 정말 몰랐어. 엄마 넘겨짚는 데 내가 돌아버리겠어."

마음이 버선목이라면 뒤집어서 보여주고 싶은 심정이었다.

"흥! 네가 이렇게 펄쩍 뛰는 것만 봐도 알고 있었다는 거잖아. 애당초 스님이 집에 왔다 갔다 하면서 형서한테 이러쿵저러쿵해서 기어이 사달을 낸 걸, 내가 겨우 수습했는데 이건 또 뭐냐고?"

"지금 로비에서 그 사람을 보고 올라온 거라고. 그러니까 나도 조금 전에 안 거야."

오 여사의 작은 눈이 거짓말 보태서 화등잔 같아졌다. 오 여사도 그 사람이 왔다는 건 전혀 예상하지 못한 거였다.

"야, 이 문디 가스나야, 지금 뭐라 캤나? 그 사람이라니? 네가 말하는 그 사람이 지금 내가 생각하는 그 여자가 맞는 거가? 아니, 스님이 갸가 완전히 미쳤구나. 여기가 어디라고 그 여자까지 달고 온 거냐! 이 일을 어쩌면 좋으냐! 형서 사돈댁에서 눈치채면 어쩌려고. 스님이 갸가 내 말은 완전히 귓등으로 들었구나."

사투리가 막 나오는 걸 보면 오 여사도 여간 당황한 게 아닌 모양이다. 나를 향한 불신과 의심이 사라진 대신 동생을 향한 분노가 그 자리를 메꾸고 있었다. 조금 전 내가 느낀 혼란은 오 여사가 받은 충격에 대면 비교도 되지 않는 것 같았다.

"근데, 너는 그 여자를 어떻게 알아본 거냐? 본 적도 없으면서."

"아이, 참! 나도 먼발치에서 몇 번 본 적 있다고. 사람이 느낌이라는 게 있잖아."

오 여사는 힘없이 고개를 끄덕거리더니 깊은 한숨을 토해 냈다.

"엄마는 어떻게 알았어?"

"스님이를 내 눈으로 봤으니까 알았지."

오 여사가 이모를 봤다면 하객들 눈에 띄는 건 시간문제였다. 오 여사는 나를 끌고 1층 로비로 내려가는 에스컬레이터에 올라탔다. 예식은 삼십 분도 채 남지 않았다. 1층 로비에 있는 커피전문점으로 향하는 오 여사의 뒤를 나는 종종걸음으로 쫓았다.

테이블에서 차를 마시는 이모가 눈에 들어왔다. 결혼식 혼주임에도 불구하고 이모는 불청객 취급을 받고 있다. 이모 얼굴이 의외로 담담해 보였다. 이모는 형서가 요구했던 한복 차림이 아니었다. 각이 딱 떨어지는 그레이 슈트 차림이라 학회에 참석한 사람 같았다. 은회색 머리칼도 옷과 잘 어울렸다.

아들 결혼식에 혼주 차림이 아닌 하객 옷차림으로 등장한 이모를 어떻게 해석해야 하는 걸까?

"어서 올라갑시다. 예식까지 얼마 남지도 않았는데."

이모는 손목시계를 들여다보며 머그잔을 탁자에 내려놓았다. 나는 슬그머니 주위를 훑었다. 다행인지 그 사람은 보이지 않았다. 그 여자는 늘 그래왔다. 이모가 나타나기 전에 어디선가 그림자처럼 떠돌다가 슬그머니 자취를 감췄다. 일정을 다 본 이모가 자리를 뜰 무렵이면 어김없이 나타나 이모 곁을 지켰다.

'짱가' 같은 존재가 그녀였다. 어디선가 누구에게 무슨 일이 생기면…… 엄청난 기운이 틀림없이 틀림없이 생겨난다. 내가 붙인 별명이 아니다. 어릴 적 형서가 그 여자를 두고 한 말이다. 일명 짱가 이모. 형서는 짱가 노래를 바꿔 부르곤 했다. 어디선가 형서에게 무슨 일이 생기면 짜짜짜짜 짱가 엄청한 사랑이 틀림없이 틀림없이 생겨난다, 라고. 형서 나이는 짱가 만화 세대가 아니었다. 그렇다면 그 사람이 흥얼거린 게 분명했다. 그녀는 짱가 만화 세대일 수도 있을 테니까.

형서에게 그 사람은 보호자였고, 친구였고, 가정교사였고, 유모였다. 하지만 우리에게는 실루엣으로 기억되는 사람이다. 혹시 형서는 반가워하지 않을까? 그 사람이 자신의 결혼식에 온 걸 알게 되면 말이다. 하지만 이모의 여자는 오늘도 이모 주위를 어슴푸레 맴돌다 흐릿한 안개 속으로 자취를 감출 것이다. 그렇게 이모의 그림자로 살았던 사람이다.

자리에서 일어서려는 이모를 오 여사가 주저앉혔다. 식장에서 이모를 먼저 발견한 오 여사가 이모를 커피숍에다 밀어넣은 게 분명했다. 그러고 나서 나를 찾은 것이다. 이모를 말썽 없이 돌려보낼 지원군이 필요했을 테니까.

"아니, 아니 말이다. 그러니까 내 말은……. 스님아! 너는 지금 이태리에 가 있는 사람이라니까. 아니, 내가 누누이 말하지 않든. 형서 사돈댁도 그렇게 알고 있어. 근데 네가 이렇게 느닷없이 나타나면……."

오 여사는 '아니'라는 부정어를 남발하며 중언부언했다.

"이모, 형서는 알고 있어요?"

당황한 오 여사 대신에 급소를 찔러서라도 사태를 수습해야 했다. 오 여사와 이모의 반응이 정반대로 나타났다. 내 등을 쓸어내리면서 흡족한 표정을 짓는 오 여사와 달리 이모의 얼굴은 흙빛으로 어두워졌다.

"아, 맞네, 맞아. 형서는 알고 있는 거냐? 아무렴! 형서 의견이 제일 중요하지."

오 여사가 천군만마를 얻은 듯 의기양양했다.

"아들 결혼식에 오면서 내가 아들 녀석한테 허락을 맡아야 하는 거냐? 왜? 한복 입는 로봇 역할을 해주지 않아 제 어미를 이태리로 쫓아버린 거라더냐? 제 녀석도 나한테 로봇 역할을 시키고 싶었다면 제대로 했어야지."

형서를 언급하면 곧바로 한풀 꺾일 거라는 예상은 보기 좋게 어긋났다. 이모의 기세에 눌려 오 여사와 나는 움찔했다. 이모 마음은 천만번 이해하고 남았다. 형서가 아름을 정식으로 데리고 왔다면 판도가 백팔십도로 달라졌을 수 있다는 언질이었다. 이모부가 형서 학교에 가서 이모의 여자를 폭로하겠다고 협박했을 때도 군말 없이 백기를 들었던 이모였다. 형서를 위해서라면 이모는 못 할 게 없는 엄마였다. 그런 이모가 식장에서 한복을 차려입고 혼주 코스프레를 해주지 않았을 리가 없었다. 형서 태도가 문제였다. 이모는 결혼식 전에 아름을 데리고 온 형서를 보고 싶었던 거다. 아름의 엄마와 만나 사부인 행세도 하고 싶었을 거다. 이모부의 간계로 아들과 절연하고 산 세월도 억울한데 아들 결혼식장에서도 이모는 이방인이었다. 로봇 역할을 해주지 않으면 식장에 얼씬도 하지 말라는 아들의 일방적인 통보로 인해.

"언니, 나 말이에요. 형서한테 엄마로서 할 만큼은 다 했어요. 그건 누구보다도 언니가 제일 잘 알잖아요. 근데, 어미가 아들 결혼식에서 이런 홀대를 받는 게 맞는 거예요? 언니, 입은 비뚤어졌어도 말은 바로 합시다."

"알지, 알다마다. 하지만서두……."

오 여사는 진땀을 뺐다. 명목상 이모부가 형서 뒷바라지를 해왔다고 하지만 부자의 생활비와 형서 양육비가 모두 이모 한테 나온 걸 외가에서도 모르지 않았다. 형서와 아름의 신혼 집도 이모가 형서 몫으로 사놓은 아파트였다는 건 이제 공공 연한 비밀도 아니었다.

"그래요! 이모, 올라갑시다. 지금 신랑 신부 얼굴을 따로 보는 건 빠듯하고, 예식은 처음부터 봐야지."

내가 이모의 팔을 잡아당기며 의자에서 몸을 일으켰다. 애 초에 오 여사와 내가 막아보려는 시도 자체가 모순이고 역부 족이었다. 판도는 기울어졌고 넘실대는 물살이 제힘에 겨워 둑을 무너뜨리려는 기세를 더는 막을 수 없었다. 분쟁에 끼 어드는 일이 죽기보다 싫듯이 내 깜냥을 벗어난 일을 부여잡 으려 용을 쓰는 것도 분수에 어긋나기는 마찬가지다. 오 여사 눈에서 뿜어지는 레이저가 내 뒤통수를 사정없이 찌르는 게 느껴졌다. 활달한 걸음의 이모가 커피숍 문을 나서고 있었다.

3층 웨딩홀에서 사회자의 목소리가 우렁우렁 울렸다. 신랑 김형서 군과 신부 이아름 양의 결혼식이 곧 거행될 예정이오 니, 귀빈 여러분은 착석해달라고 했다. 빠른 보폭으로 걷는 이모와 거리를 두고 뒤따르던 나는 예식장 뒤편에 자리를 잡 았다. 오 여사는 엉거주춤한 자세로 이모의 뒷모습을 망연히 바라보다가 내 옆자리에 앉으며 깊은 한숨을 내쉬었다. 예식이 시작하기도 전에 이리 뛰고 저리 뛰느라 진이 빠진 오 여사가 폭삭 늙은 듯 보였다.

이모는 식장 맨 앞줄로 성큼성큼 걸어갔다. 이모를 향해 시선이 쏠렸다. 이종사촌들이 토끼 눈을 뜨며 입을 가렸고 곧이어 둘째 외숙모가 앗, 하는 외마디 비명을 질렀다. 둘째 외숙모는 둘째 외삼촌과 큰외삼촌의 얼굴로 시선을 돌렸고 손으로 이마를 짚었다. 신랑 부모 좌석에 홀로 앉아 있던 이모부가 이모를 발견하고 눈이 커졌다. 이모부는 단 일 초의 망설임도 없이 자리에서 몸을 벌떡 일으켰다. 흰 면장갑을 낀 이모부가 주먹을 쥐고 이모를 향해 정면으로 나아갔다. 이모의 등장을 미처 알아차리지 못한 외가 식구들도 이모부와 이모한테 일제히 시선을 모았다.

이모부가 이모의 어깨를 움켜쥐었다. 마주 선 두 사람 사이에 불꽃이 튀는 게 느껴졌다.

"이 사람이, 여기가 어디라고 함부로……."

이모부의 날이 선 목소리는 내가 앉아 있는 자리에도 들렸다. 목소리를 한껏 죽였지만, 이모부의 분노는 자제력을 잃어버린 듯 치솟고 있었다. 이모는 이모대로 한 치도 물러설 수 없다는 듯이 이모부를 정면으로 노려보았다. 사돈 쪽 하객들도 심상치 않은 사태를 짐작했는지 식장에 미묘한 긴장감이 감돌았다.

"내 아들 결혼식이에요! 내가 못 올 데를 왔나요?"

이모 목소리가 떨렸고 이모부 못지않은 분노가 감돌았다. 돌연한 사태에 사회자도 어안이 벙벙한 표정이었다. 머리털이 쭈뼛 곤두선 나는 질끈 눈을 감았다. 벗어날 수만 있다면 자리를 박차고 나가고 싶은 심정이었다. 내 손아귀를 쥐고 있던 오 여사의 손도 차디찼다. 얼굴이 하얗게 질린 오 여사의 이마에 식은땀이 맺혔다.

어느 결에 이모부 등 뒤로 다가온 큰외삼촌이 이모부의 어깨를 끌어당겼다. 오 여사도 비척거리는 걸음으로 이모에게 다가갔다. 하얗게 질린 오 여사는 이모 등을 쓸면서 이모의 팔을 잡아끌었다.

"스님아, 좋은 날이잖니. 형서를 봐서라도 네가 좀 참아라. 제발!"

가늘게 숨을 몰아쉬면서 어깨를 늘어뜨린 이모는 오 여사의 손에 순순히 이끌렸다. 이모부도 못 이기는 척하며 등을 돌렸다. 큰외삼촌이 이모부를 신랑 부모 좌석에 앉히고 사회자를 향해 눈짓했다. 식을 진행하라는 신호였다. 사회자가 목청을 가다듬고 다시 마이크를 잡았다. 예정된 시간보다 예식이 몇 분 지체된 거 말고 문제가 될 일은 없었다. 오 여사는 내 옆자리에 이모를 앉혔다. 입을 굳게 다문 이모의 눈에 눈물이 가득 고였다. 미세하게 떨고 있는 이모의 손을 잡았을 때 이모의 눈에서 눈물이 주르륵 흘렀다. 오 여사가 이모 손에 손수건을 건넸다.

형서가 주례자 앞으로 걸어갔고 곧이어 순백의 웨딩드레스를 차려입은 아름이 입장했다. 신랑과 신부를 바라보는 이모의 눈은 발갛게 충혈되었고 입가엔 희미한 미소가 떠나지 않았다. 예식이 진행되는 동안 이모는 소리 없이 눈물을 흘렸고 오 여사가 건넨 손수건은 축축해졌다.

예식이 끝났지만, 형서는 이모를 보러 오지 않았고, 이모도 형서한테 다가가지 않았다. 중간에서 외가 식구들은 우왕좌왕했다. 이모 손을 잡고 위로를 건네면서도 사돈 눈치를 살피느라 경황이 없었다. 나와 오 여사도 이모를 챙길 수 없었다. 우리 모두 이모의 퇴장을 내심 바라고 있었다. 이모가 총총히 사라지자 우리는 안도의 숨을 몰아쉬었다. 그제야 외가 식구들도 이모부의 손을 맞잡았다. 언제나 그랬듯 이모 옆에 '짱가'처럼 나타난 그녀가 이모에게 어깨를 내주었을 것이라고 지레짐작할 뿐이었다.

12

양측이 끝까지 감정을 내세웠다면 난장판이 됐을 수도 있는 결혼식. 살얼음판을 걷듯 조마조마했지만 무사히 지나가 다행이었다. 그날 정면으로 모습을 드러낸 이모의 여자. 그림자가 아닌 실체로 확인한 여자가 내 눈에 자꾸 밟혔고 이상하게 선재가 겹쳤다. 이모를 끝내 받아들이지 않은 형서를 보면서 선재와 민혁에 관해서도 많은 생각이 들었다. 서슬 퍼런 이모부에게 선재의 남자이자 민혁의 친부가 투영되기도 했다. 가진 게 많은 이모도 이모부에게 평생 꿀려서 살았다. 민혁의 친부가 이모부보다 더하면 더했지, 덜하지 않았으리란 내 짐작은 편협한 걸까? 민혁을 홀로 키우느라 모질게 고생했고 그 때문에 선재가 몹쓸 병에 걸렸다는 민혁의 말이 예사롭게 들리지 않았다.

민혁에게 선재를 보고 싶다고, 아니 꼭 보게 해달라고 연락한 후 민혁은 연락이 없었다. 선재를 보고 싶다고는 했지만, 내 마음속에 두 개의 자아가 엎치락뒤치락 싸우고 있다는 걸 알았다. 선재가 보고 싶었다. 아니, 보고 싶지 않았다. 보고 싶다는 마음과 보고 싶지 않다는 마음은 하루에도 열두 번 변했고 갈팡질팡하는 마음의 깊이는 수 길 낭떠러지와도 같았다. 너무 깊어 들여다볼 수 없는 캄캄한 미궁에 자칫 발이 빠질지 모른다는 두려움에 전전긍긍했던 걸까?

대학생이던 그 시절은 시국이 혼란했지만 나는 시위에는 얼씬도 하지 않았다. 호헌 철폐를 외치는 친구들의 외침을 뒤로하고 매캐한 최루탄 냄새로부터 도망쳤다. 나를 감싸고 있는 투명 커튼을 걷어내고 밖으로 나오면 타인에게 내 모습을 들킬지 모른다는 두려움이 도사리고 있었다. 가까이 지켜보았던 이모의 인생살이에 겁을 먹은 탓에 발가락을 잔뜩 오그린 채 살았다.

그 커튼을 걷어내고 선재를 마주해야 한다는 게 설레면서도 두려웠다. 잘 모르겠다. 선재를 만나는 일이 이토록 마음을 다잡아야 하는 일인지.

그러다 돌연 민혁이 아파트로 차를 가지고 왔다. 내가 선재를 만나고 싶은 만큼 선재도 나를 만나고 싶은 거라 믿고 싶었다.

"선재의 병명이 뭔가요? 완쾌가 어려운 병인가요?"

차를 타고 가면서 물어보자 민혁의 얼굴이 굳어졌다.

"오래 아프시기도 했고 치료도 힘든 병입니다."

민혁의 대답에 일천한 의학 지식이 내 머릿속에 맴돌았다. 오랜 시간을 끌지만 치료가 힘든 병은 많았다. 당뇨, 고혈압, 고지혈증, 심근경색 등. 몇 마디 더 물었지만, 민혁은 입을 다물었다. 그의 반응은 선재의 병증이 심각하다는 의미일 거였다. 운전하는 민혁의 옆모습을 바라보며 새삼 그의 나이를 가늠해 보았다.

"민혁 씨 나이가 어떻게 되나요?"

신호에 막혀 차가 정지했을 때 물었다. 민혁은 손가락으로 핸들 위를 톡톡, 쳤다. 질문의 저의를 생각하는 낯빛이었다. 민혁의 경직된 말투와 행동에서 그가 나를 밀어내고 있다는, 혹은 나를 향해 벽을 치고 있다는 게 느껴졌다.

민혁은 자신의 나이를 알려주는 대신 선재의 병명을 말했다. 만성신부전증. 투석으로 버텨왔는데 최근에 당뇨 합병증이 겹쳤다고 했다.

"어쩌다가, 그런 몹쓸 병에……."

나는 채 말을 끝맺지 못했다.

"젊은 시절 안 해본 일이 없을 만큼 고생을 너무 많이 하셨거든요. 노동판에서 막일도 하셨어요. 최 선생님도 아시죠?

저희 어머니가 뛰어난 육상 선수였다는 걸. 체대생이었는데, 저 때문에 학교도 포기하시고……."

선재가 살아온 날들이 눈에 그려지는 듯이 훤했다. 혈기 왕성하고 건강했던 모습이 선명한데 건강이 나빠진 선재는 상상이 가지 않았다.

한 시간을 훌쩍 넘겨 도착한 경기 외곽 지역의 Y호텔. 말이 호텔이지 모텔 수준밖에 되지 않는 숙박 시설이었다. 민혁의 말에 의하면 회사에서 잡은 장소라고 했다. 민혁은 나를 로비에 두고 객실로 올라갔다.

민혁의 손에 이끌려 나타난 선재를 본 순간 내 눈을 의심했다. 눈앞에 나타난 사람은 도저히 선재 같지 않았다. 키가 껑충한 선재는 걸음걸이도 엉성했고, 깡마른 체구에 걸친 옷이 헐거워 보였다. 비죽비죽 솟아난 흰머리에 어깨가 구부정한 선재는 육십대 중반의 남자 노인으로 보였다. 스마트한 미소년 같던 예전 모습은 어디에도 남아 있지 않았다. 처진 눈꺼풀 아래 선한 눈매와 곧게 뻗은 콧등에 앙다문 입술로 겨우 선재라는 걸 알아볼 수 있었다. 우연히라도 길에서 마주쳤다면 알아채지 못하고 지나쳤을 것이다.

나를 보자마자 선재의 얼굴 근육이 움찔거렸다. 나를 알아본 거였다.

"선재야. 나야, 윤지, 최윤지. 나 알아보겠니?"

나는 선재에게 가까이 다가가서 손을 뻗쳤다. 선재가 내 손을 마주 잡을 거라고 기대했지만, 내 손은 허공에서 멈칫거렸다. 선재는 민혁의 부축을 받아 의자에 앉았다. 탁자 위에 올려진 선재의 손을 보았다. 뼈마디와 정맥이 불거진 앙상한 손은 식물의 뿌리 같았다. 두 손으로 선재의 손등을 감싸자 선재는 내 손아귀에서 자신의 손을 뺐다.

"우리 고1 때 같은 반이었지. 하기스 불어 선생님이 우리 담임이었잖아. 너도 기억하지?"

선재와 함께 지냈던 시간을 환기하고자 나는 머릿속으로 떠오르는 걸 말했다. 반가움을 드러내는 나와 달리 반응이 없는 선재의 얼굴에 미세한 경련이 일었다. 처진 눈꺼풀 아래 눈동자도 흔들렸다. 선재가 입을 달싹거리자 민혁이 선재의 입가에 귀를 들이댔다. 선재의 얼굴에 드리워진 그늘에선 찬바람이 쌩했다. 나를 향한 반가운 감정은 한 줌도 찾아볼 수 없었다.

"선재야, 왜 그래? 나 윤지야! 우리 정말 친하게 지냈잖아. 민혁 씨, 선재가 나한테 왜 이러는 거예요? 선재가 나를 기억하지 못하는 건가요?"

답답한 마음에 민혁에게 채근했다. 민혁 또한 내게 차가운 시선을 던질 뿐 말이 없었다.

"너. 라. 는. 사. 람. 은! 어. 쩜…… 돌. 아. 가. 라."

선재는 일그러진 입술 사이로 한 음절씩 끊어내듯 말을 했다. 선재가 나를 기억하지 못하는 건 아니었다.

"돌아가라니? 그게 무슨 말이야? 네가 보고 싶어서 왔어. 그래, 이해해. 선재야. 네가 이렇게 아픈 모습, 나한테 보이기 싫을 수도 있을 거야. 그래도 네가 보고 싶어서 왔잖아. 우리 얘기 조금만 더 나누자. 응."

나는 탁자에 바짝 몸을 붙여 선재의 얼굴을 쳐다보았다. 천천히 머리를 가로젓는 선재의 얼굴이 고통스럽게 일그러졌다.

"보. 기. 싫. 어! 밉. 다. 고!"

실밥이 툭툭 끊어지는 듯한 선재의 말은 차디찼다. 나에 대한 증오심을 온몸으로 표현하는 듯 선재의 눈동자가 이글거렸고, 앙다문 턱이 움찔거렸다. 살면서 누군가로부터 한 번도 받아보지 못한 절대적인 적의였다.

위선을 떨지 않았던 만큼 위악스러웠던 적도 없으리만치 나는 타인에게 무해한 사람이라고 생각해왔다. 결혼과 이혼도 그런 맥락에서 크게 어긋나지 않는 인간관계의 하나였다. 나는 왜 그렇게 감정 표현에 인색했던 걸까. 그 중심에 선재가 존재했고 선재를 좋아하는 마음이 있었지만 나는 그걸 꽁꽁 감추느라 타인과 거리를 둬야 했다. 선재에게 철저하게 거부당하면서부터 나는 나 스스로를 부정하며 살아온 것일지도 몰랐다.

"가. 버. 려! 꼴. 도. 보. 기. 싫. 다. 고!"

선재의 노골적인 반응에 나는 뼛속까지 얼어붙었다. 주먹을 움켜쥐고 있는 선재의 턱에 경련이 일었고 눈동자엔 핏발이 곤두섰다. 나를 마주하는 것 자체가 고통스러워 보였다. 보다 못한 민혁이 선재의 겨드랑에 팔을 꼈다. 나는 입속으로 속절없이 선재의 이름만 연거푸 불렀다. 완강히 돌아서는 선재의 등이 철벽같았다.

선재는 올 때와 똑같이 비척거리는 걸음걸이로 객실로 올라갔다. 나는 부지불식간 따귀 세례를 맞은 사람처럼 멍해져서 물만 거푸 들이켰다. 몸이 쇠약해지면서 정신도 흐려진 걸로밖에 달리 생각해볼 여지가 없다. 아니면 왜곡된 기억이 화석으로 굳어져 나에게 이상한 오해를 덮어씌우는 것일 수도 있다. 십분 이해하더라도 선재를 평생 그리워한 내게는 충격이었다.

빈 잔인 줄 모르고 입으로 가져갔다가 내려놓길 두 번 반복했을 때 민혁이 객실에서 내려왔다.

"선재는 좀 괜찮아졌나요?"

"곧 진정되실 겁니다. 수면제를 드시게 했거든요. 한숨 주무시고 나면 훨씬 괜찮아지실 겁니다."

민혁도 혼쭐이 난 사람처럼 얼이 빠져 있었다.

"예상은 했지만, 이 정도일 줄은 몰랐어요. 어머니 마음을 헤아리지 못한 제 불찰이 큰 거 같습니다."

예상? 이 정도? 어머니 마음? 민혁의 입에서도 암호 같은 말이 쏟아졌다. 내 머릿속이 온갖 잡동사니로 뒤죽박죽 엉키는 기분이었다. 민혁은 머리칼을 손가락으로 넘기며 커피를 주문했다. 점원이 와서 내 잔에 물을 가득 따라주었다.

"선재가 나를 저렇게 대하는 이유를 민혁 씨는 알고 있나 봐요? 도대체 뭐죠? 나, 나는 정말 모르겠어요……. 무슨 오해가 있는 건가 봐요. 난 선재에게 나쁜 감정이 없어요."

민혁 앞에서 수치가 느껴졌다. 오래된 친구로부터 냉대를 받을 만큼 내가 몹쓸 인간이 된 거 같아서였다.

"지금 그걸 저한테 물어보시는 건가요?"

민혁 입에서 바람 빠지는 코웃음이 새어 나왔다. 내가 잘못 들은 걸까. 그의 목소리에도 어딘가 빈정거림이 묻어 있었다.

"그럼 내가 누구한테 물어볼 수 있죠? 선재는 나를 무조건 거부하고 있잖아요. 대화 자체를 하려고 하지도 않는데, 내가 뭘 어떻게 해야 하는 거죠? 대체 뭐예요? 민혁 씨는 왜 날 여기에 데리고 온 건가요?"

"최윤지 씨, 당신이 우리 어머니를 보고 싶다고 했잖아요. 그래서 여기로 모시고 온 거고요. 저는 당신이 어머니에게 하실 말씀이 있다고 생각했습니다. 우리 어머니는 당신을 보고 싶어 한 적이 한 번도 없어요. 그런 어머니를 제가 설득했습니다. 최윤지 씨가 어머니를 보고 싶다고 하는데, 한번 만나보시라고요. 근데, 당신은 정말 아무렇지 않게 어머니를 대하시더군요. 어떻게 그럴 수가 있는지……. 어머니도 그런 당신한테 화가 나신 걸 겁니다. 저도 어머니에게 들어서 알게 된 사실이긴 하지만요……. 어쨌든 어머니는 유품 정리사인 저에게 그 일을 일임하셨고, 제가 당신을 찾게 된 겁니다."

민혁은 나를 최 선생이라고 부르지 않고 '당신'이라 호칭했다. 민혁이 나를 대하는 태도에도 적개심이 드러났다. 나는 말문이 막혔다. 나한테 당신네 모자가 무슨 억하심정이 있어 이러느냐고 따지고 싶었지만 두방망이질 치는 심장 소리만 듣고 있었다.

"좋아요. 알았어요. 두 사람이 나한테 할 말이 많은가 본데, 천천히 듣도록 하죠. 내가 관련되어 있다는 수진이 유품이 대체 뭔가요? 그게 지금 상황을 설명해줄 수 있겠죠."

나는 심호흡을 하면서 정신을 가다듬었다.

"아, 강수진 씨의 유품이 있었군요. 저도 정신이 없어서 까먹고 있었네요."

민혁이 손바닥으로 허벅지를 내리쳤다. 경쾌한 소리가 손에서 울렸다. 민혁의 작은 행동도 나를 빈정거리는 거처럼 보였다. 이 상황에서 저런 행동이 나올 수 있을까. 민혁은 작은 종이 쇼핑백에 손을 넣었다. 슬로모션처럼 느린 동작이었다.

나는 민혁의 손에 언제부터 쇼핑백이 들려 있었는지조차 인식하지 못했다. 야멸차게 나를 대하는 선재의 태도와 뭔가 감추는 듯한 민혁의 말투가 거슬리면서도 조바심이 났다. 두 사람에게 엄청난 죄를 지은 듯한 상황에서 빨리 벗어나고 싶었다. 나와 민혁 사이에 흐르는 긴장감에 숨이 막힐 지경이었다. 민혁은 작은 양장 다이어리를 나에게 건넸다.

"이게 바로, 당신네 모자가 나를 오해하게 된 배경인 강수진이 유품이라는 거로군요."

내 말투에도 비아냥이 섞여 있었다.

"네. 당신이 꼭 봐야 할 유품이죠. 아니, 확인해야 할 물건입니다. 강수진 씨의 일기장입니다. 강수진 씨가 십대 후반에서 이십대 초반까지 직접 쓴 겁니다. 이것 말고도 당신이 확인해야 할 물건이 또 하나 있긴 합니다만……."

수진의 일기장? 그 일기장을 이 시점에서 왜 내가 읽어야 하는 걸까. 나는 그 아이의 인생에 관심이 없는 사람이다. 사춘기 시절 잠깐 미운 감정이 들었지만 대수롭지 않았고, 그녀가 생을 마감한 후론 내 기억 속에서 깨끗이 사라졌다.

"일기장 말고, 수진이가 가지고 있던 다른 물건은 또 무엇이죠?"

"그건 정확하게 말하면 강수진 씨 물건이 아닙니다. 당신이 강수진 씨한테 보낸 거니까 원래 주인한테 돌려준다는 게 더 맞겠군요."

민혁은 점점 더 모를 소리를 했다. 민혁이 이번에는 슈트 안주머니에 손을 넣었다. 그의 손에서 나온 것은 편지 봉투였다. 봉투는 한눈에도 시간의 흔적이 보이는 물건이었다. 누렇게 바랜 그것의 내용물이 궁금했다. 혹시 강수진의 유서? 교통사고로 죽은 수진이 유서 따위를 남겼을 리 없다. 아니면 살아 있는 동안 나한테 쓴 편지일지도 모른다. 그러나 그것도 말이 되지 않는다. 학창 시절 수진이 나한테 개인적으로 편지를 쓸 만큼 우리는 가까운 사이가 아니었다. 졸업한 이후에도 수진과 개인적인 교류를 한 적이 없었다.

"그게 뭔가요?"

"정말 그렇게 기억이 하나도 나지 않아요? 아니면 기억을 못 하는 척하는 겁니까?"

기가 막힌다는 듯 깊은 탄식을 내뱉은 민혁의 입가에 냉소가 번졌다. 순간적으로 어떻게 반응해야 할지 몰라 입을 벌리고 민혁을 바라봤다.

"원래 최 선생님 거였으니까, 돌려드리겠습니다."

나를 부르는 호칭이 다시 '선생님'으로 바뀌었지만, 조롱 섞인 말투는 여전했다. 나는 민혁이 한 말을 되새김질했다. 원래 내 것이었다고? 암호 풀이도 아니고 수수께끼를 하는 것도 아니고. 속 시원하게 앞뒤 설명이나 해주면 좋으련만. 이쯤

되니 사람을 갖고 논다는 생각이 들어 짜증이 치밀어 올랐다. 나는 민혁에게서 누런 편지 봉투를 받아 뒤집어 보았다.

낯익은 글씨체다. 동글납작한 모양새와 'ㅁ' 자를 흘려 쓰는 습관은 내 필체였으니까. 봉투에 적힌 수신인 주소에는 '강수진 앞'이라고 되어 있었다. 밑단에는 내 이름과 우리 집 주소가 선명했다. 도로명 주소로 바뀌기 전 본가 주소다. 그렇다면 이것은 내가 강수진에게 보낸 편지? 내가 수진의 집 주소까지 알고 있었단 말인가?

검정 모나미 볼펜 자국은 희미하게 보라색으로 번져 있었다. 검은색이 보라색으로 변질될 만큼의 시간 그 너머에 이 편지가 존재했던 거다. 편지 봉투 위에 주소를 꾹꾹 눌러쓴 장본인은 내가 맞았다. 그런데 그걸 썼던 '나'는 희붐한 안개 속으로 감춰진 채였다. 내 필체가 세월을 흠씬 머금고 보랏빛 증거로 남아 있음에도 불구하고.

"내가 수진에게 이 편지를 썼단 말인가요? 왜요? 나는 수진이랑 정말 안 친했어요."

내가 생각해도 어리석은 물음이었지만 민혁 말고 대답해줄 사람이 없었다. 비웃음이 사라진 민혁의 얼굴이 석고상처럼 굳어져가는 걸 지켜보면서, 그 해답을 내가 찾아야 한다는 걸 깨달았다.

13

수진의 유품이 삼십여 년 전 그 시간 속으로 나를 끌고 갔다. 바닷물에 씻겨간 후에도 모래 위 글씨가 희미하게 남듯 아슴아슴한 기억들이 의식의 표면으로 올라왔다.

재수는 필수이고 삼수는 선택이다, 라는 말은 입시생 사이에서 참과 거짓을 증명할 필요조차 없는 절대적인 명제처럼 떠돌았다. 그러나 달리 생각하면 밥맛 떨어지는 말이기도 했다. 대입에 실패한 자들의 자기변명에 지나지 않았으므로. 그게 아니라면 대학에 입학한 승자들이 실패한 패자에게 어쭙잖게 건네는 위로이거나. 학력고사를 본 우리에게 준비된 인생은 두 가지였다. 최루탄에 맞서 독재 타도를 외치는 대학 새내기, '필수'를 궁여지책으로 삼는 재수생이 되는 것.

전기대학에 떨어진 나의 스무 살 인생은 재수생과 후기대학의 갈림길에 서 있었다. 학력고사 점수에 맞춘 후기대학 원서를 쓰기 위해 학교에 간 날 선재를 맞닥뜨렸다. 선재는 자신이 목표했던 전기대학 체육학과에 붙어 선생들에게 인사를 하러 왔고 나는 입학 원서를 들고 교문을 나서는 참이었다. 선재는 잠깐 안 보는 사이에 키가 더 자란 듯했다. 기분 탓일 거다. 선재는 전기대 대학생이 되었고, 나는 붙더라도 재수를 생각해야 하는 후기대 지망생이라는 열등감이 빚은 착시 현상일지 몰랐다. 선재의 우수에 찬 눈빛은 여전했고 탄탄한 몸은 더 날렵해져 있었다.

달그락, 툭, 딸깍, 툭!

자동 반사처럼 들리는 환청. 그것은 일종의 신호였다. 그날 느꼈던 감정으로 삼 년 내내 나의 모든 세포는 선재를 향하고 있었다. 하지만 나는 그 감정이 나만 느꼈던 특별한 무엇이라고 생각하지 않았다. 왜냐하면 우리 학교 히어로가 선재였다고 주장할 수 있는 근거는 많았기 때문이다.

하루가 삼백육십오 일이었고 삼백육십오 일이 하루 같았던 일상에서 선재는 숨구멍이었다. 억눌린 입시와 별개로 한창 호르몬이 왕성한 우리에게 이성으로 대체되는 대상이 선재였으니까.

선재가 철봉에 거꾸로 매달리거나 근육질 허벅지로 운동장을 달리는 걸 보기 위해 창문에 매달렸던 우리는 미어캣 무리와도 같았다. 그래서였을까. 선재를 향하던 생경하고 야릇한 감정을 보편적이라고 치부했던 이유가. 중성적인 매력을 한껏 발산하는 선재를 한 번이라도 더 보겠다고 창문에 붙어 있던 그 많은 미어캣 중 한 명이 나였을 뿐이라고 정당화했으니까. 하지만 '달그락' 소리를 떠올릴 때마다 화끈거리는 얼굴과 미친 듯이 치솟는 심장박동수는 설명하기 어려운 감정이자 몸의 반응이었다.

교문 앞에서 부딪친 선재를 보는 순간에도 그랬다. 내가 먼저 선재를 발견했는데도 시선을 다른 데로 돌렸다. 그건 일종의 부끄러움이었다. 선재가 나를 발견해서 아는 척해주길 고대하는 마음이 컸다. 선재가 미처 나를 보지 못하고 스쳐 지나치면 어떡하나 조바심이 났고 심장이 뛰는 소리를 느껴야 했다. 단 몇 초의 시간이 내게는 영겁과도 같았다. 그러면서도 후기대학 입시의 묵직한 돌덩이를 끌어안고 있는 주제에 연애 감정 따위에 허우적거리는 내가 한심스러웠다.

"윤지야, 최윤지!"

나를 부르는 선재의 중저음 목소리에 이어 선재의 이름을 부르는 누군가의 목소리가 동시에 들렸다. 나와 선재가 일직선에서 1미터 간격이었고 선재의 등 뒤로 2, 3미터 멀찍이 수진이 서 있었다. 선재에 가려 나는 미처 수진을 보지 못했던 거였다. 아니, 선재한테 집중하느라 내 시야에 수진이 들어오지 않았던 것인지도 모른다. 선재의 행동이 나를 앞질렀다. 무릎을 덮는 네이비 체크무늬 스커트에 빨간색 하프 코트를 입은 수진은 쇼윈도 마네킹처럼 말끔했다. 수진은 여자인 내가 봐도 사랑스러운 존재였다. 진회색 오리털 패딩 점퍼를 아무렇게나 입고 있는 내 모양새와는 대조적이었다. 수진과 한 몸이던 첼로 케이스가 보이지 않았다. 어깨에 묵직하게 매달려 있던 수진의 분신과도 같은 그것. 묵직한 그것은 선재의 차지일 때가 많았지만.

수진을 돌아보는 선재의 얼굴에 환하게 불이 켜졌다. 매서운 한파 속에서도 치명적으로 쨍한 겨울 햇살 같았다. 날카로운 빛에 찔려 베일 듯한 기운이 스며든. 선재가 나를 버려둔 채 수진에게로 달려갔다. 수진의 두 손을 마주 잡은 선재의 모습이 아련했다. 세상 어느 연인보다 다정하게 보이는 두 사람. 일순간, 심장이 빠개지는 듯한 고통이 나를 덮쳤다.

"춥지 않아? 장갑 끼고 오지 그랬어."

수진의 두 손을 감싼 선재는 입김을 불어주느라 여념이 없었다. 통제하기 힘든 증오가 끓어넘쳤지만, 나는 지그시 어금니를 깨물었다. 손을 맞잡은 두 사람이 나란히 나에게로 걸어왔다. 선재뿐 아니라 수진도 전기대학에 합격했고 두 사람 다 인사를 하러 온 것이다. 같은 대학교의 같은 예체능 계열이었다. 사 년 내내 붙어 다닐 구실이 생긴 셈이었다. 두 사람 사이에서 미묘하고 아슬아슬하게 흐르는 애정의 기류를 우정으로 눈속임하고서. 남몰래 하는 연애의 묘미는 더 감칠나고 애틋할 것이다. 불합격한 나를 배려한답시고 둘은 합격의 기쁨을 맘껏 표현하지 못했다. 배려가 고맙지 않았다. 질투와 증오와 절망이 뒤섞인 나는 그 자리에서 까맣게 타버렸다. 연소로 남은 잿더미, 그것이 망각의 이음동의어로 작용했던 걸까.

이후 급물살 같은 파문이 떠돌기 시작했다. 파문은 조용하지만 빠르고 민첩하게 퍼져나가 교무실과 학교를 술렁거리게 했다. 밖으로 소문이 퍼져나가지 않게 쉬쉬하는 분위기였지만 '이거 비밀인데, 너만 알고 있어'라는 경고가 무색하리만치 해괴망측하게 부풀려졌다.

소문의 당사자는 선재와 수진이었다. 아니, 두 사람의 관계였다. 두 사람의 애정 행각은 낯 뜨거워서 들어줄 수 없었다. 겨울방학을 앞둔 시기였지만 1, 2학년 후배들 사이에도 연기처럼 스며들었다. 학부모의 항의 전화가 빗발친다는 후문이 들려왔다. 잔잔한 수면 아래 물속에서 휘몰아치는 소용돌이는 곧 수면 위로 솟구쳐 오를 기세였다.

두 사람도 소문을 모를 리 없었다. 두 사람의 부모 또한 모를 리 없었다. 선재와 수진이 교무실과 교장실에 차례로 불려갔다고 했다. 선재와 수진의 부모가 사태를 무마시키기 위해 만났다는 말도 들렸다. 어디까지가 사실이고 어디까지가 낭설인지 가늠이 되지 않았다.

그때 내가 느낀 감정은 뭐였을까? 소문의 진위와 상관없이 두 개의 마음이 오락가락했다. 소문에 시달릴 선재를 생각하면 마음이 아팠지만, 난도질당한 두 사람이 나락에 떨어지는 상상을 하면 묘한 쾌감이 밀려오기도 했다. 사랑과 미움과 질투는 한 몸에 머리가 셋 달린 샴쌍둥이였다. 하루에도 몇 차례씩 엎치락뒤치락하는 감정은 참으로 이율배반적이었다.

그 와중에 후기대학의 불합격 통보를 받았고 나는 이불을 뒤집어쓴 채 밥을 굶었다.

"뭘 잘했다고 골부림이야! 남의 자식들은 전기대에 척척 붙었다고 자랑을 하는데, 후기대도 떨어지고 속을 썩이고 지랄이다. 애비도 없이 내가 혼자 너를 키우면서 등록금을 제때 안 줬어? 사달라는 참고서를 안 사줬어? 일 년 동안 독서실을 안 끊어줬어?"

엄마는 밥상을 차려놓고 소리를 질렀다. 엄마는 몰랐다. 내가 이불을 뒤집어썼던 이유가 대학에 떨어진 탓이 아니라는 걸. 친구의 불행을 즐긴 탓에 혹독한 대가를 받았다는 양심의 가책 때문이라는 걸.

졸업식에도 가지 않아서 엄마가 대신 졸업장과 앨범을 가지고 왔다. 엄마는 역시 몰랐다. 졸업식 불참 이유가 대학 불합격이 아니라는 걸. 친구를 만나면 내 죄책감을 확인해야 한다는 두려움 때문이라는 걸.

3월이 되자 나는 입시 학원의 재수생이 되었고 선재와 수진은 민주주의 역사에도 길이 남을 학번의 새내기가 되었다.

벚꽃이 흐드러진 4월의 어느 날 늦은 밤이었다. 뒤에서 누군가 내 이름을 불렀다. 윤지야, 최윤지! 귀에 익은 그 목소리, 선재였다. 선재는 나를 항상 그렇게 불렀다. 처음에는 이름을, 그리고 두 번째는 성과 함께. 수진과 함께 학교 정문에서 만났던 날도 선재는 나를 그렇게 불렀다. 수진이 선재를 성과 함께 한 번에 부르는 것과는 달리.

선재와 내가 한동네 산다는 사실을 새까맣게 잊고 있다가 그 아이가 나를 부르는 순간 깨달았다. 우리는 나란히 걸었고, 내 귓가에 달그락거리는 소리가 들렸다. 부끄러움과 설렘의 끄트머리를 잡아당기는 예의 그 소리. 그것은 선재의 한쪽 어깨에 둘러멘 가방에서 나는 소리였다.

"주점에서, 남은 소주 한 병을 챙겨왔거든."

자기 가방을 툭툭 치며 눈을 찡긋하는 선재에게서 술과 담배 냄새가 났다. 햇빛도 들어오지 않는 학원에서 썩는 청춘과 달리 대학생이 된 선재는 음악과 낭만이 어우러진 주점에서 시대를 고민했던 거다. 재수생과 대학생의 차이였다.

"학원에서 오는 거야? 공부는 좀 되나?"

그놈의 공부 타령은. 재수생한테 스트레스를 주는 최고의 질문이었다. 짜증이 났다.

"그러는 너는? 아주 술꾼이 됐구나."

"세상이 자꾸만 술을 마시게 하네. 그래서 그냥 마시는 거야."

허무와 절망이 깔린 선재의 말도 거슬렸다.

"나도 술 한잔 사줘라."

선재는 멍한 표정으로 우뚝 멈춰 섰다.

"왜? 대학생이라서 재수생이랑 술 마시는 거 싫으니? 대학생한테 위로주 한잔 얻어먹고 싶어서 그런다."

선재는 피식거리는 웃음을 짓고 긴 보폭으로 앞장섰다. 시장 어귀에 포장마차가 줄지어 있었다. 선재가 주황색 천막을 걷고 들어가서 양철 탁자에 자리를 잡았다. 선재는 양념 오돌뼈와 소주, 그리고 우동을 주문했다. 나는 우동 한 그릇을 다 비웠고 선재는 오돌뼈에 소주를 마셨다.

"윤지야, 최윤지. 너 강수진 알잖아?"

선재의 입에서 무람없이 튀어나온 그 이름. 잊힌 감정의 소용돌이가 서서히 휘몰아쳤다. 나는 말없이 나무젓가락으로 국물만 휘휘 저었다.

"걔가 운동권 서클에 들어갔어."

그게 뭐! 어쩌라고? 나는 입으로 중얼거렸다. 재수생한테 대학 얘기는 하지 말아달라고 소리치고 싶었다. 더군다나 네 입에서 나온 수진에 관한 얘기는 정말 듣고 싶지 않다고. 하지만 질투가 깔린 궁금증이 자격지심을 앞질렀다.

"너는? 너도 거기 들어갔구나! 수진이 따라서."

선재는 잔에 반쯤 남은 소주를 가볍게 입에 털어 넣는 걸로 내 질문을 넘겼다.

"거기 어떤 형이 있는데, 일테면 그 서클 대장인 거지."

선재가 나를 배려하느라 대학생들이 쓰는 어휘를 피하고 있다는 게 느껴졌다. 동아리라는 단어를 서클로 바꿔 말한 것만 봐도 그랬다.

"근데?"

나는 눈을 홉뜨고 선재를 보았다.

"수진이가 그 형을 좋아해."

선재가 남자 선배를 형이라고 호칭하는 것 자체도 듣기 거북했지만, 그보다 더 참을 수 없는 건 수진이 이성을 좋아한다고 말하는 선재의 표정에 말할 수 없는 쓸쓸함이 스쳤다는 거였다. 그 순간 질투가 타이머 맞춰진 폭탄처럼 째깍거리기 시작했다.

나는 자리를 박차고 일어났다. 수진을 향한 선재의 마음과 선재를 향한 나의 그것이 닮은꼴이라면 수진은 아니었다. 선재한테 실컷 욕을 퍼붓고 싶었다. 등신 같으니라고. 혼자만 수진을 좋아했던 거로구나. 한편으로 질기고 질긴 선재와 수진의 관계에 종지부가 찍힌다고 생각하니 속이 후련했다.

스틸 사진으로 남은 포장마차의 기억, 그 이전과 이후가 아슴푸레한데, 그게 다가 아니었다. 열아홉에서 스물두 살을 넘기는 이삼 년의 시간 속에 몇 개의 삽화가 더 있었다. 그걸 까맣게 잊은 채 나이를 먹었다.

민혁이 전해준 수진의 일기장과 편지에 그 몇 개의 삽화가 고스란히 복원되어 있으리란 생각이 들었다. 나는 내가 쓴 것이 분명한 편지를 확인하기 두려운 나머지 수진의 일기장부터 펼쳤다.

일기에는 내가 기억하지 못하는 몇 개의 사건이 줄줄이 나열되어 있었다. 내가 수진에게 선재와 헤어지라는 편지를 보냈고, 그 무렵은 공교롭게도 선재와 수진이 교장실과 교무실에 번차례로 불려간 시기와 맞물렸다. 수진은 일기에 소문의 진원이 나라고 지목하고 있었다. 수진을 협박해서라도 선재와 헤어지길 바라는 마음은 있었지만 어떤 저의를 가지고 소문을 퍼뜨린 기억은 나지 않았다. 물론 내가 편지에 뭐라고 협박성 글을 썼는지 도무지 생각나지 않기는 마찬가지지만.

수진이 나를 찾아왔지만 내가 그녀를 만나주지 않았다고 했다. 수진은 알고 있었다. 선재를 보는 내 눈빛이 예사롭지 않았다는 것을. 자신이 선재를 좋아하는 방식과 다르다는 것도. 아무리 그렇다 하더라도 수진 입장에서 선재는 양보할 수 있는 물건이 아니었다. 그 감정이 우정이든 사랑이든 간에. 내 협박에 겁을 먹어 선재와의 관계를 끊고 싶지 않다고 했다. 그녀의 기록에 의하면 나는 '쫄보'였다. 나를 찾아온 수진을 피한 것만으로도 그랬다.

그런 쫄보가 무슨 바람이 불었는지 수진을 찾아갔단다. 선재와 헤어지라고, 수진의 뺨을 때리며 더러운 것들이라 했단다. 그 사실을 몰랐던 선재는 여전히 나를 좋은 친구로 알았다. 수진은 내가 보낸 편지를 선재에게 보여주지 않았다. 선재까지 혼란에 빠뜨리게 하고 싶지 않았거니와 소문을 수습하느라 정신이 없었다.

학교에선 중성적인 매력의 여학생을 둘러싸고 벌어진 하나의 해프닝으로 서둘러 소문을 잠재웠다. 두 사람 모두 곧 졸업을 앞둔 시점이었고, 전기대학 합격률에 일조한 학생을 추궁할 필요는 없다고 판단했다.

선재와 수진은 아무 일이 없었던 듯 대학에 입학했고, 대학가는 봄부터 술렁거리기 시작했다. 두 사람이 가입한 영화 동아리에서도 5월 광주 영상을 보여줬고 마르크스, 레닌, 엥겔스에 관한 책이 동아리방에 굴러다녔다. 새내기 의식화에 가장 앞장선 사람은 서양학과 복학생 K였다. 민중을 판화로 그렸던 그는 단상에서 강한 어조로 시국을 비판했다. K를 사랑했던 수진도 혁명이니 투쟁이니 하며 스크럼을 짰고, 시위에 나가 독재 타도와 호헌 철폐를 목청껏 외쳤지만 조금씩 지쳐 갔다.

해가 바뀌어도 대학가는 최루탄과 화염병이 난무했고 시위를 주도하던 학생들 사진이 국가보안법 현상 수배범으로 나붙었다. 그들은 학교를 떠나 하나둘씩 종적을 감췄다. 몸을 피해 도주하다가 프락치들에 의해 연행되었다는 소문도 횡행했다.

경찰 단속을 피해서 용케 몸을 감추고 있던 K도 잡혀갔다. 누군가가 K를 밀고했다는 의혹이 들려왔다. 처음에 수진은 선재를 의심했단다. K를 좇아 시위에 가담한 수진을 말린 사람은 선재였으니까. 선재는 시끄러운 대학가에서 한발 비껴 있는 학생이었다. 자신을 뒷바라지한 어머니를 생각하는 선재로선 시국 걱정도 사치였기 때문이다. 수진의 일기는 거기서 끝나 있었다.

그녀의 일기장에 기록된 내 과거가 좀체 믿기지 않았다. 수진에게 악의로 가득한 편지를 보내고, 그것도 모자라 선재와 헤어지라고 따귀를 때렸다니. 그러고는 학교에 선재와 수진의 소문을 퍼뜨리기까지 한 것이다. 손이 떨리고 입이 바짝바짝 탔다.

떨리는 손으로 편지 봉투에서 편지지를 꺼냈다. 두 번을 접은 편지지는 행간이 스무 줄로 나뉜 일반적인 편지지였다. 선재와 수진이 가까워진 시점과 에피소드 등을 나열하면서 두 사람이 학교 체육실과 음악실에서 벌인 음란 행위가 적나라하게 묘사되어 있었다. 나 외에도 목격한 아이가 더 있다고 했다. 여학교의 풍기문란을 조장한 두 사람은 징계받아야 마땅하므로 교육청에 익명의 투서를 보낼 거라는 경고 메시지도 적혀 있었다. 치졸하고 조잡했지만 수진에게는 모멸감을 안겨주었을 것이다. 선재와 헤어지지 않으면 수단과 방법을 가리지 않고 수진을 매장시키겠다고 했다.

눈으로 내 필체를 확인하면서도 믿을 수가 없었다. 두 사람에게 밀려난 걸로 그때의 사랑, 미움, 질투, 분노를 잊고 살았다. 그런데 또 다른 내 모습이 엄연히 존재했다. 어디까지 실제이고 어디까지 꾸민 이야기일까? 수진의 일기를 읽을 때 혹시나, 하는 생각이 들었다. 그러나 편지는 수진의 기록이 거짓이 아님을 명백히 증명하고 있었다.

14

밤새 식은땀이 났고 신열이 끓었다. 얼굴 없는 수진에게 쫓기는 악몽으로 밤새 잠을 설치다 새벽녘에 깜빡 잠이 들었다. 혼미한 중에 사이렌 소리가 들려 설핏 잠이 깼을 때 그 소리가 전화벨이라는 걸 알았다.

"너 왜 안 오니? 목소리가 왜 그래? 어디 아파?"

이모였다. 생각해보니 녹취하기로 약속한 날이었다. 시계를 보니 약속 시간에서 삼십 분이 지나고 있었다. 몸살이 나서 늦잠을 잤다고 했다. 이모가 약속을 다음으로 미루자고 했지만 내가 싫다고 했다. 차라리 이모를 만나 녹취 작업이라도 하는 게 나을 듯싶었다. 혼자 있으면 일기장과 편지가 계속 머릿속에 맴돌 터였다. 나는 진통제 몇 알을 털어 먹고 집을 나섰다. 진통제 효과인지 열도 내렸고 마음도 좀 가라앉았다.

현관문을 열어주는 이모는 내 낯빛을 살폈고 나는 집안을 둘러보았다.

"그 사람, 찾는구나. 볼 일이 있어서 외출했어. 결혼식장에서 마주쳤다며? 그 사람이 너 봤다고 하더라."

"아, 예⋯⋯. 참, 형서한테서 무슨 연락이 왔어요?"

나는 당황을 감추기 위해 그 사람 대신 형서를 언급했다. 식장에서 적극적으로 이모 편에 서지 못했던 게 영 찜찜했다.

"아니. 안 왔어. 시간이 해결해주겠지."

말투는 덤덤했지만, 이모의 마음까지 덤덤하진 않으리란 생각이 들었다. 나는 탁자에 녹음기를 올려놓고 작업에 필요한 노트북도 가방에서 꺼내 놓았다.

"오늘은 미란 언니 얘기를 마저 해야겠구나."

오 여사가 미란이라는 인물에 유독 예민했던 게 생각났다. 이모는 미란에 관한 이야기를 하다가 목이 메어 잠시 얘기를 중단하기도 했다. 미란이라는 인물에 수진이 묘하게 겹쳐질 때마다 머리가 지끈거렸고 속도 메슥거렸다.

이모한테 다녀온 후 나는 두문불출한 채 이모의 진술을 활자화하는 작업에 몰두했다. 잠시나마 죄책감에서 벗어날 수 있는 탈출구인 것처럼.

⋯⋯미란의 방 주황색 목단이 그려진 이불 속에서 미란과

나란히 엎드려 그녀가 그린 만화의 주인공을 감상하는 일은 빼놓을 수 없는 소녀의 일과였고 즐거운 놀이였다. 소녀의 어머니는 설탕 솔솔 뿌린 누룽지 맛에 혹해서 소녀가 싸리대문집을 뻔질나게 드나드는 걸로 알았다. 물론 누룽지도 소녀를 유혹하는 것 중 하나이긴 했다. 하지만 솥단지 모양의 누룽지를 오도독 씹어 먹는 맛보다 빨간 내복 속 봉긋한 미란의 가슴을 엿보거나 이불 속에서 슬쩍슬쩍 닿는 미란의 맨살 감촉 맛은 무엇과도 비교할 수 없는 이상야릇한 쾌감이었다. 소녀는 미란의 머리칼과 겨드랑이에서 맡아지는 시금털털한 향내에 취해 혼곤한 잠 속에 빠지기 일쑤였다.

그렇게 가방을 내던지기 무섭게 싸리대문집으로 내달렸는데 며칠째 휑한 빈방이 소녀를 맞았다. 코를 쑥 빠뜨리고 집으로 돌아온 소녀는 이튿날 동네 아줌마들의 수다로 미란의 소식을 접하게 되었다.

"일을 우야꼬! 곰도 마 구르는 재주는 있다카드만 그래 숙맥이던 가스나가 연애질을 한다카요. 성님도 그 이바구 들으셨지예?"

월남치마로 마당을 쓸다시피 하며 들어온 상주댁은 아침 댓바람부터 미란의 흉을 보기 시작했다. 소녀가 막 책가방을 메고 학교에 가려는 참이었다. 상주댁의 '연애질'이란 말은 소녀의 가슴에 무거운 추가 되어 툭 떨어졌다. 이내 가슴

한가운데에 뻥, 구멍이 뚫리더니 그 사이로 물 흐르는 소리가 들렸다.

"연애는 무슨! 젊은 애들이 같이 노는 거겠지. 선임아 너는 아까부터 뭘 그렇게 꼼지락거리는 거냐? 얼른 가라. 학교 지각하겠다."

어머니는 소녀를 재촉했고 상주댁을 향해 눈을 끔뻑했다. 아이들 듣는데 쓸데없는 소리는 삼가라는 의미였다. 어머니의 눈짓에 상주댁은 목소리를 낮추었지만, 소녀는 대문을 나서고도 주춤거리며 마당을 향해 귀를 쫑긋 세웠다.

"큰길 건너 남자 고등학교 하나 있지예. 그 교문 앞에서 야시를 떤다는 소문이 쫙 퍼졌어예. 번지르르한 낯바닥으로 순진한 학생들 꼬드길라카는 기지 뭐라예. 내사 마 남사시러버서 동네를 뜨든지 해야지, 원! 지랄병 날 적마다 즈그 아배한테 매질을 당하더니 마, 증말 이케 된 게 아닐까예."

상주댁은 허공에 검지로 동그라미를 그렸다. 상주댁과 어머니가 화제를 다른 데로 돌리는 걸 듣고서야 소녀는 입술을 잘근잘근 씹으며 발걸음을 뗐다. 체증이 있는 거처럼 명치끝이 답답한 소녀는 길가에 구르는 돌멩이 하나를 집어서 싸리대문을 향해 냅다 던졌다. 돌을 맞은 싸리대문이 휘청거렸다. 대문이 열리고 누군가가 나온다면 혼쭐이 나고 싶은 심정으로 시근덕거렸지만 싸리대문 너머로 아무런 기척이 없었다.

　그날 저녁 소녀는 어머니 심부름으로 콩나물을 사오다가 싸리대문을 슬쩍 밀어보았다. 문은 소리 없이 열렸다. 며칠째 보지 못한 미란이 부엌 부뚜막에서 누룽지를 긁고 있었다. 소녀는 미란의 얼굴을 보는 순간 반가움이 앞섰지만, 내색하고 싶지 않았다.

　"언니야, 연애한다며? 그게 정말이야?"

　소녀는 널뛰듯 두근거리는 가슴을 누르면서 아무렇지 않은 양 물었다. 미란의 창백한 낯에 홍조가 번졌다. 말끄러미 소녀를 바라보던 미란이 '히' 하고 웃었다. 소녀는 미란의 모습에 또 한 번 속이 뒤틀렸다. 심술이 나는 대로라면 팔다리를 넉장거리로 내뻗고 소리쳐 울고 싶었다. 귀하게 간직하고 있던 자신의 보물을 도둑맞은 기분이었다.

　"그치는, 언니가 연애한다는 사람 말이야, 언니를 다 아는 거야?"

　소녀는 미란의 남자친구를 얕잡아 칭했다. 유치한 짓인 줄 알았지만 그렇게라도 분풀이를 하고 싶었다. 한편으로 미란과 대등한 위치에서 남자와 맞서고 싶은 마음이 든 탓도 있었다. 미란은 새치름한 표정으로 소녀를 쳐다보았다. 소녀는 짐짓 딴청을 부리며 누룽지 귀퉁이를 쪼개어 입에 넣고 오물거렸다.

"아니, 뭐. 내 말은 언니가 국민학교도 못 나온 거 하고, 또 그래 맞아. 언니 꿈이 만화가라는 걸 아냐는 거지."

미란의 얼굴에 배시시 미소가 번졌다. 속으로 조마조마하게 생각한 것과는 다른 말이 소녀의 입에서 나와서 안도하는 웃음이었다.

"이잉! 그거. 선임이 네가 그렇게 말하니까 나도 걱정이 좀 되긴 하네. 하긴 우리 용섭 씨는 중학교 졸업은 했거든. 거기다 직장에 다니면서 돈도 번다. 나하고는 차원이 달라. 나도 그게 쬐끔 걱정이 되긴 했어. 그래도 우리 용섭 씨가 나를 엄청 좋아해서 그런 건 별로 신경 쓰지 않을걸."

"그래? 중학교 졸업한 사람이라면 언니가 국민학교 졸업장 없는 걸로 시비 걸 정도는 아니겠네. 직장에 다닌다고? 어딜 다니는데?"

겨우 중학교 학력을 가지고 뭘 그러나 하는 생각이 들었다. 그치의 학력을 맘껏 깎아내리고 싶었다. 소녀의 큰오빠가 대학생이라는 것도 한몫했다. 소녀는 나이치고 영악한 편이었다. 오빠들 틈새에서 보고 들은 것이 많아서일 수도 있다. 오빠들이 다락방에 숨어서 본 빨간책에는 남자와 여자가 벌거벗고 하는 짓도 세세히 적혀 있었다. 소녀는 오빠들 몰래 그런 책도 다 섭렵했던 터였다.

양어깨를 펴고 두 손을 허리에 짚은 미란은 소녀의 비아냥 따위는 아랑곳하지 않고 의기양양했다.

"큰길 건너 고등학교 알지? 그 앞에 삼천리 점포 있잖니. 용섭 씨가 거기 점원이다. 바람 빠진 자전거 바퀴에 바람도 넣어주고, 자전거 고치는 기술도 최고야."

"그으래! 그치가 언니한테는 뭘 그렇게 잘해주는데?"

소녀는 그치의 이름이 용섭이라는 걸 들었는데도 계속 얕잡아 불렀다. 미란은 사랑에 눈이 멀었는지, 아니면 눈치가 박치여서 그랬는지 소녀의 의도를 알아채지 못했다.

"이번에도 용섭 씨가 점심 사준다고 나오라고 하더라."

미란이 으스댈수록 소녀는 약이 바짝 올랐다.

"나도 같이 데려가줘라. 언니가 어떤 사람을 사귀는지 나도 한번 보고 싶으니까."

"선임이 너도 궁금한 게로구나. 너도 보면 놀랄걸! 우리 용섭 씨 무지 잘생겼다. 우리 같이 나가서 맛있는 거 사달라고 할까?"

뾰족한 감정이 소녀의 가슴을 저릿저릿하게 했고 횟배를 앓을 때의 싸륵대는 통증이 온몸에 퍼지고 있었지만, 소녀는 심드렁한 척했다.

미란이 고등학생을 꼬드긴다는 상주댁 아줌마의 말은 도마 위에 난도질된 생선 같은 거였다. 미란이 고등학교 앞 자전거 점포를 들락거린 게 와전된 것이다. 이리저리 각을 뜬

풍문의 살점은 금세 비린내를 풍기기 마련이니까.

"그치 이름이 용섭이야? 이름 한번 되게 촌스럽다. 그래, 뭐. 언니 애인이라니까 한번 만나지. 자장면에 탕수육은 사주겠지."

소녀는 마치 자신이 큰 선심이라도 쓰듯 시큰둥해했다.

약속한 날이 다가오자 소녀는 똥 마려운 강아지처럼 안절부절못했다. 소녀가 머리를 짜내어 만든 계획 때문이었다. 소녀의 위악이 면발에 끼얹은 자장소스처럼 걸쭉하게 흘러내렸지만 잘 섞이지 못해서 퉁퉁 불어 터진 시나리오가 될 줄 아무도 예측하지 못했다. 질투에 눈이 멀어 각본을 짜느라 밤잠을 뒤척이던 소녀 자신조차 말이다.

용섭은 미란의 말대로 허우대가 멀쩡했다. 상주댁 말마따나 낯바닥이 반지르르한 미란과 나란히 서면 봐줄 만한 한 쌍이었다. 용섭은 미란과 동갑이라고 했다. 스무 살도 채 되지 않은 동갑내기들이 어른 흉내를 내듯 이름 뒤에 '씨'를 붙이며 연애를 하는 것도 소녀의 눈에는 볼썽사나웠다. 오빠들이 숨겨놓고 읽는 빨간책의 문장들이 두 사람 위로 겹쳐지면서 소녀는 공연히 기분이 더러워졌다.

용섭은 소녀한테도 넘치게 친절했지만, 그 친절조차 소녀의 심사를 뒤틀었다. 소녀의 마음과 무관하게 미란은 용섭 앞에서 전에 없이 꽈배기 모양으로 몸을 비비 꼬았다. 하얀

낮바닥에 유독 입술만 빨갛게 칠한 미란이 소녀의 눈에는 달밤의 귀신 같아 보였다. 미아리에서 점집을 한다는 미란의 어머니도 꼭 저런 색깔의 입술로 동네를 나다니는 걸 본 적 있었다. 자기 어머니 분첩과 루주를 훔쳐서 바르고 나온 게 분명했다. 자장면도 먹는 둥 마는 둥 하더니 미란은 변소에 다녀오겠다며 자리를 떴다. 자장면 먹느라고 지워진 루주를 덧칠하러 가려는 걸 거다. 소녀에게 기회가 찾아왔다. 밤새도록 머릿속에 그렸던 시나리오를 실행에 옮길 찬스.

"아저씨도 알고 있죠? 언니한테 비밀이 있는 거 말이에요. 아, 이걸 말해야 하나, 어쩌나."

기껏해야 소녀보다 예닐곱 살 더 먹은 남자에게 소녀는 아저씨라고 불렀다. 친오빠가 아닌 남자한테 오빠라고 부르는 건 낯간지러운 짓이라고 여겼기 때문이다. 소녀는 자장이 묻은 나무젓가락을 입술로 쪽쪽 빨며 고민하는 척했다.

"미란 씨 비밀? 그게 뭔데?"

용섭은 입가에 빙글거리는 웃음을 지으며 소녀를 놀렸다.

"국민학교도 졸업하지 못한 거는 비밀 축에 끼지도 못하고요."

"그거야 뭐 대수겠니. 살림하는 데 학교가 무슨 상관이라고. 그것보다 우리 미란 씨가 그림을 잘 그린다고 하더라. 넌 미란 씨 그림 본 적이 있니? 만화가가 꿈이라고 하던데,

우리 미란 씬 재주도 참 많은 거 같아. 아, 참. 비밀이 있다고 했지? 우리 미란 씨한테 무슨 비밀이 있을까? 궁금한데. 나한테만 살짝 얘기해줄래."

용섭은 미란을 생각하면 그저 행복하다는 듯이 여전히 벙글거렸다. 꼭 나사 하나 빠진 사람 같았다.

"아저씨는 우리 언닐 정말 좋아하나 보네요. 그렇다면 꼭 알아야 하는 건데요······."

용섭은 사람 좋은 얼굴로 머리를 크게 끄덕거렸다. 미란에게 천지개벽할 비밀이 있더라도 모든 걸 포용해줄 거 같은 넉넉한 표정이었다.

"아저씨, 혹시 지랄병이라고 들어봤어요? 언니가 말이에요. 그 지랄병, 아니 간질병이 있어요. 그게 허연 거품 물고 막대기처럼 픽 쓰러지는 병이라고 하더라고요. 언니 참 불쌍하죠? 그 병 때문에 언니 아부지한테도 매일 두들겨 맞아요. 남자는 사랑하는 사람을 지켜줘야 하는 거라면서요? 언니한테는 내가 아저씨한테 이런 말한 건 비밀이에요."

소녀는 세상에서 제일 처량한 표정을 지어 보였다. 이만하면 완벽에 가까운 연기력이었다. 소녀는 곁눈질로 용섭의 얼굴색이 거무튀튀한 먹빛이 되는 걸 놓치지 않았다.

그때 소녀의 등 뒤에서 쿵, 하는 소리가 났다. 변소에 다녀오던 미란의 입에 버글버글 괸 침이 번철에 두른 돼지기

름처럼 튀었다. 음식을 먹던 손님들은 눈이 휘둥그레지면서 비명을 질렀다. 놀란 아이는 울음을 터뜨렸지만 그런 소란도 잠시였다. 모두 고개를 돌리거나 서둘러 계산을 마치고 중국집을 나가버렸다.

그 와중에 가장 많이 놀란 사람은 소녀였다. 나무젓가락을 놓쳐 얼굴에 검은 자장이 튀는 것도 몰랐을 정도였다. 미란의 발작을 눈으로 직접 본 건 소녀도 처음이었다. 소녀의 얼굴은 하얗게 질렸고 등에는 식은땀이 흘렀다. 주위 사람이 소녀와 미란을 동행으로 알고 힐끔거리는 게 너무 부끄러워서 쥐구멍에라도 기어들고 싶은 심정이었다. 그런 소녀에 비해 용섭은 의외로 침착했다. 조금 전 소녀로부터 미란의 간질 증상을 미리 들은 탓일지도 몰랐다.

시멘트 맨바닥에 뒤집힌 곤충 모양으로 버르적거리던 미란은 불현듯 발작을 멈추고 부스스 몸을 일으켰다. 긴 머리채가 헝클어져 얼굴을 가렸지만 미란에게로 쏟아지는 사람들의 시선은 따가웠다. 미란의 치맛단에는 음식점 바닥에서 묻은 면발이 대롱거렸다. 용섭은 미란의 흙 묻은 옷을 말없이 털어주었다. 다 먹지도 못한 음식값을 계산한 용섭은 미란의 가냘픈 어깨를 감싸안았다. 중국집을 나오자마자 꽁지빠지게 달아난 소녀와 다르게 용섭은 기억에 오래 남을 만큼 믿음직스러웠다.

미란이 그렇게 쓰러지던 모습을 본 소녀야말로 미란에게 정나미가 떨어졌다. 미란에게서 용섭을 떨어뜨리고자 갈고 갈았던 최후의 비수는 도리어 소녀에게로 날아와 꽂힌 셈이었다. 부조리와 모순으로 점철된 일상은 결국 생의 이면에서 무심히 던진 부메랑의 작용은 아닐까? 간절히 원하는 것을 손아귀에 쥐었을 때, 그것이 차라리 포르릉 날아가는 파랑새이거나 한 줌의 별빛이라면 얼마나 좋을까? 하지만 때로 그것은 손바닥에 깊은 상처를 내는 유리 조각일 수도 있는 법이다.

문틈을 통해 훔쳐보던 미란은 소녀에게 미지의 정수精髓 같은 거였다. 미지의 아름다움에는 치명적인 비수가 도사리기 마련이었다. 소유하고자 하는 욕망이 커질수록 그 끝은 파멸에 닿을 거라고, 부메랑은 소녀에게 경고했다.

"용섭 씨와 데이트할 때마다 약을 먹고 갔었어. 용섭 씨 앞에선 절대 발작을 하지 않을 작정으로 말이야. 그날도 약의 효과가 지속되길 빌었지. 근데 선임이 네가 산통을 깬 거였어. 변소 가려다 생각해보니까 루주로 입술을 한 번 더 발라야겠더라고. 그래서 가방을 가지러 도로 가는데, 선임이 네가 용섭 씰 붙들고 지랄병이니 간질이니 하면서 어쩌구저쩌구 하더라고. 그 순간 머릿속이 하얘지더니 속이 울렁울렁하며 토악질이 올라오는 거야. 그래서 맥없이 자빠져버렸던 거지, 뭐."

햇빛이 드는 툇마루에 오도카니 앉은 미란은 먼 산을 보며 혼잣말하듯 중얼거렸다. 소녀를 나무라거나 원망하는 말투가 아니었다. 소녀는 차마 미란의 얼굴을 똑바로 보지 못하고 싸리대문의 귀퉁이만 에멜무지로 툭툭 걷어찼다.

"선임아, 그 일에 대해선 너무 신경 쓰지 마. 나 같은 게 무슨 복에 남자를 만나겠니. 용섭 씨 떠났다. 한 번 깨진 바가지에 물이 줄줄 새는 거랑 마찬가지더라고. 그날 이후에도 걸핏하면 그놈의 지랄병이 도지니 용섭 씨인들 배겨낼 재간이 있었겠냐. 선임이 네 탓도 아니고, 그렇다고 날 떠난 용섭 씨를 원망하고 싶은 마음은 추호도 없다."

소녀는 미란의 넋두리를 듣고 있을 수가 없었다.

"언니야 나 갈게. 오늘 숙제가 많아서."

"야, 야! 선임아. 너 오면 주려고 누룽지에 설탕 뿌려놨어. 먹고 가서 숙제해라."

초점 없는 눈동자로 중언부언하는 미란을 뒤로하고 소녀는 싸리대문을 닫고 나왔다. 그 이후로 소녀는 미란의 집에 발걸음을 끊었다. 동네 아낙들도 윗동네 감나무 집 아저씨가 바람이 난 일로 이야기꽃을 피웠고, 미란네는 아낙들의 관심 밖으로 밀려났다.

그해 겨울이 막 시작될 무렵 미란은 양잿물에 쥐약을 타

먹고 죽었다. 그녀의 아버지에게 흠씬 두들겨 맞은 날이었다. 다른 어느 날보다 미란의 울음이 더 서럽게 들렸던 날이기도 했다. 미란의 배가 보름달 모양으로 부풀어 있더라 했다. 동네 아낙들의 입은 다시 미란에게 집중되었다. 상주댁은 소녀의 어머니 귀에 어느 놈의 씨인지도 모를 정도로 미란이 만나는 남자의 수가 셀 수 없이 많았다고 속닥거렸다. 미란의 어머니는 넋을 위로하는 굿을 해준다며 한동안 부산을 떨다가 이사를 가버렸다. 소녀는 겨우내 온몸에 불을 지지는 듯한 열병을 시름시름 앓아야 했다.

유년기와 청소년기를 송두리째 유린당한 듯 성장의 순간순간을 녹슬게 했던 그 일은 소녀에게 치유할 수 없는 상처가 되었다. 아니, 상처라고 생각했다. 하지만 그것은 소녀의 상처가 아니었다. 소녀가 이성이 아닌 동성을 향해 품었던 설렘과 그리움을 미처 깨닫지 못한 채 솟구친 질투가 불러온 악의였다.

이모는 명백한 악의로 꽃다운 사람을 사지로 몰았던 과거를 자기 입으로 밝히고 싶었다고 했다. 철이 없던 나이였지만 이모를 평생 괴롭혀온 죄의식이었다고 고백했다.

"언니한테 그런 엄청난 잘못을 저질렀는데도 제대로 된 사과조차 하지 않고 살았어. 세월이 아무리 흘러도 잊을 수 없을 거야. 내가 그때 용섭이라는 분한테 미란 언니의 병증을 말하지 않았더라면, 분명 언니의 인생은 달라졌을 거야. 적어도 그렇게 허무하게 세상을 떠나지 않았을지도 몰라."

나는 이모가 말하지 않았더라도 두 사람의 관계는 달라지지 않았을 것이고, 미란이라는 분의 죽음도 이모 탓이 아니라고 말해주지 못했다. 미란의 인생이 달라졌든 달라지지 않았든, 이모에게 그건 그다지 중요한 일이 아닐지 모른다.

"이모도 어렸잖아요. 처음 이모에게 찾아온 사랑이라는 감정에 서툴렀을 거예요."

"네 말이 맞을 수도 있어. 이 나이까지도 나는 서툰 사랑을 하고 있으니까. 서툰 사랑이 무슨 형벌이라도 되는 거처럼 자식 앞에서도 죄인으로 살고 있잖니."

미란을 통해 이모가 하고 싶은 말이 무엇일까? 적어도 이제는 그렇게 살지 않겠다는 다짐인 걸까? 이모의 녹취록을 노트북에 정리하면서도 수진과 선재 생각이 내 머릿속에 가득 차 있었다. 왜곡된 기억 아래 깊이 감추고 있던 나의 무엇이 수면 위로 올라오는 게 느껴졌다.

녹취를 마치고 현관을 나서는 내게 이모가 혼잣말하듯 중얼거렸다. 너도 이제 너답게 살아. 이제 너를 그만 감추고 세상으로 나와. 숨기려다가 나처럼 애먼 사람 다치게 하는 잘못을 저지르지 않으려면. 머리칼이 곤두섰다. 냄새만으로도 동족을 알아보는 감각은 동물에게만 있는 능력이 아닌 모양이다. 길거리에 내놓아도 아무도 주워가지 않을 나의 가면을 나는 언제 벗어버릴 수 있을까.

15

미란의 사건으로 남은 깊은 죄책감으로 인해 이모는 자신의 정체성을 깨달았다고 했다. 여성 신체를 가진 자신이 여성에게 연애 감정으로 끌리는 게 혼란스럽더라고 했다. 이모가 어렸을 때 동성애는 지금보다 더 생소한 감정이었고 그만큼 무지했던 시절이었으므로. 이모는 동성에게 끌리는 자신의 욕망이 혐오스러웠다고 고백했다. 고민을 토로하거나 공유할 창구조차 없었다. 그저 가혹하게 내려진 신의 형벌이라는 생각만 들었다.

대학에 입학한 이모는 여성에게 끌렸지만, 연애하기는 쉽지 않았다. 그러는 중에 이모에게 접근하던 남자도 심심치 않았다. 남자와 가깝게 지내보았으나, 우정 이상의 감정으로 발전되지 않았다.

이모를 통해 처음 듣는 이야기였다. 과거를 회상하는 이모의 눈에 설핏 이슬이 맺히다가 사라졌다. 그중 어떤 여성과 마음이 통해서 연애했지만, 세상눈이 무서운 탓에 두 사람의 연애는 아픈 이별로 끝을 맺었다. 이모의 정체성을 짐작조차 하지 못한 외가는 이모의 결혼을 서둘렀다. 얌전하게 신부 수업을 하다가 좋은 집안의 신랑과 결혼을 하는 게 최고의 행복이라 여기던 시절이었다.

맞선 자리가 줄을 잇는 중에 이모부가 나타났다. 건설업을 하던 이모부는 승부욕 강한 사람이었다. 이모가 자신에게 넘어오지 않자 투지를 불태워 이모에게 끈질기게 구혼했다. 지금 잣대로라면 거의 스토커 수준이었지만 당시의 사고방식에서 이모부는 우직하고 순정적인 남자로 보였을 것이다. 외가에선 도통 결혼에 관심이 없는 이모한테 이모부가 남편감으로 제격이라며 좋아했다. 이모가 생각한 반항은 기발했지만 엉뚱했다. 짧은 단발머리를 밀어내고 삭발한 채 외가 식구들 앞에 나타난 것이다. 모자를 쓰지도 않고 스카프 따위로 가리지도 않은 채.

돌발적이고 기상천외한 삭발 행위는 결혼을 거부하는 이모의 선언이었다. 이모부의 눈에 이모의 삭발이 어떻게 비쳤는지 모르지만, 외가 반응은 어린 내 눈에도 잊히지 않는 장면이었다. 그날이 마침 외할아버지의 기일이라 나도 오 여사를 따라 외가에 간 날이었다. 예비 사위로 인정받았던 이모부도 참석한 자리였다. 이모는 일부러 그날을 디데이로 잡았는지도 모른다. 알전구같이 만질만질한 이모에게서 여성성은 눈곱만큼도 느껴지지 않았다.

큰외삼촌이 제사상을 정리할 때 누군가의 짧고 깊은 탄식이 울렸다. 막내 외숙모가 이모의 모습에 놀라 지른 비명이었다. 행동거지가 가볍긴 해도 귀여운 구석이 있는 막내 외숙모는 감정 표현이 즉각적인 사람이었다. 큰외삼촌이 막내 제수씨의 경거망동한 행동에 눈살을 찌푸리며 등을 돌렸다. 대청마루 아래 마당에 나타난 이모는 꿀릴 거 없다는 듯 당당한 모습이었다.

나도 막내 외숙모처럼 꺄악, 소리가 절로 나왔지만, 손바닥으로 입을 틀어막았다. 이모의 행색을 한눈에 살핀 큰외삼촌은 입을 벌리고 몇 초 동안 멍해 있더니 곧바로 대청마루를 지나 댓돌을 거쳐 이모에게 돌진했다. 큰외삼촌의 커다란 손이 이모의 왼쪽 뺨을 내리쳤다. 이모의 얼굴이 획 돌아갈 정도로. 이모의 뺨에는 커다란 손바닥 자국이 벌겋게 새겨졌다.

그 순간 나는 이모를 두고 오 여사와 했던 농담을 떠올렸다. 오 여사가 이모와 통화를 할 때마다 '스님아'를 연발해서 내가 오 여사에게 물었던 적이 있었다. 이모가 정말 스님이 되었느냐고. 철없는 아이의 입에서 나온 말에 오 여사는 숨이 넘어갈 듯 웃었고 오 여사의 입을 통해 외가에 알려졌다. 그후 외가 식구들은 나만 보면 이모를 스님이라고 했느냐고 놀려댔고 이모도 자기가 스님이냐고 장난을 쳤다.

아무려나 이모의 삭발 퍼포먼스로도 이모부는 이모를 단념하지 않았고 이모를 이모부에게 시집보내려는 외가의 고집도 꺾지 못했다. 이모부의 불도저 같은 뚝심과 외가 식구의 성화로 두 사람은 결혼에 이르렀다.

외가에서 제일 먼저 이모의 동성애 기질을 간파한 오 여사는 입버릇처럼 이모에게 말했다.

"스님아, 네가 아무리 발버둥을 쳤어도 별수 없잖니. 다 네 팔자소관인 거야. 김 서방하고 엮일 팔자니까 형서가 태어난 거 아니냐? 그러니까 자식을 생각해서라도 쓸데없이 딴마음 먹지 말고……."

이모의 불행한 결혼 생활쯤은 자식을 위해 희생해도 된다는 식의 오 여사의 발언에 이모는 진저리를 쳤다. 이모와 이모부의 별거가 시작될 무렵 이모는 평생의 인연을 만났다. 형서한테는 '짱가 이모'였고 타인에게는 이모의 그림자였지만 이모에게 그 사람은 평생의 반려자였다.

이모의 여자는 형서의 학습지 교사였다. 학부모와 교사로 만나면서 돈독해졌고 애정이 싹텄다. 이모는 그 사람이 형서에게 헌신하는 모습에 호감이 갔다고 했다. 형서가 중학생이 되었을 무렵 이모는 여자와 정식으로 살림을 차렸고, 이를 알게 된 이모부가 처가에 와서 난동을 피워 외가에 공공연하게 알려졌다.

사위의 난동으로 외조모님은 마음의 병을 얻었고 결국 세상을 떠나셨다. 외삼촌들도 이모를 돌연변이 취급했지만, 이모는 패션디자이너로 성공을 거듭했다.

사업을 하던 둘째 외삼촌의 부도를 막아준 걸 필두로 선산 옮기는 일에 큰돈을 입금한 것도, 오씨 집안의 장손을 취업시킨 것도 이모였다. 일일이 따지면 외가에서 이모 덕을 보지 않은 사람이 없었다. 오 여사는 말할 것도 없었고 외숙모들도 수시로 이모에게 연락해서 금전적으로 위급한 불을 끌 때가 잦아졌다. 자기네끼리는 목소리를 죽이고 이모와 이모 여자를 깔아뭉개다가도 이모 앞에서는 짐짓 딴청을 피웠다. 때로 형서를 생각해서 이모부와 합치라고 헛소리를 일삼았다. 이런 이모의 생생한 증언들은 외가의 민낯을 가감 없이 드러냈다. 그런 까닭에 이모의 자서전 작업은 다른 대필 작업보다 힘겨웠지만, 목도한 진실을 호도할 순 없었다.

출판사에 원고를 넘긴 후 며칠이 지나자 차한수에게서 만나자는 연락이 왔다.

"이모님이 왜 굳이 당신한테 이 일을 맡기신 걸까?"

이번 원고로 차한수도 이모에 대해 알았을 것이다. 차한수에게 말하지 않았던 우리 외가의 공공연한 비밀을. 어쩌면 차한수는 내가 이모의 얘기를 하지 않았던 이유도 알게 된 건지 모른다. 혹여 나까지 도매금으로 넘겨질지 모른다는 두려움이 없었다면 거짓말일 것이다. 세상이 많이 바뀌어 성소수자를 향한 편견이 사라졌다고 하지만 색안경을 끼고 바라보는 시선은 여전하다. 이모를 힘들게 한 건 가족이었다는 사실이 원고에도 그대로 나와 있었다.

"선배는 이모가 나한테 일을 맡긴 이유를 안다는 뜻이야?"

나는 차한수한테 되레 질문을 던졌다. 차한수가 어깨를 으쓱해 보였다. 모른다는 건지, 알지만 대답을 유보하는 건지, 행동이 애매했다.

차한수는 원고 얘기로 화제를 돌렸다. 보충할 부분과 축소해야 할 부분에 더불어 시간 순서도 연대기로 할지 회고 형식의 입체적 플롯으로 할지에 관한 의견이 오갔다.

"자서전 방향을 어떻게 잡아야 할까? 저자 의도는 세상에 자기를 드러내기보다 자기 인생을 정리하려는 거 같은데, 아닌가? 자기 생각은 어때?"

녹취를 풀어 원고를 정리하면서 내가 느낀 건 두 가지였다. 첫째는 이모가 자서전을 내려고 한 계기였다. 수술이 임박한 상황에서 수십 년 동고동락한 그분이 법적 가족이 아니라는 이유로 동의서 사인에서 제외된 일이 충격이었던 모양이다.

자식으로서 권리는 주장하면서 의무에는 인색한 형서에게 배반감도 느꼈을 것이다. 둘째는 죄책감으로 인한 회한이다. 자신의 성정체성을 깨닫지 못해 질투라는 감정에 휩싸여 미란을 죽음으로 몰아갔던 과거가 이모한테는 평생 목에 걸린 가시였다.

이모는 그 사람을 보고 예전의 미란을 떠올렸다고 했다. 그래서 이모가 더 끌렸구나, 하는 생각이 들었다. 지금 그 사람과 살면서 미란에게 미안한 감정이 더 깊어졌다는 이모의 말에 '참회'라는 단어를 떠올렸다.

"참회라……. 미란을 죽음으로 몰아가게 한 그 사건이 충격이긴 하지. 지금 함께 사시는 분이 미란과 닮았다는 것도 의미 있는 대목이네."

차한수는 검지로 탁자를 두들기며 생각에 잠겼다. 이모와 그분이 함께 살아온 햇수가 삼십 년에 육박했다. 동성애를 문란한 성애로 바라보는 일각의 시선은 두 분이 함께한 세월 앞에서 무의미한 편견일 뿐.

"나도 원고를 읽으면서 느낀 바가 크다고. 한동안 말이 많았던 동성 결혼의 법제화와 생활동반자법을 다시 찾아봤어. 이모님이 경험한 수술 동의서 같은 사례가 실제로도 있었거든. 동성애자 두 분이 함께 살았는데 한 분이 아파트 꼭대기 층에서 투신자살했어. 고등학교 동창이었던 두 분이 열심히 살아서 아파트를 장만했던 거지. 그러다 한 분이 병이 들자 그분과 촌수가 먼 조카가 나타났대. 일이 꼬이려고 그랬는 지, 아파트 명의가 병든 분 이름으로 되어 있었다나 봐. 조카 는 병든 분의 재산을 다 가로채고 다른 한 분을 알거지로 만 들어 내쫓아버렸대. 두 분이 함께 살아온 인생을 증명할 법 적 근거는 아무것도 없는 상태였고. 생계도 막막한 그분은 자신의 장기를 병든 분한테 이식해달라는 유서를 남기고 자 기들이 살았던 그 아파트 옥상에서 떨어졌어. 그 사건이 계 기가 되어 생활동반자법이 논의되었지만, 아직 국회에 계류 중일 거야. 동성 결혼의 법제화를 반대하는 사람들의 거센 반발 때문이겠지. 이모님이 명성도 있는 분이니까, 자서전 출간이 이런 사회적 분위기에 반향을 일으킬 거라 보는데. 물론 미란과 연결된 참회 부분이 뺄 수 없는 중요 서사인 건 말할 것도 없고."

"이모 의견이 가장 중요하겠지. 어느 방향에 포커스를 맞 춰야 할지. 이모와 한 번 더 상의해보도록 할게."

"이모님 일은 그렇게 진행하면 되겠고……. 자기 얘기 좀 해봐라. 무슨 일 있지? 자기 얼굴이 영 못쓰게 됐어. 왜 그런 데? 얼른 털어놔."

차한수는 무릎에 기대고 있던 팔꿈치를 떼서 팔짱을 끼며 등받이에 몸을 기댔다. 차한수가 필자에게 편안함을 유도할 때 나오는 모습이었다. 그런 모습은 필자에게 잘 통하곤 했다. 나는 더 그랬다. 그 때문에 우리가 이혼 후에도 우정을 지속해온 걸지도 모른다. 차한수는 애정으로 얽히지 않는다면 어떤 대화도 할 수 있는 친구이자 동료였다. 시시콜콜한 문제도 차한수에게 털어놓으면 해결점이 쉽게 찾아지곤 했다.

"선배도 생각나려나. 내 친구 선재, 민선재를 만났어."

선재가 몹시 그리운 날에는 차한수와 술을 마시면서 그 아이 얘기를 간간이 늘어놓곤 했다. 차한수는 그때 이미 내 정체성을 눈치챈 걸지도 모르겠다.

"고등학교 때, 그 친구 말이지. 생각나고말고. 어떻게 라이벌을 잊을 수 있겠어. 무지 반가웠겠네. 어땠어? 설렘 아니면 실망?"

순수한 농담이 아니라는 걸 알기에 차한수를 향해 눈을 흘겼다. 선재가 나의 첫사랑이라는 걸 차한수도 알고 있었다. 또 내가 선재를 잊지 못했다는 것도. 아무리 감춰도 사랑은 들키기 마련이니까. 최윤지! 좀 솔직해져라, 적어도 나한테만은, 이라며 차한수가 급습해오면 속수무책일 때가 많았다.

"으음, 선배 말대로 반가웠어. 그러면서 깨달았지. 선재를 잊고 살았다고 생각했었는데, 그 아인 내 인생에서 잊힐 아이가 아니라는 걸. 근데……."

나는 숨을 한 번 골랐다.

"근데, 뭐? 자기가 예상한 모습이 아니었어? 하긴 세월이 얼마야. 사람은 변하기 마련이니까."

차한수의 질투가 고개를 쳐드는 게 느껴졌다. 이 남자는 언제까지 호시탐탐 기회를 노리는 걸까? 이모를 향했던 이모부의 끈질긴 구애가 이모를 얼마나 질리게 했을지 짐작이 됐다.

"모습이 변한 건 둘째 문제고, 선재가 나를 대하는 게 이상했어. 나를 무슨 원수 대하듯 하더라고."

"왜? 어디가 아픈 거야? 혹시 알츠하이머 같은 건가?"

"오랜 지병으로 몸이 아프긴 했지만, 알츠하이머는 아닌 것 같았어. 선재의 아들한테 그런 말을 듣지 못했거든. 그냥 내가 싫은 거였어."

"아들이라고? 결혼했단 말이야? 아들까지 낳았고……."

차한수도 선재가 남자와 결혼해서 아들을 낳았다는 게 의외라는 반응이었다. 팔짱 낀 팔을 풀어 손으로 턱을 괴었다. 이지러진 차한수의 왼쪽 볼에 주름이 잡혔다. 줄곧 보아온 얼굴이었지만 차한수의 나이가 느껴졌다. 이제 늙어가는 일밖에 남아 있지 않은 초로의 남자는 쓸쓸하고 외로워 보였다. 차한수도 나를 바라보면 그런 비슷한 느낌을 받을 것이다. 중년을 넘기고 노년을 향해 내딛는 걸음이 빨라지는 것에 일말의 책임이 느껴졌다. 인생에서 털고 갈 게 있다면 털어내야 한다는 생각이다. 최소한 털어낼 마음가짐이라도 가

214

져야 하리라. 이모가 자서전을 내고 싶은 마음과 크게 다르지 않았다.

"그 아들이 나한테 뭐라는 줄 알아?"

"뭐라 했는데?"

"선재가 나를 그렇게 대하는 이유를 모르겠냐고 되묻더라. 무슨 말인가 싶었는데 나도 그 이유를 알게 되었어."

나는 민혁이 전해준 수진의 편지의 내용을 말했다. 내 기억엔 없지만 분명 내 필체더라는 말과 함께.

"세상에나! 어떻게 그렇게까지. 어린 게 영악도 하지. 천사의 얼굴을 한 악마였군. 왜 그런 짓을 했던 거야?"

나는 쓴웃음을 짓기만 했다.

"강수진이 상처를 많이 받았겠지만 자기도 어린애였잖아. 그럼 그거 때문이라는 거야? 민선재가 자기를 원수 대하듯 했던 게 말이야. 근데, 그건 좀 심하다. 그만큼 세월도 지났고, 자기가 강수진한테 왜 그렇게 했는지 민선재도 알고 있었을 거 아니야."

"그뿐이 아닌 거 같아."

"뭐가 또 있는데?

"장난하지 말고. 나 장난할 기분 아니거든."

나는 수진의 일기장 얘기도 했다. 나도 몰랐던 내가 거기에 있더라고. 물론 수진의 개인 기록인 걸 고려할 때 백 퍼센트 주관적인 수진의 입장에서 서술된 거라고 할지라도, 내가 파렴치한이라는 건 빼도 박도 못하는 사실이었다.

"자기가 왜 이모님 자서전을 참회에 초점을 맞추려고 하는지 이해가 되긴 하네. 하지만 이모님의 자서전과는 별개로 자기는 자기대로의 문제를 풀어야 하지 않을까? 선재를 다시 찾아가보지 그래. 단지 편지 때문만이 아니고 다른 뭔가 더 있는 거라면 자기가 알아야 하지 않을까. 암튼 당신이 평생 잊지 못했던 사람과의 해후는 축하해줘야 할 일이네. 다시 시작을 하든, 아니면 마음에서 완전히 떠나보내든 간에."

나는 그렇다고 해도 차한수, 당신은 뭐가 되는 건데? 그런 생각이 들었지만 차마 말로 하지 못했다. 내가 어느 상황에 있더라도 차한수는 내 편이 되어줄 사람이었다. 이모에게 그 사람도 그런 존재가 아닐까? 차한수와 헤어지고 집으로 돌아오는 길에 이모가 했던 말이 생각났다.

— 그 사람과 산 세월이 삼십 년이야. 자서전 내는 일은 그 사람이 먼저 생각해낸 거고. 처음엔 사랑으로 만났지만, 지금은 가족 같은 사람이야. 그 사람도 미란 언니에 대한 내 죄책감을 알았거든. 그 사람도 늙고 나도 늙었어. 우린 인생 끝까지 갈 거다. 어떤 일이 있어도 안 헤어져. 그런 우리가 이제 뭘 숨기고 자시고 하겠니. 내 인생뿐 아니라 그 사람 인생도 기록해줘. 특히 나 수술했을 때의 상황이나 그 사람의 다친

마음도 기술해줘. 이성이니 동성이니 다 떠나서 사람답게 살아가는 모습만 명확하다면 무슨 문제될 게 있겠니? 윤지야, 내 생각은 그렇다.

그 사람을 자서전에 어떻게 그려야 할지 모르겠다고 하자 이모는 그렇게 말해주었다. 세상 편견을 고려할 때 비일반적인 잣대를 염려하는 나한테 이모는 일침을 놨다.

책이 출간되었을 때 외가와 이모부의 반응은 불 보듯 뻔했다. 첫 번째 표적은 아무래도 이모와 작당 모의로 자서전을 출간한 내가 될 것이다. 하지만 그 정도 비난은 이모가 입이 쩍 벌어지게 챙겨준 원고료로 충분히 감수할 수 있다. 가장 조심스러운 건 아무래도 형서였다. 이모도 형서 문제만큼은 자유로울 수 없을 것이다. 결혼식장에서도 이모를 투명 인간 취급했던 형서였다. 만약 형서를 자서전에서 아예 빼버린다면? 이모를 아이 없는 사람으로 다시 설정해야 할 테고 수술 동의서의 의미도 축소될 것이다. 나는 형서한테 연락이 왔느냐고 또 이모한테 물어야 했다.

— 형서한테 기대 안 해. 결혼식에 가본 걸로 나는 만족한다. 즈들만 잘 살면 돼.

기대하지 않는다고 하면서도 이모 목소리가 떨렸다. 이모의 사랑과 별개로 이모에게 모성은 인간이라면 마땅히 가지고 있는 또 다른 본성일 테니까.

16

동네를 산책하고 있을 때 주머니에서 휴대전화 벨이 울렸다. 민혁이었다. 화면에 뜬 이름을 보자 긴장감으로 온몸이 얼었다.

수진의 일기장에 나오지 않았지만, 또 다른 일이 있었던 게 분명했다. 차한수 말대로 선재를 또 봐야 하는 걸까. 선재와 민혁은 내가 진실을 알고 있으면서도 모른 척해왔다고 여기는 것 같았다. 누락시킨 기억의 파편은 도대체 얼마나 뾰족하고 날카로웠던 걸까? 망각의 늪에서 그걸 건져 올렸을 때 내가 감당할 수는 있는 걸까?

"아, 민혁 씨. 안녕하세요."

"글쎄요, 안녕치가 못하네요."

민혁은 실컷 몸살을 앓고 난 사람의 목소리였다.

"어디 몸이 안 좋은 건가요? 목소리가 왜 그래요?"

"제가 아니라 어머니가 많이 안 좋아지셔서요."

호텔 로비에서 만났던 선재의 모습이 떠올랐다. 마른 체구와 비척거리는 발걸음, 부석부석하던 피부와 병색이 완연했던 얼굴. 거기서 더 안 좋아졌다니. 심장이 뛰면서 입술이 말랐다. 일주일에 세 번씩 투석 치료를 받던 선재의 오른쪽 팔 혈관이 망가져서 왼쪽 팔에 기계를 심어야 하는데, 쉽지 않다고 했다.

"선재를 다시 봤으면 싶은데, 여전히 나를 거부하겠지요."

"따로 여쭤보진 않았지만, 어머니 마음이 쉽게 풀어지시긴 어려울 겁니다."

민혁은 왜 나에게 선재가 위독하다는 것을 알려준 걸까. 차라리 아무것도 모르고 지나가는 게 서로에게 나았을지도 모르는데.

"분명한 사실은……."

내가 뭐라고 말을 해야 할지 몰라 주춤거리자 민혁이 말끝을 흐렸다.

"분명한 사실이 뭔데요?"

민혁은 단순히 선재의 상태를 알리기보다 다른 저의가 있어 전화를 한 것 같았다. 내게 하고 싶은 말이, 꼭 전해야 할 말이 있는 건 틀림없었다.

"수진의 일기장 말고, 또 다른 무언가가 있는 거지요. 속 시원하게 말을 좀 해줘요. 나도 너무 답답하니까."

"정말 그렇게 아무 생각이 안 나시는 겁니까?"

민혁은 또다시 수수께끼를 던지고 있었다. 이들 모자가 내게 끊임없이 요구하는 기억의 실체는 무엇일까? 생각이 나지 않는 실체에 관해 무의식적으로 느끼는 나의 두려움은 또 뭘까?

"민혁 씨가 뭘 얘기하고 싶은 건지 정말 모르겠어요. 민혁 씨가 보기에 내가 거짓말을 하는 거 같아요? 아니에요. 아니라고요."

"정말 강수진 씨의 죽음에 관한 진위를 모르신단 말입니까? 짐작도 안 되나요?"

민혁의 목소리에서 흥분과 노기가 느껴졌다. 민혁은 나를 만난 이후로 계속 몰아세우기만 했다. 나한테 죄책감을 깨닫게 해주겠다는 일념 하나로 똘똘 뭉친 사람 같았다.

물론 나도 안다. 수진에게 욕설 가득한 편지를 보내고 그녀를 찾아가서 못된 행동을 한 것은 잘못된 일이다. 그러나 삼십여 년이 지난 일이고 두 사람 관계는 지속되다가 수진이 불의의 사고로 세상을 떠난 것이다. 이후 선재가 남자를 만나 아들까지 낳았다면 덮고 지나갈 수 있는 과거에 불과하다. 지금 와서 모자가 나한테 이렇게까지 책임 추궁을 해야 할 일은 아니다.

"강수진이 죽은 건 교통사고 때문이었잖아요. 나는 걔 장례식에도 다녀온 사람이라고요."

나는 확신에 찬 목소리로 말했다. 장례식 다녀온 걸 말한 이유는 나도 수진의 죽음을 애도했다는 변명이기도 했다.

"교통사고라고요? 어떻게 그렇게 쉽게 말씀하실 수가 있죠. 손바닥으로 하늘을 가릴 수 있다고 생각하시는 겁니까?"

민혁이 흥분하고 있는 게 느껴졌다. 고등학교 동창 사이에 나돌았던 수진의 허무맹랑한 소문이 생각났다. 소문 자체는 생각이 나지 않는데 음해에 가까운 발언이었던 것만 기억났다.

"수진이 교통사고로 죽은 게 아니었단 말인가요? 민혁 씨는 수진이의 죽음에 대해 아는 게 많은 사람 같군요. 그 아이가 죽었을 때 민혁 씨는 태어나지도 않았잖아요?"

나이도 한참 아래인 민혁이 나를 깔아뭉개는 태도가 상당히 불쾌했다. 민혁이 수진의 죽음에 대해 뭔가를 알고 있다면 그것은 선재를 통해서 들은 내용일 것이다. 어차피 다 주관적인 생각일 뿐이다.

"손바닥으로 하늘을 가리다니요? 내가요? 도대체 그게 무슨 말이에요? 내가 수십 년 전에 죽은 친구, 아니 동창의 죽음 때문에 왜 이런 모욕적인 말을 당신에게 들어야 하죠. 선재를 생각해서 참으려고 해도 도저히 참을 수가 없네요."

나도 내친김에 마구잡이로 말을 쏟아냈지만, 가슴을 꽉 막고 있던 체증은 여전했다. 휴대전화 너머 세상이 조용했다. 마치 민혁이 전화를 끊어버린 게 아닐까 싶을 만큼.

　"여보세요. 민혁 씨! 내 얘기 듣고 있나요?"

　"네, 듣고 있습니다. 더 말씀하십시오."

　민혁의 어투가 갑자기 차분해졌다.

　"아니요. 더 할 말이 없어요. 이젠 민혁 씨가 말해봐요."

　"강수진 씨의 장례식에 다녀왔다고 하셨지요."

　"그래요. 수진이와 친하진 않았지만 다녀오긴 했어요. 수진과 친했던 애들 가는 길에 묻어갔던 거 같네요. 너무 오래된 일이라 생각이 잘 안 나지만요. 그건 왜 확인하는 거죠?"

　"다녀오셨으면서도 몰랐나요?"

　"뭘요?"

　"강수진 씨의 죽음에 대해서요."

　이번엔 내가 숨을 고르느라 대답을 하지 못했다. 삼십여 년이 지난 수진의 죽음을 상세히 떠올린다는 것 자체가 썩 유쾌하지 않았다. 더군다나 내가 수진에게 편지를 썼다는 사실을 얼마 전에 알아버린 상태라 더더욱 그랬다.

　민혁과의 대화는 거기서 끝났다. 민혁은 나에게 무언가를 끊임없이 요구했고, 나는 그 요구에 부응하지 못했다. 말이 통하지 않는다는 것을 깨닫고 전화를 끊었다. 선재 건강

이 걱정되긴 했지만 민혁에게 사정하고 싶은 마음이 없어졌
다. 망각의 바다에 그물을 던져 잊힌 기억을 건져 올리는 일
은 쉽지 않았다. 감정의 맨 밑바닥에 찜찜함이 남아 있었지
만 그게 무엇인지 정확하지 않았다.

　숭숭 구멍이 뚫린 기억을 복원하기 위해 예전 수첩과 다이
어리를 뒤져서 고등학교 친구 두 명의 전화번호를 찾아냈다.
'선미'와 '영주'라는 친구였다. 빈약한 내 기억에 의지한다면
두 사람은 고등학교 1학년 때 나와 같은 반이었다. 손가락으
로 꼽아보니 두 사람과 연락하지 않고 지낸 시간은 십여 년이
다. 다행인지 두 사람의 휴대전화 번호가 바뀌지 않았다.

　처음 전화를 건 선미는 반가워했지만 지금 자기가 전화를
받기가 곤란하다며 나중에 연락하겠다고 했다. 영주도 반가
운 목소리로 내 근황을 물어왔다. 안부 인사를 건성건성 나누
고 영주와 바로 만났다.

　영주는 연락하지 않았던 시간을 호들갑으로 만회했고 나도
적당히 응해주는 척했다. 우리의 화제는 자연스럽게 고등학
교 때로 흘러갔고, 나는 영주에게 수진을 기억하느냐고 물었
다. 영주와 함께 수진의 장례식에 다녀왔던 게 생각났기 때문
이었다.

　"윤지, 네가 기억하는 아이는 내가 아니라 선미일 거야. 나
는 수진의 장례식에 가지 않았어. 우리 엄마가 가지 말라고

했고 나도 무서웠거든. 암튼 쇼킹한 사건이었지. 그때 우리 나이가 스물두 살이잖아."

영주는 그때 일이 생각나는지 몸서리를 치며 혀를 찼다.

"그때, 수진이가 교통사고로 죽은 게 맞지?"

나는 영주를 재촉하고 있었다. 민혁의 말이 틀렸다는 걸 증명하고 싶었다.

"겉으로 알려진 것만 그랬지, 뭐."

영주가 심드렁하게 말했다. 다 알고 있는 걸 새삼스레 확인하는 게 무의미하다는 듯이.

"그게 무슨 말이야? 속사정은 달랐다는 거야?"

"너 진짜 생각 안 나?"

"뭐가?"

"교통사고는 걔네 부모님이 꾸며낸 거라는 소문이 파다했 잖아."

등줄기가 서늘해졌다. 장례식까지 다녀왔으면서도 몰랐냐 는 민혁의 추궁이 귓전에 울렸다.

"꾸며? 왜?"

"왜라니? 수진의 부모님은 그렇게 둘러대고도 남을 분들 이었잖니. 너 걔네 아버지 몰라? 얼마나 체면을 차리는 양반 이었는데. 그땐 어려서 그냥 걔네 아버지를 어렵게만 생각했 는데, 나중에 생각해보니 좀 무서운 분이셨던 거 같아."

영주는 망각의 바다에서 아무것도 건져 올리지 못한 내 기억의 그물을 흔들었다. 수진의 아버지가 너무 엄격해서 수진은 중간고사나 기말시험이 끝나도 친구들과 놀지 못하고 집으로 곧장 가야 했다고 했다.

"넌 어떻게 그렇게 수진이 아버지를 잘 알아?"

"어머, 애 좀 봐! 1학년 때 수진이 우리 반이었잖아."

나는 머리를 갸웃거렸다. 수진이 1학년 때 우리 반이었다니. 나는 머리가 멍해지는 기분이었다.

"그럼, 선재는, 민선재는?"

내 기억을 좀처럼 신뢰할 수 없었다.

"선재가 뭐?"

"선재도 우리 반이었느냐고?"

"그럼! 우리 반 반장이었잖아. 넌 어쩜 그렇게 홀라당 다 까먹었니. 세월이 무시 못 할 정도로 흐르기도 했지만, 그래도 넌 좀 심하다. 너하고, 수진이, 선재는 소문난 단짝이었잖아. 그런 친구가 같은 반인 걸 기억하지 못하다니. 애, 너 벌써 치매 오니?"

영주는 기가 막히다는 표정을 지으며 농담을 던졌다. 내가 수진과 친구였다니. 그것도 우리 셋이 단짝 친구였다니. 나는 수진을 동창으로만 알고 있었다. 영주에게 더 이상의 뭔가를 묻기 두려워졌다. 기억의 스위치가 단단히 망가져 있었던 게 분명했다. 나는 더듬거리면서 교통사고가 아니면 수진이 어떻게 죽은 거였는지 아느냐고 물었다.

"소문이 분분했었지. 너도 나만큼은 들었을 거 아니야?"

"아니, 나는 전혀 몰라."

"얘는, 참! 이제 하는 얘기지만, 우리끼리 너와 선재는 어느 정도 알고 있을 거라고들 했었어. 근데 너희 둘이 입을 닫고 있다고 생각했지."

영주는 점점 모를 소리만 했다. 영주는 갑자기 생각이 난 듯 손뼉을 치며 1학기 중간고사 마지막 날 있었던 일을 이야기했다. 나와 수진이 친해진 계기였다면서 내가 영주에게 직접 들려준 얘기였단다. 나로서는 금시초문이다. 영주가 처음에도 말했듯이 수진의 집안이 워낙 엄격했단다. 부모님 두 분이 다 교직에 몸을 담았는데 특히 중학교 교장이었던 아버지가 유난이었단다.

엄격한 가정에서 자란 자녀는 대개 두 종류로 나뉜다. 집안 규칙에 따라 행동하는 모범생이 되거나 억압의 반작용으로 문제아로 성장하거나. 특이하게도 강수진은 모범생과 문제아의 경계에 있었다. 아버지 앞에서는 세상 다시없는 모범생이었지만 부모의 감시망을 피해 일탈을 일삼는 날라리였다고 했다.

중간고사 시험이 끝난 날이었단다. 그 시절 인문계 학생들이 누릴 수 있는 일탈이라고 해봤자 시험이 끝난 후 극장으로 몰려가거나 근처 남학교와 그룹 미팅을 하는 정도였다. 그날 수진은 두 가지를 다 감행했다. 그룹 미팅에서 짝이 된 남학생과 영화를 봤으니까.

나는 지금이나 그때나 그런 일에 도무지 관심이 없었다. 중간고사 마지막 날의 단체 미팅으로 웅성대거나 말거나 멀찍이 한발 물러나 있었다. 수진이 그런 나에게 부탁을 했단다. 학교에서 간부 회의가 있어 자신의 귀가가 늦을 거라는 말을 부모님께 전해달라는 것이다. 수진이 우리 반 부반장이었다는 것도 영주한테 들어서 알게 된 사실이다. 수진이 같은 반이었는지도 기억하지 못한 나는 그녀가 부반장이었다는 것 또한 잊고 있었다. 반장인 선재와 부반장 수진이 어지간히 붙어 다녔으리란 생각이 들었다.

수진이 미리 부모님한테 말씀드려놓았지만 엄격한 부모님은 같은 반 친구인 내가 한 번 더 말씀드려야 확실히 믿는다는 것이다. 수진은 자신의 일탈을 감추기 위한 도구로 왜 나를 골랐던 걸까. 딱 보기에도 내가 거짓말이라고는 손에 쥐었다가도 놓칠 듯 고지식하게 보인 탓일 거다. 그날 내가 수진의 집 초인종을 누르고 수진의 부모님한테 그 말을 전했는지 기억에 없다. 영주 말로는 그 일을 발단으로 나와 수진이 친구가 되었다고 하니 믿는 수밖에.

"너희 둘이 선재의 집에도 자주 놀러 갔었잖니. 선재가 반장인데도 가정 형편상 자주 결석을 해서 담임이 부반장 수진이한테 가정통신문 같은 걸 전해주라고 해서 너하고 수진이 같이 갔던 게 생각난다. 그래서 너희 세 명이 더 붙어 다녔던 거 같아."

영주 말에 의하면 선재와 수진은 반장과 부반장이어서 친하게 지냈고, 자신의 일탈을 도운 일로 나와 수진이 자연스럽게 친해졌고, 그렇게 셋이 단짝이 되었다는 얘기였다. 내 기억에 없는 생판 새로운 과거였다. 그러고 보니 임원 선출이 있었던 HR 시간에 반장 선거에 기권한 학생 한 명이 강수진이었을 수도 있겠다 싶은 생각이 들었다.

기억의 오작동은 어디서 연유된 걸까? 단순히 세월의 탓만으로 돌릴 수 없었다. 영주는 장례식에 나와 동행했던 선미가 수진의 죽음에 관해 더 자세히 알고 있을 거라고 했다. 영주와 헤어지고 집에 오는 내내 멍해졌다. 내 머릿속 망각과 기억은 지독히 선별적이라는 생각이 들었다. 어느 부분은 어제 겪은 일인 듯 선명했고, 어느 부분은 블랙홀에 빠진 듯 아득했다. 선별적인 과거 기억 속 '나'와 지금의 '나'가 동일인이 아닌 것처럼 느껴졌다.

17

영주를 만나고 며칠 지나지 않아 선미에게서 연락이 왔고 바로 만나자고 했다.

내가 아는 한 선미는 직설적인 성격이었다. 차한수와 이혼을 결심했을 때도 선미는 날카로운 조언을 서슴지 않고 해주는 친구였다. 우리 파경이 차한수 탓만은 아니라면서.

— 한수 씨가 밖에서 다른 여자를 만나고 다녔다니까 그러네. 그런데도 너는 그 사람 탓이 아니라는 거야?

내가 이혼의 정당성을 강하게 주장할수록, 선미는 팔짱을 끼고 나를 물끄러미 바라보았다. 내가 차한수 외도에 배신감을 느끼지 않는다는 것도, 내가 외도를 핑계로 결혼 생활을 끝내고 싶어 한다는 것도 다 안다는 태도였다.

— 너는 외도와 상관없이 이혼하고 싶은 거잖아.

선미 말에 뜨끔했다. 내 속을 유리알 보듯 들여다보는 선미 앞에서 피해자 행세는 통하지 않았다. 지금까지 차한수에 대한 미련을 버리지 못하는 오 여사도 그때만큼은 바람피운 사위를 용서하지 못하겠다고 펄펄 뛰었는데도 말이다.

— 여러 말 하지 말고 깨끗하게 이혼해. 공연히 추궁하거나 책임을 전가하면서 구질구질하게 헤어지지 말고.

내 속을 꿰뚫는 선미가 두려운 탓에 그녀를 피했다. 그랬던 것이 훌쩍 십 년을 넘긴 것이다.

"윤지야, 네가 전화한 날이 하필이면 우리 시어머니가 수술을 받으시는 날이라서 내가 정신이 없었어. 너희 엄마는 건강하시지?"

선미는 그날 전화를 급히 끊은 것부터 사과했다. 예전이나 지금이나 똑 부러지는 성격은 여전했다.

선미는 명백한 중년 아줌마였다. 선미 눈에 비친 내 모습도 별반 다르지 않을 것이다. 그때 고등학생이던 아들은 청년이 다 되었다고 했다. 괜찮은 아가씨가 있으면 얼른 장가를 보내면 좋겠다는 그 나이 때 엄마의 보편적인 얘기가 귀에 들어오지 않았다. 나는 얼마 전 영주를 만났다고 했다.

"어, 영주! 걔 어떻게 산다니? 영주도 보고 싶다. 오늘 영주도 나오라고 할걸. 오랜만에 동창회 하는 기분 좀 들게."

선미가 영주를 바로 기억해내는 게 신기했다. 오랫동안 소식을 끊고 지냈는데도 영주 이름을 기억하느냐고 물었다.

"왜 기억 못 해? 난 학교 다닐 때 영주가 줄기차게 입고 다니던 흰색 블라우스에 체크무늬 항아리치마도 기억난다, 얘! 그런 말이 있잖니, 사람은 나이 먹을수록 젊은 시절 추억으로 산다고."

선미의 말에 용기가 생겼다. 영주에게 물었듯이 선미에게도 수진을 기억하느냐고 물었다. 유독 옛날 일을 또렷이 기억하는 선미가 수진에 대해선 기억하지 못하길 바랐다. 기억력 좋은 선미가 수진을 기억하지 못한다면 수진이 동창들에게 흐릿한 사람이었다는 의미일 수 있으니까.

"그럼 기억하지. 근데, 갑자기 걔는 왜?"

"하긴 수진을 기억하지 못한다면 우리 학교 졸업생이 아니겠지. 너도 생각난다고 하니까 하는 말인데, 걔가 좀 예뻤니. 요즘 뜨는 연예인을 봐도 수진이 인물만은 못하다는 생각이 들더라."

선미의 반응을 보기 위해 나는 호들갑스럽게 선수를 쳤다.

"수진이가 예뻤다고? 강수진 걔가? 너 딴 애와 헷갈린 거 아니니? 엄청 못생긴 건 아니지만 뭐 그렇게 예쁜 축에 끼는 애는 아니었지. 그렇지만 걔가 끼는 다분했었지."

내 생각과는 전혀 다른 말이 나왔다. 눈에 띄게 예쁘지는 않았지만, 시험 끝나고 단체 미팅에 나가면 남학생들한테 이상하게 인기가 좋았다고 했다. 수진은 자체 발광하는 생물처럼 이목을 끌어당기는 매력이 있는 아이였던 걸까.

"걔네 집이 좀 사는 집이었잖니. 글쎄, 내가 수진이를 예쁘다고 기억하고 있다면 아마 걔네 집이 잘살았기 때문일지도 모르겠네. 부모님 두 분이 교직에 있었던 거 같은데."

영주한테 들은 말을 내 기억인 양 포장해 맞장구쳤다.

"맞아. 근데, 부모님 두 분이 교사였더라도 잘살긴 힘들었을 거야. 걔네 할아버지가 어느 학교 이사장이라고 했잖아. 윤지 너한테 들었던 거 같은데. 어느 면에서 안하무인일 정도로 당돌했던 것도 그런 배경이 뒷받침되었기 때문이라면서 말이야. 너도 수진이한테 맺힌 게 많았나 봐. 하긴 그럴 수도 있었을 거야. 걔하고 친하지 않은 우리도 그런 생각이 들었는데, 걔하고 친한 너는 더 심했을 거야. 수진이 걔, 옷 입는 것도 장난 아니게 고급스러웠잖니. 지금 같으면 고등학생이 명품 걸치고 다니는 급이었을 거다. 어디 그뿐이었나? 첼로를 전공해서 그런지 대중가요에 빠져 있던 우리랑 다르게 클래식만 들었잖아. 지금 생각하면 다 유치하지만 그때는 왜 그런 게 다 멋져 보였는지 몰라."

내가 수진의 할아버지 얘기까지 알고 있었다니. 금시초문인 얘기가 선미의 입에서 흘러나왔다. 얼마나 수진이를 지워버리고 싶었으면 이토록 기억이 파편적일 수 있는 걸까. 그만

232

큼 선재를 향한 내 마음이 깊었다는 의미일까. 선미 말에 의하면 수진은 밉지만 대놓고 미워할 수 없는 캐릭터였다고 했다. 나에게 수진은 가까운 친구인 동시에 멀리 있는 사람이었던 거다. 그 때문에, 수진이 인형처럼 예뻤다고 박제시킨 채 비뚤어진 악의의 잣대를 들이댔던 거였다.

"너, 혹시 걔 장례식에 다녀온 것도 생각나니?"

내가 조심스럽게 물었다. 선미도 수진의 어떤 부분은 생각나지 않을 수 있을 테니까. 나처럼 선미의 기억도 선별적이길 바랐다.

"그럼 생각나고말고. 애가 너무 영악해서 일찍 그렇게 된 게 아닌가 싶다. 나이를 먹고 보니 그런 생각이 들더라고."

내가 선미와 함께 장례식에 다녀왔다고 했던 영주의 말은 맞았다. 선미는 그날의 일을 어제 본 듯 기억하고 있었다. 삼십여 년이라는 물리적인 세월이 선미와 나한테 똑같이 놓여 있는데도 기억의 재생이 다르다는 건 충격이었다. 더 나아가 같은 장소에서 같은 사건을 경험했더라도 개인의 감정과 관점에 따라 얼마든지 다르게 작용하는 게 기억의 실체라는 것도 새삼 깨달았다.

"근데 있잖아. 너니까 하는 말인데, 나 사실 수진이에 관해서 별로 생각나는 게 없다. 고등학교 시절을 통틀었을 때 강수진만 도려내진 기분이야. 그러다 보니 수진이가 예뻤다 여기고 있었던 걸지도 몰라."

"어머, 그렇게까지 수진이 생각이 안 났단 말이야?"

선미는 눈을 동그랗게 뜨고 말했다. 선미와 자주 만날 때도 수진에 관한 얘기를 하지 않았다면 그만큼 수진의 존재가 우리 기억에 또렷하지 않았던 게 아니었냐고 반문했다.

"젊은 나이에 그렇게 죽은 친구 얘기를 할 게 뭐 있겠니. 지금도 윤지, 네가 먼저 물어보니까 예전을 떠올려보는 거지. 또 그때는 나도 사는 일에 머리가 복잡하고, 너는 너대로 이혼 문제로 골치 아팠을 때였잖니. 근데 너야말로 오랜만에 만나서 왜 느닷없이 강수진 얘기를 물어보는 건데?"

나는 선재의 아들을 만났다고 털어놨고 자연스럽게 선재와 친했던 수진이 생각났다고 둘러댔다. 민혁이 수진의 유품 때문에 나를 찾아왔다고 하지 않고 우연히 부딪쳤다고 했다. 물론 그조차 영주에게는 하지 않은 말이었다.

"어, 그랬구나. 근데 선재가 결혼을 했다니, 좀 놀랐는걸. 그럼 너도 선재를 만난 거야? 선재는 어떻게 살고 있어?"

선미도 선재가 결혼하고 아들을 낳았다는 것을 의아해했다. 민혁이 선재 아들이라고 했을 때 나 역시 선미와 비슷한 생각을 했다. 선미도 선재의 무엇을 알고 있었던 게 분명했다. 아니면 그 시절 우리 학교에서 떠돌았던 소문을 기억하고 있는 걸 수도 있다. 선미가 그 이상을 돌이켜 생각하지 않길 바랐다. 그 기억을 끄집어내는 일은 결국 선재 인생에 흠집을 내는 일과 다르지 않을 테니까. 선재 때문이 아니다. 결국 나의 무엇이 밝혀지는 게 두려운 것이다. 나는 그저 머리를 끄덕이거나 가로젓는 걸로 선미의 의혹을 잠재웠다. 선미는 내가 오랜만에 자신에게 연락한 이유가 수진과 연관된 선재 때문이라는 것을 간파하는 눈치였지만 선재에 관해 더는 묻지 않았다. 선미는 수진의 장례식 얘기로 화제를 돌렸다.

"그때 네가 먼저 나한테 장례식에 가자고 했잖니."

"내가 너한테 같이 가자고 했다고? 난 선미, 네가 가자고 해서 간 걸로 아는데."

선미는 내 기억의 오작동에 더 대응해주고 싶지 않다는 듯 머리를 절레절레 흔들고 얘기를 이어나갔다. 수진의 죽음은 우리에게 충격이었다. 수진의 죽음을 알게 된 몇몇 친구가 빠르고 신속하게 부고를 돌렸다. 우리가 모르던 지병이 있었다고도 했다. 뒤에 나온 말은 교통사고라고 했다.

선미의 말을 들으면서 조문을 갔던 기억이 나지는 않았지만, 장례식 장면은 스틸 사진처럼 떠올랐다. 수진의 영정 사진이 잊힌 기억만큼 희미하긴 했지만. 성숙미는 눈 씻고 찾아봐도 없는 수진의 얼굴은 천진난만한 소녀 그 자체였다.

"영주 말로는 수진이 교통사고로 죽었다는 건 순전히 걔네 부모님이 꾸민 일이라고 하던데, 그게 사실인 거니?"

완전히 고장 난 기억을 인정하면서도 내가 기대하고 있는 건 무엇일까? 진실을 마주했을 때 피할 수 있는 구실을 찾고 싶은 걸까?

"웬 교통사고! 걔, 우울증이 심했다고 했잖니. 그래서 학교도 휴학한 상태였고. 네가 걔 걱정하는 말도 했었잖아."

선미의 말투는 나도 당연히 알고 있는 사실을 재차 확인하는 거로 들렸다.

"우울증? 휴학? 너 혹시 걔가 운동권이었다는 건 알고 있었니?"

나도 선미에게 새로운 정보를 알려주듯 말했다.

"그래? 그건 정말 처음 듣는 얘긴데. 하긴 그 시절에 전경한테 돌 한 번 안 던진 애들이 어디 있었겠니. 글쎄다. 수진이 운동권이었다면, 걔네 부모님에 대한 반발심도 어느 정도 개입되어 있었을지 모르겠다."

선미도 영주가 수진의 부모님에 대해 했던 것과 비슷한 이야기를 했다. 부모가 너무 엄격해서 수진이가 그것 때문에 힘들어했고 부모님 뜻에 어긋나는 일탈을 저지르곤 했다고.

"그래서 우울증이 온 건가?"

"그랬을 수도 있을 거야."

"그렇다고 해도 그게 죽음의 원인이 될 순 없잖아. 무슨 몹쓸 병에 걸린 걸까?"

"우울증이 심해서 그렇게 된 거였다고들 했잖니, 왜……."

선미가 말끝을 흐렸다.

"그렇게 되다니? 무슨 말이야?"

"수진이 자살한 거, 말이야."

이맛살을 구긴 선미의 목소리가 작아졌다. 자살이라니. 등으로 얼음물이 쏟아졌다. 선미의 말투로 보아 모두 알고 있지만, 입 밖으로 내지 않았던 공공연한 비밀인 듯 느껴졌다.

"처음엔 소문으로 떠돌았고, 나중에는 아예 기정사실로 알았잖니, 우리 모두."

내가 채 말을 이어가지 못하자 선미는 '우리 모두'라는 말을 유독 강조했다.

"엄격한 부모님 때문에?"

"그야 모르지. 근데 나는 지금 생각해도 제일 이상했던 사람이 선재였어."

"걔가 왜?"

"너 정말 생각 안 나?"

선미가 어처구니없다는 듯이 물었다. 선미 말에 의하면 선재가 울지 않더라고 했다. 선미가 선재와 수진의 관계를 어디까지 알고 있는지 감이 잡히지 않았다.

"나는 정말 기억력이 나쁜가 봐. 그래도 어렴풋이 생각나는 게 있긴 해. 선미야, 고3 겨울방학 때 선재와 수진을 두고 이상한 소문이 돌아서 학교에서 쉬쉬했던 건 생각나니?"

은근슬쩍 선미를 떠보았다. 겉으론 무심한 척했지만, 손바닥에 땀이 찼고 심장은 오그라들고 있었다.

"이상한 소문? 그게 어디 고3 겨울방학 때뿐이었나. 두 사람이 꼬리표처럼 달고 다니던 거였잖아. 그래서 나도 선재가 이상하다고 한 거야. 그렇게 붙어 다녔던 수진이가 죽었는데, 울지 않아서. 참, 사람 기억력이란 재미있다. 같은 학교에 다녔는데도 우리가 기억하는 게 이렇게 다른 걸 보면 말이야. 사람의 기억은 정말 주관적인가 봐."

"기억이 주관적이라는 네 말이 맞다면, 우리가 잘못 알고 있는 걸 수도 있어. 두 사람의 깊은 우정이 와전된 걸 수도 있잖아."

"그건 진짜 아니야. 기억이 주관적인 것과는 별개로 진실은 변하지 않는 거잖아. 그래, 두 사람이 다 그런 건 아닐지 몰라도 적어도 한 사람은 그런 마음이었을 거야. 사실 소문이 아니더라도 우리 모두 느끼던 일이었잖니. 우리가 아무리 어렸다지만 그런 낌새를 알아차리지 못할 만큼 어린 나이는 아니었으니까. 단지 낯설었던 거야. 지금 같은 세상은 아니었으니까."

선미는 의미심장한 말을 던지면서 자신이 기억하고 있는 범위에서 그 사건을 말하기 시작했다. 선재와 수진의 애정 행각이 알려지면서 인근 인문계 고등학교 중 대학 진학률이 높았던 학교 이미지가 실추될까 봐 교사들이 전전긍긍했단다. 교무실에 전화를 거는 극성맞은 학부모도 있었다고 했다. 어쩌면 선미 어머니도 그중 한 명이었을지 몰랐다. 맏딸인 선미에게 기대가 컸던 그녀의 어머니가 야간자율학습의 저녁 시간에 맞춰 도시락을 가져오는 걸 종종 본 적이 있었다.

"나야말로 윤지, 너한테 좀 물어보자. 그 소문이 돌기 전부터 너는 알고 있었지?"

선미가 추궁하듯 내게 물었다.

"뭘?"

"걔들이 우정이 아닌 감정으로 친했다는 걸 말이야. 그렇게 붙어 다니던 네가 그걸 몰랐을 리가 없잖아."

영주가 우리 세 사람이 단짝이었다고 알고 있는 것처럼 선미 역시 그렇게 알고 있는 투였다. 사람의 기억이 똑같이 작용하지 않는다고 하더라도 두 사람이 각기 다른 시간에 입을 맞춘 듯 기억이 일치한다면 그건 사실일 확률이 높다.

"그러니까 내 말은 걔들이 1학년 때부터 그랬던 거냐? 둘 중 한 명은 분명 레즈비언이었던 거잖아. 아니면 둘 다 그런 성향이었든지. 그때는 너도 어려서 잘 몰랐을 수도 있었겠지만, 나중에 돌이켜 생각해보면 어떤 부분에서 그런 기미를 느꼈을 거 아니니?"

"네 말대로 우리 셋이 고1 때부터 친해서 줄곧 어울렸다고 하자. 물론 나는 그런 기억도 희미하긴 하지만 말이야. 어쨌든 걔네 둘이 소문처럼 정말 동성애 관계였고 걔들의 성정체성이 그랬다면 1학년 때도 그랬겠지. 열일곱 살이면 정신은 덜 성숙한 상태였지만 육체적으로는 거의 다 자라서 어린애라기보다 여인에 가까운 몸이었을 테니까. 즉 성적인 측면에 눈을 뜰 나이였으니까. 그렇다고 해도 걔들이 그걸 알았을까? 자기네도 혼란스러움을 겪는 중이었을지도 몰라. 즉 두 사람이 서로에게 끌리는 감정이 우정인지 애정인지를 정확히 판단하지 못한 상태였을 거라는 뜻이야. 본인들도 자신의 감정이나 끌림이 헷갈리는 판에 제삼자인 내가 어떻게 알아차릴 수 있었겠니? 우리가 아무리 단짝 친구라고 해도 말이야. 두 사람이 따로 만나서 어떤 감정이 오고 갔는지 나로서는 알 수 없는 거고."

마구잡이로 말을 쏟아낸 나는 긴 숨을 토했다. 머릿속에서 아우성치던 생각을 정리하고 있는 기분이었다.

"너는 마치 걔네 속마음을 꿰뚫은 거같이 말을 한다. 듣고 보니 네 말도 맞다."

선미가 내 말에 고개를 끄덕거리자 나는 부연 설명을 덧붙였다. 2학년이 되었을 때 나는 문과였고 걔들은 예체능 반이 되었다. 만약 두 사람의 관계가 동성애로 발전했다면 2학년 때부터였을 거라고 했다. 그들 사이에 관한 이야기가 사실이든 소문이든 나를 제외하는 방향으로 화제를 이끌었다. 내 속을 모르는 선미는 내 말에 설득이 되기라도 한 양 머리를 끄덕거리다 고개를 갸우뚱했다.

"그러면 더 이상하지 않니?"

"뭐가?"

"아까도 말했듯이 장례식장에서 선재는 울지 않았지만 너는 울었어. 정말 많이 슬퍼했거든."

"내가 울었다고?"

"응. 울었잖아. 너 정말 생각 안 나? 나는 너보다도 선재가 많이 슬퍼할 줄 알았거든. 네 말대로라면 문과로 간 너는 예체능 반이었던 걔들과 별로 친하게 지내지 않았다는 건데, 그때 내 느낌으로 너희 셋은 졸업한 후에도 엄청 친하게 지냈구나, 라는 생각이 들었거든. 그래서 너도 수진의 장례식에 간 걸 테고. 사실 나는 가려는 생각도 안 했는데, 네가 혼자 가기 어색하다면서 나보고 같이 가자고 했었어. 그리고 네가 많이 우니까 너는 수진이랑 친했으니 슬프겠구나, 했어. 내 기억이 정확한지 모르겠지만 지금 생각나는 건 그래. 아니야 틀림없어. 그날 내가 너 위로하느라고 힘들었던 생각이 나는데."

갑자기 할 말이 궁해졌다. 나는 장례식에 마지못해 갔다가 서둘러 빠져나온 기억만 날 뿐이었다.

"선미야, 네 기억이 맞다면 말이다. 선재는 왜 울지 않았던 걸까?"

이번엔 내가 선미에게 물었다. 우리 셋을 아무 사심 없이 바라보는 타인의 시선이 궁금해졌다. 그 기억이 맞든, 틀리든. 타인의 판단력은 포함되어 있을 테니까 말이다.

"나도 수진의 죽음에 펑펑 울진 않았어. 젊은 애가 너무 안됐다는 정도였지. 그렇다면 선재도 나와 같은 기분이었던 게 아니었을까?"

그러면서 선미는 자기 나름대로 선재를 분석했다. 선재가 분명 중성적인 성향의 아이였고 보이시한 매력이 있었다는 것은 인정한단다. 그래서 또래 여학생들에게 중성적 매력을 어필했을 뿐이지 동성애자는 아니었던 거라고. 오히려 수진이 레즈비언이거나 양성애자였을 가능성이 있다는 것이다. 그래서 수진이 중성적인 매력을 발산하는 선재에게 접근했다는 것이다.

"그래서 선재가 울지 않은 거란 말이야?"

"선재가 펑펑 울 만큼 슬플 이유는 없잖아. 어쩌면 선재는 수진이 부담스러웠을지 몰라. 자기는 수진에게 우정 이상의 감정이 아닌데 수진이 그 이상의 감정으로 접근했다면 말이야. 어쨌든 친구였으니까 장례식엔 참석했지만 그건 어디까지나 친구로서 의리였겠지."

"그럼 나는 왜 울었던 거냐?"

"그걸 지금 너는 나한테 묻는 거니? 글쎄다. 너야말로 진정한 우정에서 나온 눈물이겠지."

그렇게 말하는 선미가 고마울 따름이었다. 선미의 추론은 제법 논리적이었지만 간과한 게 많았다. 내 눈물이야말로 악어의 그것이었을 테니까. 선재를 향한 사랑을 감추기 위한 수단이었다는 생각이 들었다.

짐작하건대 수진의 장례식에서 울지 않은 걸로 선재의 아픔을 다 말할 수는 없을 것이다. 다른 건 다 잊어버렸어도 선재가 고통스럽게 일그러진 얼굴로 나를 쏘아보던 눈빛만은 너무 선연해서 잊히지 않는다.

그 시절을 함께한 친구들의 기억이 분분할수록 내가 만나야 할 사람은 선재뿐이었다. 이제 망각의 커튼을 젖히고 잃어버린 기억의 실체와 맞대면해야 한다는 생각이 든다.

순간, 망각 속에 떠오른 환청이 내 신경을 자극하기 시작했다. 달그락과 잘그락, 딸각과 짤각, 툭과 톡! 빈 도시락의 숟가락 부딪치는 소리와 쇠붙이가 스프링과 몸을 비비대며 내지르는 비명은 둘인 동시에 하나였다.

18

이모의 자서전 작업은 표지 디자인과 제목을 확정하는 일이 남았고 이모한테 최종 원고를 보내놓은 상태였다. 모처럼 시간이 났지만 나는 민혁한테 연락을 망설이고 있었다. 선재를 만나야겠다는 결심과 달리 용기가 나지 않았다.

민혁의 전화번호를 막 누르려고 했을 때 발신에 형서가 떴다. 우리 집으로 오겠다고 했다. 자기 엄마나 찾아갈 일이지 뜬금없이 나를 만나자는 이유가 궁금했다. 날짜를 따져보니 결혼한 지 한 달이 지났다.

우리 집에 온 형서 얼굴이 까칠했다.

"새신랑 얼굴이 왜 그래?"

형서는 손바닥으로 얼굴을 훑었다. 나를 찾아온 건 이모 때문이겠지만 정확한 건 들어봐야 알 것이다. 결혼 전 우리 집에 왔던 날처럼 싹수없는 말을 늘어놓는다면 가만있지는 않을 작정이었다.

오 여사가 형서를 불러 한마디 했다는 얘기를 전해 들었다.

— 네 아버지가 엄마를 괄시한다고 해서 너까지 자식의 도리를 저버리는 일은 있을 수 없다. 처가를 생각하는 네 입장도 이해하지 못하는 건 아니다. 식장에서 양가 부모님을 모시고 싶다는 네 뜻도 알겠다. 네 마음이 그렇다면 아름일 데리고 엄마를 찾아가서 정식으로 인사하는 게 우선이다. 아랫사람한테 명령하듯이 엄마한테 이래라저래라 하는 게 말이 되는 거더냐. 네 엄마도 그걸 섭섭해하는 거야. 결혼식 날도 그렇다. 네 엄마가 식장에 왔으면 본 척은 했어야지, 아름이도 있는데 그렇게 냉대하는 법이 어딨니? 너도 여러모로 속상한 게 많겠지만 네 엄마가 너한테 상처 주지 않으려고 어떤 선택을 했고, 어떤 희생을 치렀는지 너도 알잖니. 우리 같은 늙은이는 구닥다리라서 너희 엄마를 받아들이지 못한다지만 그래도 너는 젊으니까 그런 걸 이해해줄 수 있는 거 아니냐. 다른 건 몰라도 네 엄마가 너한테는 할 만큼 한 어미다.

오 여사의 한마디는 들어보니 일장 연설이었다. 무릎 꿇고 눈물을 머금었던 형서는 오 여사한테 죄송하다고 했단다.

"그분, 아니 엄마는 어떻게 하고 계셔요?"

이모를 엄마라 부르는 형서를 뻔히 쳐다보았다. 오 여사의 일침이 효과가 있었던 걸까.

"이모와 누님, 두 분 보기에 제가 천하의 몹쓸 놈이었겠지요. 두 분도 그럴 텐데, 엄마는 더 괘씸하시겠지요. 제가 어떻게 그걸 모르겠어요. 하지만 누님, 저라고 엄마가 안 그리웠겠어요? 저도 살면서 좋은 일이나 나쁜 일이나 무슨 일이 생길 때마다 가장 먼저 생각났던 사람이 누군 줄 알아요? 바로 엄마였어요. 대학 졸업할 때도 그랬고 취직했을 때도 엄마한테 가장 먼저 기쁜 소식을 알리고 싶었다고요. 아름이와 사귀게 되었을 때도 가장 먼저 엄마한테 아름일 소개하고 싶었어요."

지난번 우리 집에 왔을 때와 많이 달라졌지만, 흥분된 목소리는 여전했다.

"그러니까 결혼 전에 아름이랑 찾아갔으면 좀 좋았냐. 형서야, 지금도 늦지 않았어."

형서가 이모의 마음을 어떻게 헤아릴 수 있을까. 이모네 집에 갔던 첫날 퓨전 한정식 대표를 두고 드러냈던 이모의 바람이 누구를 향하고 있었는지 형서는 모른다. 아름일 궁금해하던 이모의 애타는 표정을.

"그렇지만 누님……."

"그래, 말해봐."

"아빠는요? 아빠가 그토록 싫어하는 엄마를 받아들인다면 아빠가 너무 불쌍하잖아요. 만약 제가 엄마 편으로 돌아선다

면 아빠는 절 안 보실 거예요. 누가 뭐라 하든지 아빠가 희생
자였다는 제 생각은 변함이 없어요."

나는 말문이 막혔다.

"그리고, 또 있어요. 아름이한테 뭐라 얘길 하고 엄마를 찾
아뵈야 하는 걸까요? 차마 내 입으로는 말할 수가 없었어요.
그런데……."

"근데 뭐?"

"그날 아름이도 눈치챘어요."

형서가 고개를 떨어뜨리며 말했다. 이모가 워낙 유명인이
라 아름이도 이모의 얼굴을 몰라봤을 리 없다는 생각이 들었
다. 그런데 형서는 이모 얼굴을 알아봤다고 하지 않고 눈치챘
다고 표현했다. 아름이가 눈치챈 범위가 어디까지인지 궁금
했다. 심상치 않았던 결혼식장 분위기를 아름이라고 몰랐을
리 없다. 외가 식구들이 형서와 아름을 이모의 시선으로부터
철통같이 방어했지만 미묘하고 어색했던 분위기를 커버하기
는 역부족이었다.

"아름이도, 아니 올케도 알 건 알아야지."

애써 담담한 척했지만 내 언성도 어느새 높아지고 있었다.

"아름이도 다는 몰라요. 아름이가 거기까지 알면 안 되죠.
다만 그날 이태리에 있어야 할 엄마가 느닷없이 등장한 것만
알았다는 거죠. 아름이는 엄마한테 인사드려야 하는 거 아니

냐고 했지만 제가 말렸어요."

"그래서? 올케한테 너는 뭐라고 대답을 해줬니?"

"제가 뭐라고 대답했을까요?"

형서는 속이 타는지 물 한 잔을 단숨에 들이켰다.

"형서야, 냉정하게 들릴지 모르겠지만, 이건 누가 잘못한 일도 아니고 누구에게 책임을 전가시킬 일도 아니야. 형서, 네가 해결해야 할 네 문제야."

"잘 모르겠어요. 엄마는 왜 하필……. 누님, 생각해보면 제가 제일 큰 피해자일 수도 있어요. 왜 우리 엄마는 다른 집 엄마들처럼 남편과 자식이랑 평범하게 살면 안 되는 거냐고요. 어떻게 보면 엄마야말로 정말 이기적인 분이라는 생각만 들어요. 남자인 아빠를 받아들일 수 없었다면 애초에 결혼 같은 건 하지 말았어야지요. 그래요, 좋아요. 제가 두 분 관계까지 간섭할 수는 없다고 쳐요. 하지만 적어도 나는 낳지 말았어야지요. 이게 도대체 뭐냐고요? 이모는 저한테 그러시더라고요. 엄마가 저를 위해서 희생할 만큼 희생하셨다고. 저는 그렇게 생각하지 않아요. 엄마는 자기 사랑만큼은 끝까지 포기하지 않았잖아요. 그렇게 모성이 강한 분이었다면 절 위해서, 하나뿐인 아들을 위해서 포기하실 수도 있는 일이잖아요. 제가 처가와 아름이한테 엄마에 관해 뭐라고 변명을 해야 하는 거죠? 결혼식 날 이후 친구들도 물어봐요. 그날 불쑥 나타난 엄마의 존재에 대해서요. 차라리 아빠와 이혼하고 다른 분과 재혼한 게 훨씬 낫겠어요. 평생 여자 애인을 두고 산 엄마를 누가 이해할까요? 세상이 변했다고요? 동성애자의 결혼을 허락해주는 나라도 있고 퀴어 축제를 찬성하는 사람들도 많다고요? 네, 저도 안다고요. 세상이 많이 변했다는 걸. 저도 주위에서 그런 일을 가끔 듣기도 해요. 요즘은 커밍아웃한 걸 인정해주는 분위기죠. 하지만 동조하는 사람보다 곱지 않은 시선을 가진 사람이 더 많을걸요. 더군다나 엄마는 옛날 사람이에요. 누가 엄마를 정상이라고 생각할까요?"

다소 이기적이긴 했지만 형서의 말도 일리는 있었다. 입장이 다를 뿐이지 나름대로 속앓이해온 형서를 이해 못 할 것도 없었다.

"네 말대로 이모는 옛날 분이셔. 지금도 이해받기 힘든데 누가 그 시절의 이모를 이해해줄 수 있었겠니. 그 때문에 이모가 외가에서 어떤 대우를 받고 살아왔는지 너도 알잖니. 너희 아버지가 지금껏 이모에게 퍼부은 부당한 요구를 다 감내하고 살아오셨어. 네 말대로 당신 사랑을 지키기 위해서. 하지만 자식인 너마저도 엄마한테 등을 돌린다면? 세상의 눈이 두렵고 이모가 원망스러워서 그렇다고 치자. 하지만 네 속마음도 그런 건 아니었잖아. 너도 아버지와 세상 이목 때문에 그랬던 거잖아. 형서 네가 이모한테 엄마로서 자식인 너를 위해 왜 무조건 희생하지 못했냐 했듯이 너 또한 엄마한테 남들처럼 손가락질한다면, 뭐가 다른 거냐? 그건 불행이야. 이모의 불행뿐만 아니라 너한테도 크나큰 불행이다. 이모의 모든 것이 공개되어 네가 고통받으면서까지 이모를 받아들이라는 게 아니야. 너의 그 진심, 엄마를 향한 자식으로서의 애정과 사랑은 이모한테 솔직하게 표현했으면 좋겠다는 거야. 나는 네가 용기를 내줬으면 좋겠지만, 선택은 네 몫이지."

머리를 수그리고 앉은 형서는 손등으로 눈가를 훔쳤다. 나는 주방으로 가서 따뜻한 차 한 잔을 가져다주었다. 차를 다 마시고 찻잔을 내려놓으면서 형서가 입을 뗐다.

"거기에 다 나오는 거겠지요. 엄마와 짱가 이모…… 그분 얘기도."

형서는 이모의 자서전에 신경이 쓰이는 모양이었다.

"아무래도 그렇지. 이제 마무리 작업만 하면 거의 끝나."

"있잖아요, 누님. 자서전 말인데요. 솔직히 접었으면 좋겠어요. 제 생각은 그래요. 그럼에도 불구하고 엄마가 그대로 강행한다면 엄마한테 나라는 존재는 없다는 걸로 받아들이겠어요. 하긴 엄마는 늘 그래오셨지요. 나와 아빠보다도 당신 일과 사랑이 가장 중요했으니까요."

결국 나를 찾아온 형서의 목적은 이모의 자서전 포기였던 걸까? 나는 이마를 짚으며 숨을 골랐다. 형서의 푸념이 이어질까 봐 겁이 났다.

"책이 나오기 전에 네가 먼저 아름이한테 이모에 관해 얘기하는 게 낫지 않을까?"

형서의 안색을 살피면서 조심스레 제안했다.

"누님 말대로 자서전이 나오기 전에 제가 먼저 아름이한테 얘기하는 게 순서겠지만 죽어도 용기가 안 나요. 그걸 어떻게 제 입으로 해요. 전 못해요. 지금이라도 엄마를 찾아가 사정을 해볼까요?"

내가 생각하는 지점과 형서가 의도하는 지점은 달라도 너무 달랐다. 저절로 한숨이 터졌다.

"너희 모자 문제에 나는 뭐라고 할 말이 없구나."

"누님이 엄마한테 말씀 좀 해주세요. 아름이와 찾아갈 테니까…… 아니에요. 관두세요. 제가 직접 연락드리고 찾아가는 게 나을 듯싶네요."

형서가 망설이면서 생략했던 말을 짐작할 수 있었다. 아름이와 함께 이모한테 인사를 가는 대신, 이모의 여자가 자리를 피해주길 바라는 것일 테다.

이모한테 끝까지 일말의 기대를 거는 형서였다. 의자에서 몸을 일으킨 형서가 잠시 휘청거렸다. 형서는 이모 자서전이 출간되지 않기를 바라는 마음이 더 클 것이다. 자서전만 아니라면 자신을 낳아준 어머니가 평생 여자 애인을 두고 살았다는 말은 굳이 아름과 처가에 하지 않아도 될 테니까.

형서를 보내놓고 나는 스스로에게 묻고 있었다. 동성애자였던 자기 엄마를 숨기고 싶어 하는 형서를 내가 나무랄 자격이 있는가에 대해서. 나 자신의 정체성도 철저히 숨기고 살아온 주제에 누구를 비난할 수 있을까. 내게 남겨진 숙제도 해결하지 못하는 지금 상황을 돌아봤다. 영주와 선미와의 만남 이후로 수진의 죽음에 대한 의혹은 커지기만 했다. 수진의 죽음에 관한 진위를 밝히는 게 내가 풀어야 할 숙제의 마지막 관문이었다.

형서가 다녀간 다음 날 이모로부터 최종 원고를 다 검토했다는 연락이 왔다.

이모 아파트는 등록된 방문자 차량만 바리케이드가 열리는 시스템이다. 이모가 내 차 번호를 등록해놓았는지 바리케이드가 올라갔다. 처음에 헤맨 것과 달리 지하 3층 주차장으로 가는 길이 익숙했다. 그동안 오 여사는 한 번도 이모 집에 와보지 못했다. 나한테 같이 가자고 옆구리를 찔렀지만, 이모가 반기지 않았다. 내가 이모 집을 방문하는 목적은 순전히 자서전 녹취 때문이었다. 아무리 언니라 하더라도 오 여사 앞에서 자기 인생을 미주알고주알 말하고 싶지 않았을 것이다.

3층 지하에 주차하고 이모에게 도착했다고 전화했다. 이모는 저녁을 먼저 먹자고 하면서 주차장으로 내려오겠다고 했다. 주차장에 내려온 이모는 여자와 함께였다. 나란히 걸어오는 두 사람은 의좋은 자매처럼 보였다. 오랜 세월을 함께한 연인은 가족 같은 분위기를 풍겼다.

"윤지 씨, 안녕하세요? 어서 오세요."

여자가 밝은 표정으로 내게 먼저 인사를 건넸다. 나는 엉거주춤한 태도로 여자의 인사를 받았다.

"얘, 너 완전히 당황했구나. 뭘 그렇게까지 놀라, 놀라긴! 새삼스럽게."

이모는 세상 다시없이 편한 얼굴이었다. 육십대 초반으로 보이는 여자의 자태가 고왔다. 나는 여자에게서 이모의 첫사랑 미란을 찾고 있었다.

세 사람이 도착한 음식점은 이모 집에 처음 왔던 날 갔던 그 한정식 집이었다.

"난 여기 별로더라. 정식 한정식도 아니고, 무슨 얼치기 같아서."

여자가 자리에 앉으며 투덜거렸다. 이모가 여자 쪽을 돌아보며 입을 비쭉거렸다.

"한 끼 먹는데, 까탈은! 윤지야, 이 사람이 이렇다. 내가 아주 피곤해요."

이모가 머리를 절레절레 흔들었다.

"당신 건강 생각해서 그러는 내 맘을 알까 몰라. 나이도 있는데 될 수 있으면 속이 편안한 음식을 먹는 게 좋잖아요. 아팠을 때를 생각해봐요. 수술까지 받고도 정신을 못 차린다니까. 윤지 씨, 이모 성격 좋은 거 같지요? 천만에요! 얼마나 막무가내인데. 나이가 칠십인데도 일곱 살 어린애가 따로 없다니까요."

"아니, 무슨 소릴 하는 거야? 여기 음식은 왜? 속이 불편한가. 쓸데없는 소리는!"

한마디도 양보하지 않는 두 사람의 설전이 위태해 보일 지경이었다.

"그만합시다. 당신 조카도 불편하겠어요. 내가 언제 한 번이라도 당신을 이기고 산 적이 있었나."

"지고 산 것도 없지, 뭐!"

두 사람이 의좋은 자매에서 앙숙인 시누이 올케로 변하는 게 순식간이었다. 나는 어색한 몸짓으로 두 사람에게 물을 따르고 수저를 놓았다. 두 사람은 오래 살아서 사사건건 트집을 잡다가도 상대의 건강을 살피는 여느 부부와 다르지 않았다. 아버지가 살아계실 때 오 여사와 아버지를 보는 듯했고 외삼촌 내외분들이 투닥거리는 모습이 떠오르기도 했다.

"애, 윤지야 우리가 이러고 산다. 우린 정말 안 맞아. 이 사람 잔소리에 내가 더 늙는다."

이모가 미간을 찌푸리며 입을 삐죽거렸다.

"아이고, 누가 할 소리를 하십니까?"

이모한테 한마디도 지지 않고 여자는 되받아쳤다. 저절로 웃음이 나왔지만, 나는 손으로 얼른 입을 가렸다.

음식이 차려지자 여자가 이모의 개인 접시에 음식을 일일이 덜어주었다. 두 사람은 설전을 계속하면서도 서로를 살뜰히 챙겼고 이모는 투덜대면서도 맛있게 먹었다.

저녁 식사를 끝낸 우리는 이모 아파트로 올라갔다. 여자는 차와 과일을 내주고 방으로 들어갔다. 내가 함께 있어도 상관없다고 하자 여자는 웃으면서 손사래를 쳤다. 밥 한 끼 먹었을 뿐인데도 금세 친근감이 느껴지는 사람이었다. 차분한 외모와 달리 수더분해서 호감이 갔다. 이모와 함께 산다는 걸로 선입견을 품고 있었던 게 미안했다.

"제목? 음, 지금 그냥 드는 생각인데, 이반이라는 말이 있지 왜?"

책 제목에 관해 말을 꺼내자 이모가 한 말이었다. 이모 말대로 이반異般이라는 말이 있었다. 동성애자들이 스스로를 지칭하는 단어였다.

"이반이었음에도 그걸 상실하고 산 게 아닌가 싶은 생각이 든다. 이반실격이었다고나 할까?"

이모가 쓸쓸한 표정으로 덧붙였다. 순간 나는 디자이 오사

무의 작품 '인간실격'이 떠올랐다. 인간으로서 자격을 상실했다는 자조적 의미로 붙인 제목이었다면 이반실격은 동성애자로서의 자격을 잃고 살았다는 말과 다르지 않을 것이다. 나야말로 '이반실격'으로 살아온 게 아닐까 하는 반성이 들었다.

"제목으론 너무 적나라한 거 같은데요. 자서전이라기보다 소설 제목 같기도 하고요. 한번 생각해볼게요."

"듣고 보니까 그렇기도 하네. 하긴 내가 뭘 알겠니? 차한수 씨와 같이 고민해봐. 그건 그렇고, 너 얼굴에 너무 티 난다."

"내 얼굴에 무슨 티가 나는데요?"

"너 나한테 할 말 있는 거지?"

이모도 눈치 백 단인 오 여사 동생이 맞았다.

"사실은……."

말을 꺼내긴 했지만 어디서 어떻게 이야기를 시작해야 할지 난감했다. 이모는 나를 물끄러미 쳐다보았다. 내가 이모 앞에서 난감할 일은 한 가지밖에 없다. 나도 알고 이모도 아는 일이다.

"사실은, 어저께 말이에요……."

"형서 얘기로구나. 형서를 만났니? 그 녀석은 나한테는 눈길 한 번 주지 않으면서 다른 사람은 뻔질나게 만나고 다니는구나."

이모의 말에 은근히 가시가 박혀 있었다. 걸핏하면 이모를 원망하던 형서에 비하면 이모는 겉으로 형서에게 서운한 감정을 드러낸 적이 없었다. 부모 속엔 부처가 있고 자식 속엔 앙칼이 있다고 하지만 부모도 감정을 느끼는 인간이다.

"그래서? 뭐야? 제 녀석이 한발 물러날 테니까 나보고 자서전을 출간하는 걸 포기하라는 거더냐? 형서 마음이 그런 거라니?"

형서가 나한테 쏟아낸 얘기를 아무리 완곡하게 표현하려 해도 형서의 의도를 숨길 순 없었다. 이모의 목소리에 처음으로 노기가 느껴졌다.

"그런 건 아니고요. 형서도 이모를 이해하려고 노력하는 거 같았어요. 비록 형서가 이모와 발을 끊고는 지냈지만, 이모가 엄만데 얼마나 보고 싶었겠어요. 형서 속도 말이 아닐 거예요. 형서도 아름일 데리고 이모한테 찾아올 생각이더라고요. 엄마가 형서를 불러서 알아듣도록 타이르기도 했고요. 이모도 아름일 보고 싶은 거였잖아요. 근데, 다만……."

이모 마음을 진정시키느라고 진땀이 났다.

"다만, 뭐?"

"저기, 저분 말이에요. 형서하고 아름이 왔을 때만큼은 자리를 좀……."

나는 목소리를 낮췄지만 끝내 말꼬리를 흐려야 했다. 발끈할 줄 알았던 이모는 손바닥으로 마른세수를 하고는 깊은 생각에 빠진 표정이었다.

"윤지야, 네 생각은 어떠니? 내가 지금이라도 자서전 내는 걸 관둬야 하는 게 맞는 걸까? 애들 보는 앞에서 저 사람을 치우는 게 뭘 의미하는 걸까? 저 사람을 외면하고 세상에 백기를 들라는 거잖아? 내가 자서전을 내려는 원래 목적이 뭐였는데? 이러다가 저 사람이 병들어서 아프게 되면 법적으로 우린 남남이니까 모른 척해야 하는 걸까? 만약 내가 불의의 사고로 저 사람보다 먼저 세상을 뜨게 되면 저 사람은 법적인 권리를 주장하는 우리 가족에게 버림받을 거다. 철저하게 내 그림자로 산 사람이니까 내가 죽으면 그림자가 무슨 권리를 주장하겠니? 형서가 바라는 건 결국 그런 거잖아. 자식은 나 자체를 인정하지 않아도 나는 자식을 위해서 어떤 일도 감수해야 하는 걸까? 한 사람의 인간이기 이전에 나는 형서 엄마니까."

이모는 마치 상대방이 아닌 관객을 향해 자기 속을 털어놓는 배우 같았다. 이모는 형서를 위해 자서전을 포기할 마음을 먹는 걸까? 만약 그렇게 된다면 이모의 자서전이야말로 영원히 '이반실격'으로 남겨질 것이다.

19

　자서전 출간이 이모의 고민이라면 나의 고민은 선재였다. 이모는 자서전을 통해 미란에게 참회했지만 나는 선재에게 제대로 된 사과조차 하지 못했다.

　"그렇지 않아도 제가 전화하려고 했습니다. 최 선생님, 저희 어머니를 한 번 더 만나시겠습니까?"

　민혁의 목소리에 나를 향한 적의가 느껴지지 않았다. 민혁은 선재를 요양 병원에 입원시켰단다.

　"얼마든지요. 근데, 선재가 걸려서 그렇죠. 몸도 편치 않은 사람을 자극하는 건 아닐까 싶네요."

　"어머니도 결심한 거 같습니다. 두 분이 만나서 사과할 게 있다면 사과하고 용서했으면 하는 게 제 솔직한 마음입니다. 병이 깊은 어머니가 미움을 간직하길 원하지 않으니까요. 그게 어머니를 위해서도 좋은 일이고요."

"선재가 무슨 결심을 했다는 겁니까?"

"만나면 자연스럽게 알 겁니다."

"선재 건강 상태는요?"

"점점 더 안 좋아지고 있습니다."

"무슨 방법은 없는 건가요?"

선새는 나를 미워하고 있지만, 선재를 향한 내 마음은 변함없었다.

"방법이 있긴 하지만……."

민혁의 목소리에서 고통이 느껴졌다.

"그게 뭔데요?"

민혁으로부터 선재의 병명을 듣고 인터넷을 찾아보았다. 투석에 이른 말기신부전 환자한테 유일한 희망은 신장이식뿐이었다. 현대 의학의 발달로 투석으로도 생명은 연장되지만, 일상생활을 유지하긴 힘들다고 했다. 투석이 길어지는 동안 합병증을 동반하는 병이었다. 신장이식 순번을 기다리며 투석을 하고 있는 선재도 혈관이 망가졌고 당뇨가 겹친 것이다.

신장이식 절차가 복잡했다. 신장 기증자가 나타나야 하고 기증자의 신장이 환자의 몸 상태와 적합해야 한다. 수십 년 전에는 불법이었지만 브로커를 통해 신장을 사는 일도 있었다. 지금은 거의 그런 일이 없다. 가장 안전한 방법은 가족의 자발적인 장기 이식이다.

선재의 유일한 가족이라면 민혁뿐이다. 어머니 생명을 살리고자 하는 의지만 있다면 자식으로서 두 개의 신장 중 하나를 떼어줄 수 있을 터였다. 물론 부모는 죽으면 죽었지, 자식 신장을 이식받아서 생명을 연장하고 싶지 않을 것이다. 하지만 이것도 자식이 혼인하지 않고 독신으로 있을 때 고민할 문제였다.

만약 자식이 결혼했을 경우는 배우자의 의견도 무시할 수 없다. 본인은 부모를 위해 신장 하나쯤은 떼어줄 수 있다고 여기겠지만 배우자 생각은 또 다르다. 자신의 배우자가 두 개뿐인 신장 하나를 떼어 부모에게 이식해준다고 하면 열에 아홉은 꺼렸다.

방법이 있다고 말한 민혁도 신장이식을 고려해서 한 말일 거다. 그런데 민혁이 말끝을 흐리는 걸 보면 내가 알고 있는 문제 중 하나에 걸려 있으리란 생각이 미쳤다.

"선재가 민혁 씨 신장을 이식받는 걸 거부하고 있나요?"

"물론 그렇기도 하지만 그게 다는 아니고요……."

민혁이 말끝을 또 흐렸다. 민혁의 석연치 않은 대꾸에 조바심이 쳐졌다. 선재가 민혁의 신장을 이식받길 완강하게 거부했고 민혁이 검사받는 거조차 허락하지 않고 있는 걸까?

"민혁 씨 결혼했나요?"

전화기 너머 잠시 정적이 흘렀다.

"아직 미혼입니다. 최 선생님이 뭘 염려하는지 알고 있습니다. 그 점에 있어서는 아무런 걸림돌이 없습니다. 그리고 저는 신장 하나로도 사는 데 지장이 없을 만큼 건강합니다."

"그런데도 선재가 싫다고 하는 건가요?"

안타까운 나머지 내 입에서 개는 아예 죽으려고 작정했군요, 라는 말이 불쑥 튀어나왔다. 나도 말은 그렇게 했지만, 선재 마음을 헤아리지 못한 건 아니었다. 자신이 살기 위해 자신의 유전적인 형질을 이어받은 자식의 신장을 기증받기 싫은 것이다. 자신의 유전적인 형질을 이어받았다면 그 자식도 신장에 이상이 생기지 말라는 법은 없다. 그렇다면 자식이 하나 남은 신장으로 여생을 건강하게 보내리란 보장을 할 수 없는 일. 부모로서 걱정이 되는 것도 당연했다.

"민혁 씨의 신장이 선재와 맞기만 한다면, 선재의 반대가 문제겠어요. 이건 내 생각인데, 민혁 씨가 주치의와 의논해서 선재 모르게 검사라도 받아보는 건 어떨까요?"

안타까움이 지나쳐 나는 아무 말을 마구 던지는 심정이었다. 과거 일로 선재가 나를 오해하고 미워하든 그건 하등 중요한 게 아니었다. 선재가 죽음의 그림자에서 벗어나는 게 시급한 문제였다. 예전 모습과 다르게 병들고 추한 모습일지라도 나한테 선재는 다른 누구도 아닌 선재였으니까.

문득 인생의 황혼을 향해 나란히 걸어가고 있는 이모와 여자의 모습이 중첩되고 있었다. 젊은 시절의 뜨거운 욕망이나 질투로 가득했던 시절은 내게 아득할 뿐이다. 아픈 선재에게 느껴지는 연민도 사랑일 거다. 선재와 나도 이모와 여자처럼 늙어갈 수 있다면.

"검사를 했습니다. 어머니 모르게요. 그런데……."

민혁의 목소리는 다시 침통했다. 민혁의 뒤의 말을 짐작할 수 있었다. 자식이라도 신장이식 조건이 다 맞을 수는 없을 테니까 말이다.

"이건 정말 불행인데, 제가 어머니에게 신장을 이식할 수 있는 조건의 유전자를 갖고 태어나지 않았습니다. 저도 알고 있는 사실이었습니다만, 그래도 일말의 희망을 걸었는데."

민혁의 말이 난해했다. 자식이라고 무조건 부모에게 신장을 이식할 조건에 부합하지는 않다는 의미가 아니었다. 민혁은 '유전자'라는 말로 이식할 수 없는 조건을 대고 있었다.

"그게 무슨 소리예요? 알아들을 수 있게 설명 좀 해봐요."

"다른 무엇보다도 신장이식을 할 때 혈액형부터 맞아야 하거든요."

"그거야 당연하겠죠. 부모 자식이니까 수혈을 해줄 수 있는 기본적인 혈액형은 맞을 거 아니에요. 잘 모르긴 하지만요."

"최 선생님 말씀대로 저도 그 부분에 대해서 잘 안다고 할 수는 없습니다. 어쨌든 어머니의 혈액형은 O형이라고 하더군요. 저도 참 무심한 자식이었어요. 이번에 처음 어머니의 혈액형을 알았으니까요."

나도 처음 알았다. 선재의 혈액형이 O형이라는 것을. 원만하고 둥글둥글해서 누구와도 불협화음 없이 잘 어울렸던 선재의 성격이 그려졌다.

열여섯 개로 성격을 구분하는 MBTI가 유행이긴 했지만, 의학적인 측면의 혈액형은 성격과는 별개의 문제다.

"근데, 제 혈액형은 AB형입니다. 안타깝게도 기본 조건부터 맞지 않더라고요."

민혁의 목소리는 탄식에 가까웠다. 선재의 혈액형이 O형인데 아들 민혁이 AB형이라니. 이게 도대체 무슨 말인 걸까? 결국 그 말은 민혁이 선재의 유전 형질을 갖고 태어나지 않았다는 말이다. 민혁이 '유전자'를 운운한 이유였고, 출생의 비밀이 있다는 뜻이기도 했다.

"지금 최 선생님이 생각하시는 거 맞습니다. 저는 어머니의 친자식이 아닙니다. 제가 대학에 입학하던 해에 어머니가 알려주신 사실입니다. 친자식도 아닌 저를 키우느라고 몸까지 망가진 걸 생각하면······. 신장 하나 어머니한테 드릴 수 없는 제가 대체 뭐라고요? 그래서 우리 모자는 최 선생님이 더 미웠던 겁니다. 하지만 이제 와서 최 선생님한테 그런 마음을 품어서 뭐 하겠습니까. 그냥 어머니를 만나주십시오. 이제 어머니와 최 선생님의 오랜 앙금도 풀어야 할 때도 됐으니까요."

민혁의 말이 귀에 하나도 들어오지 않았다. 선재와 민혁이 혈연으로 얽힌 모자 관계가 아닌 사실이 대체 나와 무슨 관계가 있는 건지 따지고 싶지도 않았다.

"그러니까 민혁 씨도 선재에게 신장이식을 해줄 수가 없는 거네요. 혈액형부터 맞지 않으니까요. 그럼 이를 어쩌죠. 선재는 어떻게 되는 건가요?"

나는 민혁이 했던 말을 그대로 공허하게 내뱉었다.

"장기 기증을 기다려야겠지요. 어머니와 딱 맞는 수여자를 만나는 게 쉽지 않겠지만요. 그런데 기다릴 수 있는 시간이 그리 많지 않아서 걱정입니다. 어머니 건강은 나날이 안 좋아지고 있는데, 저도 어떻게 해야 좋을지 정말 모르겠습니다."

민혁의 한숨 소리가 전화기를 통해서도 들렸다. 만약 맞는 기증자가 나타나지 않는다면 선재의 목숨도 위험할 수 있다는 뜻이었다.

"민혁 씨 선재를 만나게 해줘요. 선재를 만나 사죄할 일이 있다면 무릎을 꿇고 빌 것이고, 선재가 용서해주지 않는다면 내가 받을 수 있는 죄의 벌을 달게 받을게요. 언제 만날까요?"

요양원 환자복을 입은 선재는 뼈에 가죽이 붙은 형상이었다. 나무젓가락에 헐렁한 옷을 걸친 듯한데 눈빛만 형형했다. 이번엔 호텔 로비에서 만났을 때처럼 냉랭하진 않았다.

"너, 정말 그렇게 생각이 안 나니?"

선재는 나를 보자마자 요령부득의 물음을 던졌다. 나는 세월이 많이 지나서 잊힌 것도 많지만 드문드문 떠오른 기억 있다고 변명을 늘어났다.

"그래, 네가 생각나는 게 있다고 하니까, 얘기 좀 해보자. 그때 그 일. 윤지, 네가 그런 거였잖아. 이젠 좀 솔직해져도 되잖니?"

선재는 몇 번씩 숨을 끊어 쉬었다.

"그때 그 일이라면 무슨 일? 내가 뭘 그랬다는 거야?"

"형사한테 말이야."

"형사라고?"

순간, 내 머릿속으로 검은 옷을 입은 사내가 설핏 떠올랐다가 사라졌다. 그러곤 긴 터널 하나가 생겼다. 터널에서 울리는 공명음은 쇠가 스프링과 부딪히는 소리였다. 잘그락, 톡! 짤각, 톡! 설마?

"밀고, 네가 한 거 맞잖아."

선재의 표정이 고통스럽게 일그러졌고 입에선 생경한 단어가 흘러나왔다. 심장 한가운데가 절개되는 느낌의 고통이 나를 덮치고 있었다. 밀고. 내 사전에는 있을 수 없는 말이다.

남모르게 악의를 가지고 일러바친다는 단어의 본뜻은 불온하고 음습한 악취를 풍겼다. 선재는 앙상한 손마디를 움켜쥐었다. 선재의 손등에는 자잘한 검버섯들이 죽음의 증표처럼 피어 있었다. 우리 둘 사이에는 깊은 정적이 흘렀다. 손을 내밀어도 잡을 수 없는 너비의 큰 강은 바닥이 보이지 않을 만큼 깊었다.

요양 병원 휴게실은 한산했다. 썰렁한 휴게실 분위기만큼이나 어색한 우리도 다른 곳으로 시선을 던지고 있었다.

"내가…… 누구를? 무슨 이유로?"

"너 정말 왜 그래? 지금 와서 뭘 감추고 숨기려는 거야? 누구냐고? K를 몰라?"

나를 정면으로 쏘아보는 선재의 눈동자에 푸른 불꽃이 튀는 게 느껴졌다. K? 그 사람이 누구지? 생전 처음 듣는 낯선 이름이다. 어지럼증이 일었고 속이 울렁거렸다. 선재가 듣지 못하게 K라는 이름을 입안에 굴리며 기억의 갈피를 뒤지고 또 뒤졌다.

"도대체 K가 누구야? 난 그런 사람 몰라. 정말 모른다고."

의식하지 않았지만 내 목소리 톤이 높아지고 있다는 걸 내 귀로 듣고 있었다.

"하! K를 모른다고? K의 거처를 아는 사람은 윤지, 네가 유일했는데도 모른다고? 누구 탓을 하겠니. 너를 가장 친한 친구라고 믿고 얘기한 내 발등을 찍어야지."

선재는 깊은 한숨을 몰아쉬었다.

나는 선재를 만나 선재의 심각한 병증에 대해 머리를 맞댈 작정이었다. 신장 기증자가 나올 때까지 희망의 끈을 놓지 말라고. 그런데 선재는 자신의 몸 상태나 생명 연장 따위에는 아무 관심이 없었다. 뜬금없이 'K'니, '밀고'니 하는 생소한 말로 나를 혼란에 빠뜨렸다.

"그러니까, K가 누구냐고 묻잖아. 말을 해줘."

"정말 그렇게 기억이 나지 않아? K가 누구냐고? 수진이의 선배이자 애인이었던 사람이잖아. 영화 동아리 회장이었고, 예술 단과대 학생회 부회장이었지. 이제 좀 생각이 나니?"

선재의 말에 어렴풋이 떠오르는 사람이 있었다. 꺼벙이 같이 생긴 복학생 아저씨. 그러고 보니 몇 번 본 적이 있었다. 그 사람의 이름이 K였던가? 수진이 찰싹 달라붙어서 갖은 아양을 떨었던 모습이 스치듯 생각났다.

"선재야, 너야말로 세월이 너무 오래되어 착각하는 거 아니니? 난 너희 학교 학생이 아니었잖아. 거기다가 재수를 해서 너와 수진이보다 한 학번이 늦었어. 그런 내가 너희 학교 단과대 학생회 부회장을 어떻게 알고 밀고를 했다는 거니?"

나는 선재에게 조목조목 따졌다.

"그러니까 묻혔겠지. 대학생 총연합 요주의 인물인 K 선배는 국가보안법을 어긴 사람이었어. 수배령이 내려져서 우리 학교뿐 아니라 다른 학교에도 현상수배 전단지가 쫙 나붙었을 거거든."

선재의 말은 예리한 칼날이 되어 망각의 살점을 베어냈고 그 자리에 기억의 피 웅덩이가 생겨났다. 블랙 가죽점퍼 차림에 검은 장갑 사내가 학생들에게 묻고 다녔다. 그의 검정색 장갑 손아귀에 들려 있던 악력기가 끼익거리던 소리는 사뭇 위협적이었다.

잘그락, 톡! 짤각, 톡! 쇠막대기가 시옷자로 벌어진 사이에 굵은 스프링이 움직일 때마다 마찰음이 났다. 검은 장갑의 사내는 그것을 손아귀에 넣고 습관적으로 악력을 키우고 있었다. 그 소리는 묘한 공포감을 자아냈다. 순간 내 머릿속으로 도시락에 울리는 숟가락 소리가 동시에 떠올랐다. 뉘엿뉘엿 지던 노을이 하늘을 주황빛으로 물들이던 남산의 언덕바지. 나와 나란히 걷던 선재는 하필이면 그 순간 그 아이를 입에 올려 나를 화나게 했다. 그 아이도 함께 왔다면 더 좋겠다면서.

— 걔 정말 못생겼어. 예쁘지도 않은 기집애가 남학생들한테 교태를 부리는 거 진짜 꼴불견이야. 난 걔 정말 싫어.

— 너 그런 말 함부로 하지 마! 걔가 무슨 교태를 부리냐. 내 눈엔 예쁘기만 하더라.

— 선재, 네 눈이 완전 삔 거겠지.

그 아이 얘기를 하는 것만으로도 선재의 입가에 미소가 번졌다. 웃지 않았던 선재의 입꼬리를 올라가게 하던 아이가 바로 강수진이었다. 나와 선재는 가파른 남산 도서관 정문을 나오면서 그런 말을 나눴다. 그때 울렸던 도시락의 숟가락 소리.

검은색 가죽 손은 현상 수배에 붙어 있는 대여섯 명의 얼굴 사진을 일일이 지목하면서도 악력기의 수축을 멈추지 않았다. 그때 도시락 숟가락 소리가 이명처럼 내 귀를 후벼왔다. 잘그락 톡! 선재를 환하게 미소 짓게 하던 강수진이 미치도록 미웠다.

직사각형 속 K의 얼굴이 꺼벙한 표정으로 정면을 바라보고 있었다. 척 보기에도 학생증 사진이었다. 선재의 소개로 본 적이 있는 사람이었다. 수진이 좋아한다던 운동권 선배. 선재는 수진을 향했고 수진은 K를 향했다. 나는 그들의 일직선상에 발도 들여놓지 못한 열외의 인물이었다. 수진을 걱정하는 선재가 미웠고 K를 사랑하느라고 선재를 외롭게 하는 수진은 더 미웠다. 내 눈에 수진은 선재와 K를 양 손아귀에 쥐고 희롱하는 희대의 악녀로 비쳤다.

악녀가 불행에 빠지는 꼴을 보고 싶은 마음이 들었던가? 그래서 가죽점퍼 사내에게 K의 거처를 말했던 걸까? 아니다.

그럴 리가 없다. 생각만 그렇게 했을 뿐. 내 기억의 범위는 딱 거기까지다.

"아니야, 아닐 거야. 선재, 네가 뭔가 잘못 알고 있는 걸 거야. 만약 누군가가 K를 밀고하지 않았더라도 K는 잡혀갔을 거야. 어떻게 그걸 내 탓이라고 하는 거니? 그 시절은 다 그랬어. 그리고 너도 알잖아. 내가 그렇게 나쁜 애였니? 난 사실, 너희 둘도 잊었어. 너희가 서로 좋아한다면 내가 물러나야 한다고 생각했어. 그게 사랑의 법칙이니까. 아, 편지. 그래, 미안해. 그건 정말 미안. 하지만 편지는 철없던 나이 탓도 있었을 거야. 한순간의 질투였을 거야. 내가 널 너무 많이 좋아해서 저지른 일이라고 이해해주면 안 되겠니?"

"네 말이 맞을지도 몰라. K가 잡혀간 건 순전히 시국 탓이야. K는 모진 고문을 당했고 국가보안법으로 감방에서 이 년을 복역하고 일 년 집행유예를 언도 받았어. 그것도 시국과 맞물린 K의 불행한 인생일지 몰라. 당시 시위를 주도했던 학생들에게 흔히 있었던 일이기도 했고. 하지만 그 일로⋯⋯."

"그 일로 뭐?"

"수진이가, 죽었잖아. K가 잡혀갔다는 소식에 수진이 약을 먹었어. 자기 부모가 감옥에 있는 데모꾼의 아이를 낳은 딸을 용납하지 않을 걸 수진도 알았던 거야."

선재가 말을 할 때마다 목소리에서 바닥을 긁는 쇳소리가 났다. 수진의 죽음이 자살이라는 소문이 파다했다던 선미의 말이 사금파리가 되어 내 온몸을 찔러왔다.

"나는 이제 늙었고, 어쩌면 오래 못 살지도 몰라. 하지만 내 몸과 마음은 그 시절에서 한 치도 벗어나지 못하고 있어. 나의 내면은 항상 청춘이었고 내가 뒤집어쓰고 있는 가면만 파삭 늙어가는 게 아닐까 하는 생각이 들곤 했어. 수진을 사랑한 대가로 젊은 내 영혼을 팔아버리기라도 한 것처럼 말이야."

도서관 창가에 비치는 햇살을 받으면서 책을 읽던 선재가 떠올랐다. 햇빛에 잘 말라 고슬고슬한 빨래의 촉감 같았던 선재의 실루엣. 그날 선재가 읽던 책은 바로 《도리언 그레이의 초상》이었다. 초상화가 늙어가는 대가로 얻게 된 젊음의 가면은 욕망의 다른 이름이었다. 결국 욕망의 노예가 되어 늙은 형상으로 최후를 맞이하는 이야기. 우리는 모두 자신이 만든 가면 하나를 뒤집어쓴 채 살아가는 건 아닐까.

"선재야, 지금이라도 사죄하면 날 용서해줄래."

자동 반사처럼 튀어나온 말은 내가 듣기에도 가증스러웠다.

"사죄? 용서? 지금 와서 그런 게 다 무슨 소용이 있을까?"

"넌 알고 있었지? 내가 너를 얼마나 좋아했었는지."

"질투에 눈이 멀었던 거네."

힘없이 웃는 선재는 탈진한 듯 보였다.

"지금 이 상황에서 내가 물을 자격이 있는지는 모르겠다

272

만, 민혁이는 도대체 누구니?"

선재가 사정없이 휘두른 칼날에 너덜너덜 만신창이가 된 기분이었지만 나는 묻지 않을 수 없었다. 선재에게 희망의 마지막 끈이었을 수도 있기에.

"우리 혁이? 당연히 내 자식이지. 내 사랑이 낳은 내 자식. 하지만 그 아이는 나에게 신장을 줄 수 없어. 나는 혁이의 생물학적 부모가 아니거든."

그 말을 하는 선재의 옆모습이 한순간에 늙어버린 노파와도 같았다.

20

형서와 아름이 이모에게 다녀왔다. 나한테 그 말을 전하는 오 여사의 표정이 밝지 않았다. 무슨 일이 있었던 걸까. 아무 것도 모르는 외가에서는 형서의 행동을 반기는 분위기였다. 외삼촌들이 가타부타 말이 없는 걸 보면 나쁘지 않은 반응이었다. 이모 일이라면 눈에 쌍심지를 켜던 외삼촌들도 이제 너무 늙어서 화낼 기운이 없는 것이다.

이모부는 화가 많이 났는지 형서 전화도 받지 않았다.

"형서 아버지도 이제 이빨 빠진 호랑이야. 늙으면 다 자식한테 지고 사는 거다. 자기는 자기대로 젊은 여자 끼고 살고, 형서는 형서대로 아름이와 새 가정을 이루고 사는데 무슨 문제가 있겠니."

오 여사도 이모부가 여자와 동거하는 걸 아는 모양이다. 나

또한 형서가 나를 찾아온 저의를 군이 발설하지 않았다. 꽝꽝 얼어 있던 모자 관계에 훈풍이 부는 거라 기대하는 오 여사에게 실망을 주고 싶지 않아서였다. 오 여사는 아름이도 시어머니를 이해한 것 아니냐고 덧붙였다. 그랬던 오 여사 얼굴에 먹구름이 드리워졌다.

"형서가 이모한테 다녀왔으면 됐지, 뭐. 근데 엄마 표정 왜 그래요?"

"내 말이 그 말이다. 이렇게 다 잘 풀려가는데, 스님이가…… 일을 그르쳤다지 뭐냐!"

오 여사는 혀를 찼다.

"이모가 왜? 무슨 일을 그르쳤다는 거예요?"

"하여간, 잘났어! 그년은!"

늙은 동생에게 욕까지 하는 걸 보면 심상치 않았다.

"형서가 아름일 데리고 간 날, 그 여자가 떡하니 같이 있더란다. 나 참! 기가 막혀서. 형서도 얼마나 당황했겠니? 앞으로 아름이 낯을 어떻게 본다니? 어미라면 형서를 생각해서라도 그날만은 그 여자를 어디로 치웠어야지. 스님이, 걔를 누가 말리겠냐. 자서전인가 뭔가가 나와서 알게 될 일도 캄캄한데, 그런 모양새로 며느리 앞에 드러낼 건 또 뭐라니?"

이모는 이모다웠고, 오 여사는 오 여사다웠다. 자서전을 통해서 알게 될 일이라면 먼저 드러낸다고 달라질 게 없다. 물론 나도 이모한테 형서가 찾아오면 그분이 자리를 피했으면 좋겠다고 넌지시 말하기도 했다. 하지만 자서전 출간을 막기 위해 이모한테 아름일 들이민 게 형서 의도란 걸 간파한 이모도 생각한 바가 있었을 것이다. 이모와 그분의 무람없는 행동에 인상을 찌푸렸을 형서와 당황한 아름이 모습이 눈에 그려지는 듯 선했다.

"너, 돈이 제일인 거다."

그걸 모르는 사람도 있나. 오 여사는 누구나 알고 있는 사실을 무슨 거창한 명언이라도 된다는 듯이 툭 던졌다.

"스님이만 봐도 딱 알잖아. 돈 있고 명예까지 있으니까 만사가 오케이잖아. 너희 외삼촌들이 어디 그렇게 호락호락한 인사들이라더냐? 하지만 이젠 다 이해하잖니. 우리 세대가 여자와 여자가 연애질한다는 걸 받아들이기 쉽겠냐? 그런데 어쩌겠냐. 스님이 친정에 쏟아부은 돈이 얼마더냐. 돈에 안 넘어가는 사람 없는 거다."

오 여사 말에도 일리는 있다. 이번에 이모의 자서전을 대필하면서 동성애 방면의 서적을 참고하면서 재미있는 사실을 발견했다. 여성 동성 커플이 결혼식을 올릴 때 부딪치는 난관 중 가장 힘든 게 가족과 마찰이라고 한다. 오히려 외부적으로는 큰 걸림돌이 없다고 한다. 오 여사 말마따나 돈이 제일이라는 자본의 논리가 작용한 것이다. 비용 측면에서 이성 커플보다 여성 커플의 결혼 비용이 훨씬 많이 들기 때문에 웨딩 업체에서는 쌍수 들고 환영한단다. 이성과 동성을 떠나 고가의 비용을 지불하는 고객이 최고일 수밖에 없을 테니까.

그렇지만 오 여사의 말에 전적으로 동의하기 힘들었다. 돈이 제일이라는 전제에 이모보다는 외가 식구들을 예로 들었어야 했다. 뒤에선 이모의 연애를 수치스러워하면서 필요할 땐 이모에게 재정적 도움을 받는 외가 식구의 이중성이 모름지기 돈 때문이라고 해야 맞았다.

"그래서? 이번 일은 돈이랑 무슨 상관인데?"

"얘 좀 봐라. 두루두루 일거양득이지. 누이 좋고 매부 좋은 거 아니겠냐? 스님이 재산이 다 누구한테로 가겠냐? 결국은 형서가 물려받을 거 아니겠니. 그러면 아름이도 덩달아 좋은 거지. 스님이도 말년에 외롭지 않게 아들 며느리 봐서 좋은 거고."

누이 좋고 매부 좋은 오 여사의 계산법에 이모 여자는 빠져 있었다. 이모의 그분이 우리 가족에게 그림자로 취급받고 있다는 이모의 염려가 적중한 셈이었다. 내가 그 말을 꺼내는 즉시 오 여사의 매운 손바닥이 내 등짝에 날아올 것을 알기에 입을 다물었다.

"그러니까, 아름이가 이모 사는 모습을 두 눈으로 보고 동성애자 시어머니를 받아들이면 된 거 아닌가? 근데, 엄마는 이모가 왜 일을 그르쳤다고 화를 내는 거예요?"

"애, 좀 봐라! 거, 뭐냐. 너희 말대로 타이밍! 그게 안 맞았다는 거지. 시간이 좀 흘러 저희 시어머니가 여자 사귀는 걸 알았다고 해도 자기 신랑이 물려받을 재산 때문에라도 다 덮고 지나갈 거 아니겠냐. 물론 아름이도 속으로야 찝찝하겠지만 뭐 어쩌겠냐. 지가 시어미와 시어미 애인 수발을 드는 것도 아니고. 근데, 시집온 지 얼마 되지도 않은 새 며느리한테 굳이 여자와 살림 차리고 사는 모습을 보여줄 건 뭐냐? 시간이 좀 흘러서 시어머니가 즈들한테 재산 한몫 떼어주면 어디 나가서 우리 시어머니가 유명한 디자이너라 낯을 내면서 여자와 살림을 차린 것 정도는 눈감고 넘어갈 텐데, 쯧쯧쯧!"

역시 오 여사는 위너였다. 고단수의 여왕으로 등극해도 손색이 없다.

"형서가 펄펄 뛰면서 나한테 그러더라. 자기는 엄마 없는 걸로 치겠다고. 모자지간에 겨우 화해를 한다 싶었는데. 이게 뭐니? 아니, 그년은 뭐가 잘났다고 스님이 집에 버티고 있어서 이 사달을 만드는지! 형서 내외가 온다면 눈치껏 자리를 피해줘야 도리지!"

오 여사는 이번엔 이모의 여자한테 험악한 욕을 퍼부어댔다. 형서는 이모의 자서전과 별개로 이모를 절대 인정하지 않겠다고 길길이 뛰었단다. 나는 형서 걔도 웃긴다는 말을 하고 싫었지만 눌러 참았다. 그 말을 했다가는 오 여사 손바닥에 의해 내 등짝이 남아나지 않을 것을 알기에. 돈이 제일이라는 오 여사의 지론대로라면 머지않아 형서도 이모의 여자를 인정하게 될 날이 올 것이라 생각이 들었다.

오 여사의 푸닥거리를 듣고 며칠 후 이모한테서 자서전 출간을 일정대로 해달라는 연락을 받았다. 이모도 형서 얘기를 꺼내지 않았고 나도 오 여사의 말을 전하지 않았다. 형서를 생각해서 자서전을 포기할까도 생각했던 이모였다. 하지만 형서의 태도에 이모도 느낀 바가 컸던 모양이었다. 나는 이모 자서전 출간 일정을 의논하기 위해 차한수에게 전화를 했다.

"이모님 살아오신 걸 읽어보니까 문득 영화〈어톤먼트〉가 생각나더라. 원작 제목이 아마《속죄》였지."

〈어톤먼트〉라면 제임스 맥어보이와 키이라 나이틀리가 주연으로 열연한 영화였다. 스냅 사진의 이미지로 떠올랐지만 어떤 내용인지 기억이 나지 않았다. 여주인공이 입었던 초록색 드레스가 강렬한 인상으로 남아 있었다. 초록색 드레스 밖으로 얼핏 비친 가슴 돌기에 묘한 흥분을 느꼈던 때문인지도 몰랐다. 하지만 차한수가 제안한 '어톤먼트' 제목이 내가 지금 생각하고 있는 영화와 연관이 있는지는 잘 모르겠다.

"응, 맞아! 자기가 생각하는 거."

"내가 생각하는 거, 뭐? 선배는 평소에도 오만하지만 나를 가장 잘 안다고 생각하는 게 가장 큰 오만인 거 알아?"

내가 농담 겸 진담으로 차한수의 말을 받아쳤다.

"제임스 맥어보이와 키이라 나이틀리를 생각했잖아. 나도 그 영화 떠올린 거라고. 내가 자기를 잘 안다고 오만을 부리는 게 아니라 자기하고 나는 말을 하지 않아도 교감이 통하는 정신의 쌍생아라는 걸 확인하는 게 즐거울 뿐이야."

유들유들한 인간 같으니라고. 미워해야 하는 순간에도 절대 미워할 수 없었다.

"두 손 들었다. 근데 그 내용이 뭐였지? 주인공 이름만 기억이 나는데."

"혹시 영화를 안 본 거 아니야? 책도 안 읽었고."

차한수가 머리를 갸우뚱하며 되물었다. 초록빛 드레스가 뇌리에 남아 있는 걸 보면 영화를 본 게 맞았고, 책도 꽤 두꺼웠던 생각이 났다. 집 책장을 찾아보면 먼지를 뒤집어쓰고 꽂혀 있을지도 몰랐다. 나이가 들었다는 걸 실감할 적이 이럴 때였다. 분명히 읽은 책인데, 작가 이름이나 등장인물이 생소한 건 그렇다고 쳐도 내용도 백지 같을 때가 많았다. 어느 때는 책의 중간까지 읽고서야 이미 읽은 책이라는 걸 깨달을 때도 있었다. 그래서 요즘은 새로운 책을 사기보다 책장에 꽂혀 있는 책을 다시 읽는 게 나을지도 모르겠다는 생각이 들기도 했다.

차한수가 〈어톤먼트〉의 줄거리를 읊어댔다. 브라이오니라는 열세 살 어린 여자아이의 오해에서 빚은 거짓이 사랑하는 연인을 파멸로 몰아간 내용이라고 했다. 그제야 나는 원작을 먼저 읽고 영화를 본 기억이 났다.

"이언 매큐언 작품이었나?"

"맞아. 이제 생각이 나나 보군. 어린 시절의 사건으로 빚어진 죄책감이나 자서전을 통해 속죄하려는 마음이 그 작품 메시지와 일맥상통하는 거 같아서."

"듣고 보니 그러네. 뒷부분에 가서 자식에 대한 어머니로서의 복잡한 감정도 나오고 말이야."

"그럼 형서 처남 얘기는 빼지 않아도 되는 거야?"

차한수는 아직도 이혼 전에 불렀던 처가의 명칭을 그대로 썼다. 듣기 거북해서 몇 번 주의를 줬지만 아랑곳하지 않았다.

"처음부터 1인칭 시점으로 하지 않고 3인칭 화자로 쓴 건 잘한 거 같아. 자서전이라 해도 픽션 형식으로 스토리를 진행시키면 독자가 저자와 주인공을 보는 시선이 객관적일 수 있을 테니까."

"그럼 제목은 어떻게 할까? 자서전보다는 픽션에 가까운 제목으로 해야 할까? 참회? 속죄?"

"제목이 너무 직설적이라 별론데."

"아무래도 그렇지. 제목은 자서전인 걸 드러내는 게 좋겠어. 이모님이라는 걸 알 수 있게 띠지에도 언급하고."

이모에게 자서전 발간은 여러모로 의미가 있었다. 이모 개인의 기록에서 끝나지 않을 것이다. 이모가 동성애자라는 걸 아는 사람은 극히 일부에 지나지 않았다. 하지만 자서전이 출간되면 디자이너로서의 성과보다 이모의 동성애로 패션계가 떠들썩할 터였다. 책 판매 부수를 예상하는 차한수의 입이 귀에 걸리기 직전인 것만 봐도 알 수 있다.

나는 차한수가 언급한 참회와 속죄를 찾아보았다. 비슷한 의미의 '참회'와 '속죄'는 어원에서 미세한 차이가 났다. '참회'는 불교적 용어에서 나온 단어다. 참회의 '참懺'은 범어의 크사마ksama의 음역으로 용서를 빈다와 뉘우친다는 뜻이며 더 나아가 '참는다'라는 '인忍'의 의미가 포함되어 있다. '회悔'는 크사마의 의역으로 미안하다는 의미이다. 즉, 자신의 잘못이 미안하고 후회스러워서 용서를 빈다는 뜻이다. '속죄'는 기독교적 용어로 예수의 죽음과 관련되어 있다. 어떤 죄과에 책임을 진 것을 신에게 고해하는 신앙 고백적 표현이다. 더 나아가 그렇게 고백을 한 후 자유를 얻고 해방된다는 범위까지 확장되는 단어다.

이모의 커밍아웃이 자기를 옭아매던 죄책감의 사슬을 끊어버리고 인간 자체로서 자유롭고 싶은 심정이라고 볼 때 속죄가 맞았다. 차한수가 어톤먼트를 언급한 지점과 맞물렸다.

그렇다면 나의 커밍아웃 지점은 뭘까? 속죄보다는 참회에 가깝다는 생각이 들었다. 이모가 왜 굳이 자신의 자서전 집필을 나한테 맡긴 것이겠냐고 날카롭게 지적하던 차한수의 말이 생각났다. 숨기지 말고 내 모습대로 살라던 이모의 일침으로 뜨끔했던 게 생각났다. 악의를 가졌던 내가 분명한 의지를 갖고 행동했던 과거를 왜곡된 기억으로만 돌릴 수 없다. 지난 과거가 다 드러났고 이제 진실 하나만 남겨져 있었다. 민혁 출생의 비밀.

민혁은 의뢰자가 어머니라고 말했을 때처럼 자기 부모에 관한 비밀을 순순히 말해주었다. 민혁은 K와 강수진 사이에 생겨난 아이였다. 미루어 짐작한 일이다.

민혁을 낳고 자살로 생을 마감한 수진을 대신해서 선재는 대학도 포기하고 민혁을 제 자식으로 키웠다. 민혁은 K를 아버지라 하지 않았고, 수진을 어머니라 부르지도 않았다. 선재가 어머니인 동시에 아버지이기도 했다는 민혁의 말은 많은 의미를 담고 있었다. 인생을 통틀어 선재에게 단 하나의 사랑은 강수진, 오직 한 사람이었다. 사랑이야말로 양날의 검이다. 누군가에겐 희생의 다른 이름이기도 하고 누군가에겐 악의의 가면이기도 하니까.

민혁은 말을 마치고 몸을 일으켰다. 역광을 받은 민혁의 얼굴에 음영이 드리워졌다. 피곤과 슬픔이 얼룩진 민혁의 얼굴이 선재와 묘하게 겹쳐졌다. 닮지 않은 것 같으면서도 닮아 있는 두 사람.

민혁의 뒷모습이 사람들 사이에 섞여 멀어지는 순간까지 눈이 시리도록 지켜보았다. 세월이 달음질쳐서 또다시 내 기억 속에서 잊혀 사라질 걸 알면서도. 내가 지금 할 수 있는 일이라곤 오직 그의 뒷모습을 바라보는 일이라는 듯이.

에필로그

함박웃음을 짓고 있는 선재의 얼굴이 낯설다. 그의 인생에도 저토록 환하게 웃음 짓던 날들이 있었다는 게 얼마나 다행인지. 민혁의 대학 졸업식장에서 찍은 사진이라고 했다. 웃음 짓는 선재의 영정 사진 위로 실오라기처럼 피어오르는 연기에서 향내가 퍼진다. 흰색 국화 무더기와 빈소를 오가는 조문객의 조심스러운 발걸음들. 선재는 끝내 그렇게 갔다. 마음으로 낳고 사랑과 희생으로 키운 민혁의 배웅을 받으면서.

알량한 내 입술로 수없이 뉘우치고 사죄하더라도 선재의 힘겨웠던 시간을 되돌릴 수 없었고, 죽은 수진을 살려낼 수는 더더욱 없었다. O형인 선재와 혈액형이 같은 나는 그에게 신장을 주고 싶은 간절함으로 검사를 받았지만, 결과는 부적격이었다. 예상했지만 한 가닥 희망을 놓치고는 깊은 절망에 빠졌다. 뒤늦게 장기 기증자가 나타났지만 타인의 신장을 받아들이기에 선재의 몸은 손쓸 수 없을 만큼 망가진 상태였다.

선재의 임종은 내가 지켰다. 뼈와 가죽만 남은 그의 손이 내 손을 잠깐 움켜쥐는가 싶더니 무거운 눈을 이고 있던 나뭇가지가 부러지듯 툭, 하고 맥을 놓았다. 선재가 마지막으로 보여준 용서라는 이름의 몸짓이었다고 믿고 싶다.

선재의 장례식 내내 눈물이 한 방울도 나오지 않았다. 수진의 장례식과는 전혀 다른 슬픔이었다. 선재가 수진의 죽음 앞에 울지 못했던 그것과 같은.

이모와 그분이 선재의 장례식에 왔다. 내 손을 맞잡은 이모의 손이 따뜻했다. 이모의 자서전은 예상과 달리 큰 반향을 일으키지 못했다. 차한수는 못내 아쉬워했지만 형서와 외가에서는 한시름 놓는 기색이 역력했다. 형서는 여전히 이모에게 냉랭했지만 의외로 아름이가 이모와 죽이 잘 맞았다. 이모는 자기가 다 늦게 며느리 복이 있을 줄 누가 알았겠느냐면서 상당히 흡족해했다. 이모와 이모부는 법원에 합의이혼 서류를 제출했다. 이모부의 여자가 정식으로 결혼을 하고 싶다고 이모부를 달달 볶았다는 말을 오 여사에게 들었다.

이모의 자서전에 기대가 꺾인 차한수는 내 옆구리를 살살 찌르기 시작했다. 남의 글은 그만 쓰고 진짜 내 얘기를 써보라고. 나는 되지도 않을 말 하지 말라며 밉지 않게 눈을 흘겼

다. 그러나 차한수야말로 세상 누구보다 더 나를 잘 안다는
걸 인정하지 않을 수 없다.

잠이 오지 않는 밤이면 노트북을 열어 끄적거리고 있다는
걸 귀신같이 알아차린 모양이다. 글을 쓰는 행위가 내가 할
수 있는 최선이라는 헛된 생각을 부여잡고 노트북에 참회의
기록을 새기는 건지도 몰랐다.

달그락, 툭! 딸각, 툭!

음표의 배열 같은 규칙적인 소리가 일정한 간격으로 울렸
다. 가방 속 빈 도시락에서 요란하게 울려대는 숟가락 소음.
밥을 먹고 플라스틱 빈 도시락 안에 숟가락을 넣고 닫아버
린 내 부주의라니. 함께 걷고 있던 너에게 부끄러워 쥐구멍
에라도 기어들고 싶은 심정이다. 그 상황에서 한 번은 웃어
줄 만한데도 무심하기만 한 너의 표정. 너한테 예쁘게 보이
고 싶은 내 감정은 초라한 슬픔으로 남았다. 너 역시 그 슬
픔을 감추고 있는 영혼이라는 게 기쁘면서도 슬펐다.

너는 누추한 집과 같은 나의 마음을 환히 비추던 등불이
었다……

작가의 말

삶이라는 망망대해를 향해

코로나19라는 팬데믹 시기에 나는 세 개의 장편 초고를 썼다. 사람과의 접촉을 꺼리던 시절에 아이러니하게도 나의 소설 속 인물들과 호흡하고 속내를 나누면서 그들과 동고동락했다. 《지문》《보테로 가족의 사랑 약국》 그리고 《그물을 거두는 시간》이 그 소설이었다. 중간에 장편을 한 편 더 써서 출간되는 행운이 있기도 했지만.

《그물을 거두는 시간》은 그때 썼던 마지막 작품이다. 삼분지 이를 써놓고 뒷부분이 풀리지 않아(화자인 윤지가 잊힌 과거의 퍼즐을 맞추기 위해 친구들과 만나는 장면) 일 년쯤 덮었다가 다시 이어쓰기를 했을 만큼 완성하는 데 시간이 좀 걸렸다.

《그물을 거두는 시간》은 사랑의 양면성에 관한 이야기다. 사랑이 욕망과 집착의 다른 이름이라면 희생과 용서라는 일면도 분명 존재한다고 믿는다. 그 믿음이 이 소설을 쓰게 된 동력이다.

오래전에 젊은 나이에 세상을 등진 친구가 있다. 그 친구의 죽음이 한동안 동창생 사이에서 분분했다. 여러 가지 추측이 난무했지만, 끝까지 밝혀지지 않았고 우리는 모두 그 일을 새까맣게 잊고 중년의 나이가 되었다.

가을이 오는 길목에서 거의 잊힌 그 친구의 모습이 아련히 떠오른다. 지나온 모든 시간을 다 기억하고 사는 것 같지만, 조금씩 망각하는 연습에 익숙해진 채 세월을 건너온 걸지도 모른다. 과거는 잊히고 현재는 진행되고 미래를 예측하는 게 사람들의 인생이라는 생각이 든다. 그 사이에 우리 곁을 지나쳤던 수없는 사람들의 삶 또한 그러할 것이다.

오랜 세월이 흘렀다고 할지라도, 그런 까닭에 망각하는 게 있더라도, 잘못을 저지른 일까지 완전히 잊힐 수는 없다. 아니, 잘못한 일일수록 더더욱 잊지 않고 기억해야만 하는 것이 인간이 할 수 있는 가장 뜻깊은 행위가 아닐까.

《그물을 거두는 시간》이 출간되기까지 많은 분들의 도움이 있었다. 감사드린다.

이제 또 삶이라는 망망대해를 향해 소설의 그물을 던지고 차곡차곡 거두는 시간을 내 안에 만들어야 할 것이다. 그것이 내 소설을 읽어줄 독자님들께 할 수 있는 최선이라 믿기에.

2024년, 가을이 오는 길목에서
이선영

2023년 〈장애예술인 창작활성화 지원〉 선정 프로젝트

이 프로젝트는 서울특별시, 서울문화재단의 지원을 받아 제작되었습니다.

그물을 거두는 시간

1판 1쇄 인쇄 2024년 11월 13일 **1판 1쇄 발행** 2024년 11월 27일

지은이 이선영

발행인 박강휘
편집 이승현 박정선 **디자인** 조명이
마케팅 이헌영 박유진 **홍보** 박상연

발행처 김영사
주소 경기도 파주시 문발로 197(문발동) 우편번호10881
등록 1979년 5월 17일(제406-2003-036호)
주문 및 문의 전화 031)955-3100 **팩스** 031)955-3111
편집부 전화 02)3668-3270 **팩스** 02)745-4827 **전자우편** literature@gimmyoung.com
비채 블로그 blog.naver.com/viche_books
인스타그램 @drviche @viche_editors **트위터** @vichebook
ISBN 979-11-94330-49-3 03810 책값은 뒤표지에 있습니다.

비채는 김영사의 문학 브랜드입니다.